KB274777

나쁜 여자, 착한 남자

나쁜 여자, 착한 남자

이만교 소설

민음사

차 례

나쁜 여자, 착한 남자

그럴 수만 있다면 나 역시도 피하고 싶은 여자였지. 결코 사랑스럽거나 애교가 넘치거나 하지 않았거든. 정말이지 그녀를 안아보고 싶은 충동 따위는 애당초 없었어. 이제 다른 세상 사람이 되어버린 그녀에게 이런 말 하긴 뭐하지만, 막말로 줘도 안 갖고 싶은 여자였어.

그녀가 무슨 두꺼비 상판이거나 화덕 같은 여자였다는 말은 아니야. 자세히 뜯어보면 웬만한 여자보다야 백배 낫지. 눈매나 콧매도 좋고 몸매도 그렇고, 모든 게 반듯했어. 주부 사원 모집용 포스터를 찍어도 무방할 정도지. 아니 더도 덜도 아닌 딱 그런 용모야. 서랍 속 가족들 속옷까지 입힐 순서대로 차곡차곡 개어놓고 살아갈 것 같은 단정한 주부 인상인 데다, 조금만 눈을 치켜뜨고 웃어준다면 잘나가는 커리어우먼 이미지가 나올 법해.

허나 실상은 조금 달랐지. 그녀에겐 사람을 잡아끄는 맛 같은 게 없어. 무심결에 가슴을 베는 것 같은 시선이나 슬쩍 비틀어주는 눈초리 같은 것 말야. 그렇다고 새색시처럼 다소곳이 눈을 내리깔고 다니는 것도 아니고, 어디에 있으나 그저 익숙한 공간에 있다는 듯이 무심한 눈빛이야. 화장만 해도 늘 기초화장만 하는 정도여서, 화장했어요? 하고 가까이 가서 들여다봐도 구분이 안 갈 정도였지. 차림새도 그래, 사시사철 정장은 정장인데 맵시 나지 않고 유행도 타지 않는, 어찌 보면 평상복도 같고 외출복 같기도 한 그런 빛깔에 그런 디자인이어서 그나마 있던 인물까지 죽어버리는 거야. 좋게 말하면 무던하고 정확하게 표현하면 촌스러운 거지. 그녀를 보고 있으면 나도 모르게 염색에 파마에, 립스틱과 아이새도를 짙게 발라준 다음, 귀고리 목걸이에 바짝 쪼이는 거들까지 입혀주고 싶은 충동이 생길 정도야.

내가 그녀를 오래 쳐다보곤 했다면 그건 순전히 그런 상상을 하느라 그랬을 뿐이야. 그렇게 하고 나야만, 조금 자극이 오는 정도였으니까. 혹시 오빠들만 많은 집안의 외딸이 아닐까 싶어서 물어봤을 정도니 말 다했지. 한번은 물어보니까, 벌써 세 번째 물어보신 거예요, 하더군. 그 정도로 건성 도는 관심이었다는 얘기지. 그런데도 다들 난리가 났어. 어머, 부장님! 언니한테 관심 있나 봐요? 하고. 웃기는 소리들이지.

"어떤 여자인들 내가 관심 안 갖는 것 봤어?"

하면, 또 다들 자지러지지. 농이 아닌 진담인데도 말야. 물론 그중 한둘은 진작에 눈치 채고 몸조심했을는지 모르지. 그게 액면 그대로 진담이란 걸. 하지만 걔들조차도 실상은 모르지, 그런 초짜들에겐 애초 눈길도 담그지 않는다는 걸 말야. 부서 성격상 쌈쌈한 애들이 언제나 돌고 돌게 되어 있으니까 자기들에게는 내가 입사 후 처음이자 유일한 상사겠지만, 내게야 모든 게 도돌이표 같은 짓거리거든.

그런 내가 뭐가 아쉬워 그녀에게 관심을 갖겠는가 말야. 차라리 연막이면 모를까, 실상은 시치미 떼기 위해서라도 더욱 조심하고 무심한 척해야 하는 형편이란 말이지. 그러니까 사실은 언니한테 관심 있나 봐요? 하고 눈을 깜박이던 걔, 그 애가 바로 내 애인이야. 맹랑하지. 후후, 그 맛을 아는 거야. 그렇게 말을 해서 좌중을 웃겨놓고 난 다음에 공범자인 나와 자연스레 눈을 맞추며 웃는 맛. 다들 오해하며 웃게 만들어놓고 그 애와 나, 단 둘만 세계의 실상을 움켜잡는 재미 말야. 난 그런 애가 좋아. 특히나 그 애는 내 구미를 당기는 거의 모든 조건을 구비했어. 학교를 갓 졸업해서 천진한 데다 날카로운 연필로 그린 데생처럼 깨끗한 이목이며 방금 로션 바른 것 같은 살결에 꼬리치는 고양이 웃음까지. 그뿐만이 아니야. 키스를 해도 많이 해본 솜씨란 걸 들키면서 동시에 놀라는 듯한 표정을 지을 줄 알고, 다리를 벌려도 처음인 척 부끄러워하면서 제때에 엉덩이를 까닥일 줄을 아는 애지. 그 바람에 일찍 싼 적도 있는데 이게 꼬옥 안더니 괜찮아요, 하며 등을 다 두드려주더란 말야. 한둘이 아닌 거야. 또 일상으로 돌아가면 제가 먼저 남남처럼 굴어 안심시키니 나야 안을 때마다 다시 처음 같아 그야말로 제격이지.

재혼해야 한다면 나는 이런 애와 하겠어. 농담이 아냐. 그 애한테도 그렇게 말했다고. 너라면 재혼하겠어 했더니, 미쳤어! 하고 떠다밀더군.

"누가? 내가?" 물었더니,

"둘 다요!"

하더군. 그러니까 그 애 말속엔 내가 미쳤다고 아저씨랑 재혼해요? 하는 거절과 나 같은 애랑 뭐 하러 재혼을 하려고 들어요! 하는 비웃음이 다 들어 있던 거지. 여러모로 솔직하고 분명하고 또 당돌한 아이야. 전처였다면 어림도 없지. 마지막까지 속이고 잡아떼느라 자살극까지 벌였을 정도니.

아니 어쩌면 정말 자살하려 했는지 몰라. 아내 성격을

내 모르는 게 아니지. 그런데 나는 바로 그 점이 우습다는 거야. 바보같이 왜 자살을 하려고 해. 저보다 내가 더 잦은 술자리와 늦은 귀가를 일삼았는데 왜 당당하게 맞서서 따질 엄두는 못 내고 혼자만 벌벌 기면서 빌어대고, 자살 해프닝을 벌이고 하느냐 말야. 내가 아내를 측은하게 여기는 점이 바로 이 부분이야. 그럴 용기로 왜 따지고 싸우지 못하느냔 말이야. 그런 각오도 없이 행동했다니, 세상을 우습게 본 거지. 세상이 얼마나 냉정하고 살벌한 전쟁터인 줄 모르고 그저 감정에 휘둘려서 낭만이나 찾고 그렇게 얻은 낭만을 또 죄스럽다 생각하고. 그따위 순진한 생각들이야말로 짜증나고 가증스러울 따름이지.

세상은 냉혹해. 인생이란 부단한 경쟁이고 싸움이야. 그런데도 낭만적이거나 순진한 생각을 갖고 사는 족속들을 보면 한심하고 불쌍히고 답답해. 그러니 그녀의 고지식한 순진성에 내가 끌렸을 거라는 소문들은 모두 억측일 뿐이야.

하긴 순진하다는 게 얼마간 멍청하다는 걸 뜻한다는 점에서 그녀야말로 남달리 순진했지. 그녀를 처음 만난 것은 수습사원 환영 회식 자리가 아니라, 바로 그 며칠 전이었어. 그래, 그러고 보면 우린 그야말로 옹골지게 맞닥뜨릴 운명이긴 운명이었는지 몰라. 간선도로를 타러

들어가려면 회사 앞 큰길에서 좌회전해야 하거든, 그곳에서 신호를 받아 출발하던 참인데 승용차 한 대가 내 쪽으로 속절없이 미끄러져 들어오는 거야.

순간 너무나 똑똑히 그녀 얼굴을 응시하게 되었지. 후후. 그때 그녀 표정이야말로 정말 가관이었어. 우리의 잔혹한 운명을 투시라도 한 듯 잔뜩 겁에 질려서는, 그러나 피할 엄두는 내지도 못한 채, 비명을 내지르며 다가오더군. 이상하지. 그 짧은 순간, 나는 모든 사태를 자각하고는 오히려 차분한 마음이 되어 이런저런 걱정들을 다 끝마칠 수 있었어. 도어는 갈아야겠지만 사람이 다칠 정도는 아니며, 기왕 맡길 바엔 회사에서 가까운 카센터로 가야 할 것이며, 적어도 일주일쯤 아침저녁 차도로 나가 택시 잡느라 맨손으로 물고기 잡는 노릇 하며 고생 좀 하겠구나, 아무튼 좌회전 신호를 받고 출발했으니 내 잘못은 없다, 하고 말야. 그 짧은 찰나에, 어떻게 그렇게 많은 생각을 할 수 있었는지 몰라. 그러고 나서야 그녀 차가 내 옆구리를 들이받는 충격이 오더라고.

그녀 차가 내 옆구리를 들이받은 충격과 굉음이 먼지처럼 떠돌다 가라앉고도 한참을 나는 차라리 편안한 기분으로 앉아 마침 흘러나오는 개리 무어의 기타 연주까지 다 들었지. 그러고 나서야 비상 깜빡이를 켠 다음, 반대편 문을 열고 밖으로 나갔어. 운전석 문이 열리지가 않았거든.

　박살이 나서가 아니라 그녀가 차를 빼기는커녕 그때까지 엔진도 끄지 않고 그대로 앉아 있었기 때문이더군. 과연 나와서 보니 내 것은 마치 물 속에 빠져서 생기는 굴절만큼 들어간 정도에 불과했고 그녀 쪽도 범퍼만 내려앉았을 뿐이야. 게다가 워낙에 낡아 빠진 차라 뭐 그냥 타고 다녀도 괜찮을 지경이더만. 그런데 그때까지도 그녀는 몸을 덜덜 떨어대고 앉아 있더라구. 웃음이 났어. 이런 여자라면 보상 문제로 생떼 쓰거나 억지 부리진 않겠지 싶으니 일면 안심이 되고, 허리가 자꾸 아픈 참인데 이 기회에 CT 촬영이나 공짜로 해? 하는 궁리까지 들어서 웃음이 났던 거지.

　"일단 차를 한쪽으로 뺍시다!"

　스프레이로 바퀴 위치를 표시한 다음 차를 길가로 뺐어. 그때까지도 그녀는 몰려든 구경꾼들 틈에 멍청히 서 있기만 했어. 나는 만나려던 친구에게 핸드폰을 걸어 접촉 사고로 좀 늦을 것 같다고 했지. 그러자 그 친구 대뜸, 내가 도와주지 않아도 되겠어? 하더군. 아는 사람이 교통사고 전담반에 있다는 거야. 전혀, 괜찮아, 여자야! 하니까 호오, 하고 휘파람을 날리더군. 전화를 끊었지. 그녀는 그때서야 내게 다가오더군.

　"제 차도 좀 빼주세요. 손이 떨려서……."

키를 주세요, 하니까 당황해하며 주머니란 주머니는 전부 다 까뒤집어 대는 꼴이라니. 차로 가보니까 꽂혀 있는 채였는데 말야. 내가 시동을 걸며 타세요, 하니까 멍청하니 서서 괜찮아요, 하는 거야. 정말 웃지 않을 수가 없었어. CT 촬영은 그때 포기했지. 아, 비켜줘야 차를 빼든지 하죠! 소리를 지르자 자기도 창피한 듯 웃더군. 이 정도면, 자칫 본전 찾기도 힘들겠다 싶더군. 사람이 선량해도 엔간해야지, 이렇게 바보 같기만 하면 오히려 영악한 인간들이 보여주는 싹싹한 분별과 계산조차 불가능하겠다 싶어져서 말이야. 그제야 골치 아프게 생겼군, 하는 생각이 목구멍 밖으로 나오는 걸 간신히 밀어 넣었지. 어쩌란 말야. 여태도 손을 벌벌 떨어대고만 있으니.

가해자 측에서 먼저 건네야 할 말을, 결국 내가 꺼냈지. "괜찮아요?"

"……아직 잘 모르겠어요."

자기가 피해자인 양, 이건 마치 좀더 두고봐서 이상이 있으면 그때 보상을 요구하겠어요, 하는 듯한 어투인 거야. 고개가 설레설레 흔들어지더군. 마침 약국이 보이길래 타박타박 걸어가서 청심환을 사와 하나를 건넸지. 받아 쥐고만 있더군. 먹어둬요, 안 그러면 밤새 꿈속에서 교통사고 나니까. 그러나 삼키지를 못하곤 캑캑대며,

"어디 따뜻한 물 좀 없을까요?"

하는 거야. 두 손 들었지. 건져준 김에 보따리까지 찾아주는 셈 치고 물도 얻어다 주고 등도 두드려주고, 결국 모든 후속 조치들을 내가 손수 다 해야 했지. 수리비가 이 정도 나왔는데 괜찮겠어요? 하고 눈치까지 보면서 말야.

글쎄, 그게 운명이었던 걸까. 차라리 암시 같은 것은 아니었을까. 그때 진작에 그녀가 얼마나 주변 사람을 불편하게만 하는 여자인지 알아챘어야 하는 건데 말야. 알고 보니 수습사원으로 채용되었다는 소식을 접하고 너무 기분이 좋아서 미리 출퇴근길도 익혀두려고 차를 끌고 나왔다는 거야. 그러니 모른 척할 수도 없긴 했지. 초보냐니까 웬걸 운전한 지 이삼 년이래.

"사고는 이번이 처음이에요. 원래 법규를 지켜가며 안전운전만 하는데, 초행길에다 너무 들떠서 미처 신호를 못 봤어요."

하더군. 알 만했지. 앞뒤 차보다는 교통법규를 생각하며 운전하는 여자들 말야. 우리 마누라가 그랬거든. 혹시 말이에요, 하고 농담을 걸었지.

"본인이 운전을 하고 집에 안전하게 돌아와 라디오를 켜면, 이상하게도 자기가 거쳐온 도로마다 교통사고가 잔뜩 나 있다는 뉴스가 들려오곤 하지 않았어요?"

이렇게 물으면 대개는 곧바로 하하 웃거나 최소한 잠 깐 생각하고는 어머, 아니에요! 하고 펄쩍 뛰는 법인데 이 여자는 아예 무슨 소린지 못 알아먹더군. 토끼눈을 하곤,

"네?"

하는 거야. 말문을 진지한 쪽으로 돌려야 했지.

"거기가 원래 언덕길에 서향이라, 그 시간만 되면 저 녁노을이 신호등 빛을 먹어 버려요. 노을에 한눈팔다 사 고 낼 뻔한 게 나도 한두 번이 아니죠."

"정말로 신호가 안 보였어요."

"그러니까 잘못은 저녁노을에게도 있어요."

"그런데 왜 그냥 방치해 두죠?"

"네?"

그럼 그곳의 노을을 떼어다 교통과 창고에 처넣어 두 기라도 하란 말이오? 하고 물으려다 웃어 넘겼지. 그런 여자인 거야. 그랬는데 그것도 인연이라고. 그래, 당초 내 스타일이 아닌 여잔데, 단지 그런 인연에 좀더 신경 이 쓰였을 뿐이야. 그래봐야 업무 요령 몇 가지에 식당 에서 소금 챙겨주는 정도였는데 하루는 자기가 저녁을 사시겠다더군. 아냐, 몇 명이 같이 어울려 갔지. 수습이 사겠다니 비싼 데로도 못 가고 삼겹살 집이었는데, 굳이 비어 있는 내 옆자리를 두고 멀리 떨어져 앉는 거야. 그

때 그 애가 옆으로 날름 들어와 앉더니 웃으며,

"그런다고 언니와 부장님이 남다른 사이라는 거 안 들키겠어요?"

하니까 얼굴이 빨개져서는 웃더라구. 그러곤 교통사고로 얽힌 자초지종을 하나하나 얘기하는 거야. 이미 다들 알고 있는 사실을, 다만 그때 일이 고마워서 저녁을 사는 거라고 못을 박느라 말이지. 그럴수록,

"어머, 그렇게 놀라운 사연이?"

"보통 인연이 아니잖아요!"

다들 놀렸지. 그리고 누군가 자기 사촌언니가 초보 때 접촉 사고 냈다가 상대방에게 된통 당한 얘길 했나, 아무튼 그러자 저마다 자기가 겪거나 들은 교통사고에 대해 질세라 죄다 풀어놓기 시작했지. 그러곤 상사와 부하 직원 간의 대화란 게 언제나 그렇듯이,

"그러게, 우리 부장님 같은 경우는 정말 인간적인 경우야."

하는 공치사로 끝맺었지. 한결같은 그녀들 말이 부장님 같은 사람은 법 없이도 살 분이라나. 후후.

"맞아. 난 부장님 같은 분이 어디 또 있다면, 일부러라도 가서 콱, 부딪치고 말겠어."

그 애가 어깨까지 부딪쳐오면서 장난을 걸자, 그러지 말고 부장님 잡아! 누군가 응원을 보냈고 그 애는 에이,

언니가 있잖아? 하고는 그녀를 또 놀려대기 시작했지. 그런데도 그녀 혼자만 진지하게,

"저는 결혼했어요."

하는 거야.

정말 썰렁해지더군. 요새 누가 그런 걸 따져요? 누군가 쥐어박았고, 그 애가,

"우리 부장님, 쩨쩨하게 그런 거 안 따지실 분이에요. 그죠?"

코를 들이대며 놀리듯 내게 미소짓더군.

"웬걸, 나야말로 법 없이는 단 하루도 못 살 놈이야." 나도 응수했지. "나와 가깝게 지내는 친구들 말이 한결같이 그래." 에이! 하고 야유들을 보내오길 기다렸다 말을 이었지. "너무 착해서 자칫하다가는 사기당하거나 이용당하기 십상이라며, 나야말로 법적 보호 장치가 늘 필요하다고 말야."

다들 또, 자지러지더군. 그녀와 그 애만 빼고 말야. 그녀는 고개를 주억거리고 있었고, 그 애는 무슨 생각에선지 "에이, 난 그렇게까지 착한 사람은 싫더라!" 하더군.

"사실 나에겐 아주 사소한 부분까지도 타인을 의식하는 버릇이 있어."

"부장님이오?"

“그럼.”

“에이, 전혀 안 그런 거 같아요!”

“아냐, 어떤 면에서 보면 내가 봐도 내가 너무 지나쳐. 가령 대학을 나오지 않은 친구가 섞여 있으면 대학교 때 얘기는 미리 삼간다거나, 키가 작은 친구가 있으면 우스갯소리로라도 덩치 얘기는 꺼내지 않는 식이야.”

“그렇게 눈치 보다 보면 무슨 말인들 제대로 할 수 있겠어요?”

“그렇지? 다들, 이런 부분들이 내가 고쳐야 할 가장 큰 결점이래.” 하고 눙치자 모두들 부장님, 알고 보면 엄청난 왕자병이에요! 하고 웃어대는 판인데 그녀가 끼어들더군.

“제가 볼 때 정말로 그런 면이 있으신 거 같아요.”

정말로 웃어대지 않을 수 없는 순간이었지. 그런데 다들 안 웃더군.

“그래요?”

“다른 사람 눈치 보는 건 나쁘지만, 남을 배려하는 마음이야말로 우리 생활을 더 편하게 만들어 줘요. 어느 책에서 보니까, 그런 말이 있더라구요. 그게 더 편하고 좋기 때문에 우리는 선량하게 살아야 한다…….”

“와!”

“명언이다!”

“학창시절로 돌아간 기분이에요!”

다들 뒤집어졌지.

이런 여자이고 이런 관계였던 거야. 재미 삼아 혹은 그저 대화 분위기를 풀어볼 작정으로 그녀와 나를 같이 엮어 놀려먹곤 했던 거야. 후후. 그러다 ‘봄맞이전직원 대단결새로거듭나기’ 야유회를 갔는데 그녀가 노래할 차례가 되어도 엉덩이만 빼자 다들 부장님 뭐 하세요? 하는 거여서 노래를 거들어줬고, 내가 부를 차례엔 언니 뭐 해? 해서 또 나란히 서서 불렀지. 그러자 누군가,

“와, 우리 회사 불륜 커플 제1호다!”

하고 햇빛에 못을 박아 제목 붙여 액자로 걸더군. 휘파람과 휴지와 병뚜껑이 날고 난리도 아니었지. 그걸 가지고 나중에 간부들만 남은 술자리에서 배불뚝이 상무 새끼가, 안경 너머 그 희번득하니 기름기 번들거리는 눈자위로 나를 치떠 보며 은근슬쩍 묻더군. 정말 아무렇지도 않은 사이야? 어휴, 성질 같아선 한 대 갈겨 주고 싶은 걸, 어쩌겠어, 그 껍질 두꺼운 곱사등이 새우 같은 입술에다 냅다 내 입이나 맞춰줘 버렸지.

“이런 사이입니다!”

오? 오? 하면서 뒤집어지더군. 하하.

자꾸 쩔쩔매기만 하는 그녀가 안쓰러워 둘만 있을 때 그녀에게 말했지. “사람들 말에 너무 신경 쓰지 말아.

장난으로들 그러는 거니까.”

“아니에요. 부장님께 너무 죄송해요.”

“뭐가?”

“저 때문에 괜히…….”

“잡아떼려고만 하지 말아!”

“네?”

“그게 더 어색해.”

“아, 네…….” 그녀는 얼굴이 빨개져서는 달아나더군.

내 말을 제대로 알아듣긴 들은 것인지. 대체 얼굴은 왜 그렇게 빨개져서 달아나느냔 말야.

“어머, 언니가 정말로 아빠를 좋아하는 거 아니에요?”

그 애가 벌떡 일어나 앉더니 눈을 빛내더군. 아빠라고도 하고 삼촌이나 그냥 부장님이라고도 부르고 제 기분 내키는 대로야.

“웃기는 소리 좀 하지 마.”

손가락으로 그 애 오른쪽 유두를 눌러주며 내가 말했지. 좀 전까지만 해도 딱딱하게 돋올져 있던 것이 그새 풀어졌더군. “꼭 거시기 같단 말야.” 내가 중얼거렸지.

그 애가 쿡 웃더니 내 손을 밀치곤, 꽤 진지하게 추리를 해보더군.

“아니면, 적어도 부장님이 언니를 좋아하고 있다고 착각하고 있거나.”

“에이.” 나는 왼쪽 유두를 누르며 말했지. “삐이! 틀렸습니다.”

“아니에요. 그러고도 남아요.”

“뭐가?”

“부장님을 정말 자상하고 따뜻한 사람이라고 생각하잖아요.”

“설마!”

“치, 언니한테는 정말 자상하게 굴더라!”

그 애가 베개로 내 머리를 쳤어. 그걸 볼 때마다 내가 정말 가증스럽대나.

“어허, 아빠 머리를 쳐?”

야단을 쳐주곤,

“나도 따뜻한 가슴을 가진 사람이야.” 목소리를 깔았지.

“하하. 부장님이오?”

그 애가 젖꼭지까지 흔들어 가며 웃더군.

“네 애인 앞에서는 너도 요조숙녀라며? 내가 그녀에게 자상하게 구는 걸 위선이라고 생각지 말고 나의 또 다른 일면이라고 생각해. 사람의 본 모습이란 건 정해져 있는 게 아니라 상대에 따라 변하는 거야. 상대가 점잖게 나오면 나도 점잖게 나오고, 상대가 험악하면 나도…….”

“거짓말! 아빠는 상대방이 야하게 나오면 덩달아 야하

게 나오다가도 상대가 얌전하게 나오면 그때는 더 음흉
하게 나오잖아.”

“후후. 그건 그래. 그렇지만 그 여자는 음흉한 마음마
저 생기지 않는 여자야.”

그 애가 딱, 손뼉 장단을 치더군. “그죠?”

“응!”

“히히. 하지만 아무튼 아빠가 그 여자 챙겨주는 모습
이 눈에 보이면 괜히 약오르더라.”

“너도 그렇게 대해 줄까, 점잖고 자상하게?”

말과는 반대로, 나는 다시 유두를 거칠게 빨고 깨물고
주무르기 시작했지.

“그건 싫어!”

“싫어?”

“질색이야.”

“왜?”

“불편하고, 낯간지럽고, 갑갑하고, 웃기고, 가증스럽
고, 신경 쓰이고……”

“어, 이 녀석 싼다!”

비릿한 젖이 나오더라고. 우린 다시 한판 뜨겁게 타오
르기 시작했지. 정말이지 그거에 대해선 지칠 줄을 모르
는 애야. 하룻밤에도 여남은 번씩 달음질쳐 지옥 문턱까
지 갔다 와야 해. 하하, 그래서 재혼하겠다는 건 아니

지. 그 애에게 애인이 따로 있어도 그 정도니 만약 재혼해 봐. 나는 일 년도 못 버티고 골로 갈 거야. 내가 말하자 그 애는,

"그럼 우리 결혼해요! 일 년 동안 서비스 잘 해주고 남은 재산 내가 가질게."

말해 놓고 깔깔 웃더군. 나는 그 애의 이런 점이 좋아. 육체만 아니라 정신까지도 노골적인 거 말야.

글쎄, 이렇게 생각해 보자고. 정신이나 육체나 정숙하기만 한 여자가 있다면 어떨까? 질색이지! 정신만 노골적인 애가 있다면? 그래, 졸라 약 오르지. 하하. 그럼 육체만 노골적인 아줌마 아저씨들은? 역겹지, 대부분의 인간들이 역겹지. 탐욕스러울 대로 탐욕스러우면서 정신은 점잖은 척. 하지만 그 애는 안 그래. 정신도 발랑 까졌어. 그게 해방감을 줘. 그 애와 있으면 육체만 아니라 정신도 아무런 구속을 느끼지 않아. 한번은 전처 얘기를 들려주자,

"내가 그런다면 적어도 보험 들어놓고 교통사고로 죽겠다."

그러는 거야. 깜짝 놀랐지. 목구멍이 탁 막히고 심장이 뛰더구먼.

"무슨 소리야?"

따져 물어보았더니 아무렇지도 않게 대답하더군.

“엄마 아빠를 죽이고 싶은 적이 있어요, 실제로.”
“왜?”
“만성 당뇨에 골다공증에 위장병에…… 그렇게 더 살아서 뭐 해요? 남은 가족을 위해서라도 죽는 게 나아.”
그런 말을 하면서도 고기를 맛있게도 씹더군.
“안락사 같은 거 말이지?”
“아니. 기왕이면 교통사고로 죽어야죠.”
“교통사고?”
“보험금이라도 받아 남은 가족들에게 주면, 누이 좋고 매부 좋고 아니, 아빠 좋고 딸 좋곤가. 헤헤.”
“딸만 좋은 거지!”
“딸이라도 좋아야죠!”
“그래도 그렇게 말하는 거 아냐. 말이 씨가 돼.”
“그래요? 그럼 계속 말하고 다녀야겠다.”
도둑 발은 늘 저리다고 나는 괜히 속이 뜨끔해져서는 웨이터를 불러 냉수를 부탁해 마시고 물어보았지.
“그러면서 효도 관광은 왜 보내 드렸어?”
“혹시나 비행기 사고라도 나지 않을까 해서요.”
“하하.”
“정말인 거 같아요. 글쎄, 공항에서 엄마 아빠와 오빠네 가족을 배웅하는데 비행기 사고가 나면 이게 모두 얼마냐? 하는 생각이 들더라고요. 후후.”

“그래, 비행기가 많이 주긴 줄 거야.” 기가 막혀서, 웃으며 대꾸해 주었지.

“그죠?”

그녀는 제 것을 다 먹곤 내 고기까지 가져가 먹으며 말을 잇더군.

“그런데 요즘은, 생각이 자꾸 달라져요.”

“뭐가?”

“엄마 아빠나 오빠네가 교통사고 나서 죽을 가능성은 너무 요원하니까…….”

“요원하니까?”

“굳이 다른 사람이 아니라 내가 죽어도 괜찮겠다, 싶어.”

“참, 좋은 생각이다!”

기가 막혀 혀를 찼지. 장난이 아니더라고. 자기 가족 중에 한 사람이라도 좀 번듯하게 살다 가면 좋겠다는 거야. 그래 놓곤 모든 걸 내 탓으로 뒤집어씌우더군.

“다 삼촌 때문이에요!”

“어째서?”

“이런 데 와보지 않을 땐, 몰랐는데.”

“아하.”

이해가 되더군. 고급 음식점이었는데, 회원카드가 있어야 들어갈 수 있는 곳이었지. 수입품에 호텔에 최고급 식당에, 내가 그 애 눈을 너무 높여 놓긴 놓았지.

"여기 와 있는 사람 중에도 네 나이 때는 쓰레기통에서 시래기 주워 시래깃국 해 먹으며 산 사람들 많을 거야. 나 역시 그랬고."

물론 그건 가시 발린 말이지.

"나도 그럴 줄 알았는데, 삼촌 집 가서 보고는 아니다 싶더라 뭐."

뭐 대단한 집이라곤 할 수 없어. 사층짜리 건물인데, 일이층은 가게 세놓고 삼사층을 내가 쓰지. 별로 비싸지 않아. 슈퍼복권에 당첨되면 가능한 액수지. 그 애는 내가 받는 가게 세를 제 월급과 비교하더니 허탈해하더군. 나를 낭만적인 샐러리맨인 줄 알았는데, 순 구두쇠라나. 그러더니 골목에 걸려 있는 현수막을 보고는 뒤로 벌렁 넘어갔었지. 거기에 그렇게 쓰여 있었거든. '가게 세를 내려주셔서 정말로 감사합니다. ○○상가회 회원 일동'

"이 정도 갖고 뭘 그래, 바보같이!"

내 딴에 달랜다고 친구 얘기를 해줬지. 의사인데 조금 돈을 버는가 싶더니, 빚까지 내서는 칠팔 억이나 들여서 경치 좋은 곳에 호화 별장을 지어서는 매년 두세 달씩 들어가 사는 친구가 있어. 하하, 그 애와 똑같은 소리를 하는군. 그 친구인들 계산기 안 두드려봤겠나, 은행 이자보다 나으니까 그 짓 하지. 가봤는데, 정말 경치가 절

묘한 곳이더군. 어떻게 그런 터를 찾아냈는지 몰라. 그런데 말이지 정작 재미있는 사실은 사람들이 적잖이 찾아온다는 거야. 들어간 돈에 두 배를 쳐줄 테니 팔라고 말야. 하하, 돈은 그렇게 벌어야 하는 거지. 하지만 아무나 피울 수 있는 재주가 아니지.

그 애도 이 대목에서 뒤집어지더군. 후후. 이제 알겠나? 세상은 결코 만만한 곳이 아니라니깐. 일이 억 생기면 은행에 넣고 이자 받아 여행 다니며 살고 삼사 억 생기면 이자 중에 일부는 불우이웃을 돕겠다? 뭘 몰라도 한참 모르고 하는 소리지. 위로 올라가면 올라 갈수록 더 살벌해. 거기서 살아남으려면 더 빠르게 머리를 굴려야 해. 투기에 주식 투자에 비리 공모에 새로운 회사 설립에 협잡에 컨설팅 참여에…… 왜들 그러냐고? 하하, 그건 길거리 나가서 지나가는 보통 사람 붙잡고 물어봐. 왜 그렇게 힘들게 고생하며 사세요? 다음달 안으로 아이들 학원비 내야 하고 김치 냉장고 살 생각이거든요, 하겠지. 그와 똑같은 이치야. 이번 달 안으로 유학 가 있는 아이에게 학비 보내야 하고 해외여행 다녀와야 하거든. 그러니까 계속 재투자를 해야 해. 돈은 돈을 낳거든.

그래, 그런 거 생각하면 살맛 안 나지. 그 애도 처음엔 그러는 거야. 하는 말마다 가시가 돋아 있었지. 전쟁이 다시 나서 뒤집어져야 한다. 자기가 열심히 살아 평생 저금해 모을 돈이 교통사고 사망 보상금만큼도 안 되다니 말이 되느냐. 그리고 또 식사 때마다 음식값을 북한 어린이 하루치 옥수수 값으로 나눠보고는 눈깔을 뒤집어 대는 식이었지. 후후. 하지만 제법 잘 적응해 나가더군. 무슨 인터넷 동호회 활동도 하고 애인도 곧잘 갈아치우고 새벽엔 일어 학원도 나가고. 교통사고? 하하. 말이 그렇다는 거지, 그렇게 어리석은 애가 아냐. 제 몸을 얼마나 아끼는데. 아냐, 몸을 결코 함부로 굴리는 게 아냐. 모두 제가 좋으니까 그렇게 하는 거야. 섹스도 회사 일도 제가 하기 싫을 땐 살살 눈치보면서 죽어도 안 해. 그러면서도 판매 실적이 언제나 상위였으니 머리를 굴린 거지 게으름을 피운 게 아냐.

반면에 그녀는 아무래도 아닌 것 같았어. 저조한 편은 아니지만 그 정도 실적이나마 유지하는 건 그렇게라도 하지 않으면 당장에 위협받는 생계 때문이지 결코 적성에 맞아서가 아니야. 영업을 뛰기에는 사고 구조가 너무 단순해. 일일이 따라 다녀보진 않아 마켓 나가서는 어떤지 모르지만, 깨진 바가지 띄워봐야 가라앉듯 눈앞 모습만 봐도 알조지. 농담도 잘 못 알아먹고 눈치가 빠르지도 않고 분위기 파악도 제대로 못하니 말야. 거기다 점심 한 끼 신세 지는 것도 불편해하고 누가 어깨에 손이라도 올리면 화들짝 놀라기부터 하니 그래서야 영업 체질이 아니지. 임기응변에 적극적인 승부 근성, 프로다운 감각 같은 게 최소한은 있어야 하는데 말야. 그저 착하고 순진하기만 하니.

그래, 그것도 일종의 그녀 장점이긴 하지. 하지만 조직은 그런 걸로 돌아가는 게 아냐. 오히려 무너져. 만약에 말야, 어떤 고위 관료가 능력은 없으면서 맥없이 착하기만 해봐. 그것만큼 골치 아픈 게 없어. 하수도를 엉뚱한 방향으로 내놓아서 다시 공사를 벌여야 한다고 한번 생각해 봐. 그것 때문에 몇 십 억이 더 들어갈지 모르는데 말야. 혹시 그 고위 관료가 어떤 부정한 뇌물을 먹고 그렇게 한 거라면 어쨌든 갈아치우면 될 텐데, 그저 낡은 양옥집에서 가족들과 단란하게 살아가는 착하고 선량한 가장인데 무능해서 그런 거라면 그거 곤란하지, 그거야말로 오히려 더 곤란해. 이와 비슷한 일이 우리 사무실에서 벌어졌어. 거의 다 성사시켜놓은 만만찮은 액수의 계약 건을 단지 서류 한 장을 빠트리는 바람에 그르치고 만 거야. 돌아버리겠더군. 분명히 다 구비해서 보냈는데 말야. 그런데 그놈의 서류 한 장이 며칠 뒤에 보니까 그녀의 서류꽂이에 끼어 있더군. 딸려갔나 봐. 다음 날, 한마디 해줄 생각으로 벼르고 출근해 보니 그녀는 피곤하지만 웃는 얼굴로 사무실 창가와 내 책상에 꽃을 꽂아놓고 있었어. 병원에서 받은 건데 아까워서 가져왔대.

"병원?"

"어머니가 입원해 계세요."

시어머니가 입원하셔서 병원에서 잠을 자며 다닌다는 거야. 화병이 늘 비어 있어서 눈에 밟히던 참인데 옆 침대 환자가 그냥 버리려는 걸 얻어 왔대. 비싼 꽃이라면서 돈 벌었다 싶은 거 있죠! 하고 웃는데 거기다 대고 뭐라 그래. 내 불찰도 있고 하니, 그냥 없던 일로 덮어 버렸지. 그녀는 아직도 자기가 그때 한 실수를 모를 거야. 모르고 저지른 잘못이라는 데야 어쩌겠어. 예수를 못 박아도 용서받을 텐데.

아무튼 사무실에 앉아 그 애와 그녀를 비교해 보면 정말 묘한 기분이 들어. 그 애가 사칙도 더 많이 어기고 매사에 더 이기적인 데도 결국 사무를 원활하게 풀어내는 건, 일찍 출근해 청소까지 반듯하게 해놓는 그녀가 아니라 얄밉긴 하지만 일 처리에 능숙한 바로 그 애란 말이야.

어쩌면 그때 단호하게 그녀를 문책했어야 했는지도 모르지. 그런데 버릇이 들어서일까, 고등학교 친구를 만나면 고교 때 모습으로 돌아가고 군대 동기를 만나면 군대 시절 어투가 나오는 경우처럼 이상하게 그녀 앞에서는 매정해지지가 않는 거야. 내심 불편하고 짜증이 날

때도 그냥 웃어 보이게 돼. 병원을 알아봐 준 것도 그래서일 뿐이야. 퇴원해도 된다고 해서 했는데 다시 병이 도지니까 유명의를 찾아서 진료 신청을 했대. 그래 놓고는 한 달가량을 대책 없이 차례 돌아오기만 기다리고 있길래 말야. 뭐, 보통 그 정도 걸리긴 걸리지. 전직 대통령 주치의이기도 했다니까. 그러나 정말로 한 달씩 기다리고 섰는 사람이 어디 있어. 정말이지 그 애와 대조적이더군. 걔는 내 친구 중에 의사가 있다는 걸 알곤 제가 먼저 말을 꺼내고 제가 직접 찾아가서 상의를 하던데 말야. 아무튼 의사 친구에게 내가 부탁했지. 그 친구가 손을 쓰니까 이틀 만에 되더군.

“괜히 미안해요.”

하길래, 나는 당연히 나에게 그러는 줄 알고, “미안할 거 없어. 마침 아는 친구가 있어서 전화로 부탁한 거니까. 어떤 관계냐고 자꾸 묻길래 내 애인이라고 했더니 두말 않고 도와주던데?” 했더니,

“그런데 사실 그게 더 기분 나쁘고 미안해요.” 그녀가 정색을 하며 대꾸하더군.

“응?”

“저 같은 사람이 진료 신청하면 한 달이나 기다려야 하는데 연줄이 있으면 이틀 만에 진료가 가능하다니 화도 나고 저 때문에 진료가 늦어지는 사람들 생각하면 미

안하기도 하고요."

그래서 내가 설명해 줬지. "하하. 그런 감정 전혀 가질 필요 없어."

"……왜요?"

"어느 바보가 한 달씩 기다려가며 진료를 받으려고 하겠어? 거기로 진료받으러 오는 사람 중에 아무 연줄도 없이 오는 사람은 정숙 씨뿐일 거야. 다 이래저래 연줄을 통해서 오는 사람들이야."

"그럴까요?"

"그럼."

"휴. ……그러면, 아무 연줄도 없는 환자만 너무 불쌍하잖아요."

그러더니 말하더군.

"저, 그 병원 포기할까 봐요."

"어?"

놀라지 않을 수 없었지.

"왜? 연줄도 없이 기다리고 있을 환자를 위해?"

"그런 것보다, 아무리 전직 대통령 주치의라고 하지만 그런 의사한테 진료를 받을 필요가 있을까 싶어요."

후후. 어떻게 되긴, 결국 그냥 진료를 받았지. 시어머니 병세도 병세지만, 어느 병원이든 유명의는 다 그런 법이니까 말야.

아무튼 그런 여자야. 뭘 몰라도 너무 모르는 거야. 하루는 병문안을 갔어. 하하, 가고 싶어서 간 게 아니야. 하필 그때 그 애 모친도 거기 입원해 있었는데, 그 애가 전화해서 울먹이기에 달려갔다가 그녀 쪽을 빼먹기도 그렇고 해서 들렀던 거지. 그랬더니 그녀가 굳이 주차장까지 따라 나오며, 그 애와 만나 같이 가야 하는데 말야, 뭐라 그랬는지 알아? 내가 꽃 대신 꽃값 정도의 아주 약소한 금액을 건넸거든. 그래도 그렇지,

"부장님은 「인간시대」나 「칭찬합시다」 같은 데에 나오면 딱 어울릴 분이세요."

그러는 거야. 하하. 미치겠더군. 그런 프로를 주로 보나? 입원실에 들어갔을 때 그녀가 켜놓고 보던 프로도 그런 종류였던 것 같아서 물어봤더니 과연 그렇다더군. 거의 빠트리지 않고 보면서 운대.

"보고 있으면 가슴 답답하지 않아?"

"아뇨. 울고 나면 마음이 따뜻해져서 좋아요."

그러더군.

언뜻 이해가 안 되는 건 아니지만 참으로 별난 취향이다 싶더군.

"간호하랴 직장 나오랴 힘들지?" 했더니 그녀는 이런 말도 했어.

"아니요. 감사해요. 고생하는 환자들 보고 있으면 건

강한 것만으로도 감사드리게 돼요.”

웃기지. 그 애는 반대거든. 억울하다는 거야. 평생 고생만 하신 어머니가 늘그막에 좀 쉬려니까 병으로 고통받고 그래서 자꾸 억울한 생각에 눈물만 난다며 내게 와 달라고 졸랐던 거거든.

아무튼 그런 일까지 겹치자 그녀와의 관계만 자꾸 의심을 더해 가면서 그 애와의 관계는 도리어 가려졌지. 아무튼 그런 상황이 그녀에게나 그 애에게나 나에게조차 나쁠 건 없었어.

그때부터 얼마 동안 나는 그녀처럼 「인간시대」 같은 프로를 켜놓고 들여다보기도 했지. 하하하. 내가 나올까봐 그런 건 아니야. 그냥 한번 들여다봤지. 별다른 얘긴 없더만. 그 다음 주던가. 무뇌아를 입양해서 키우는 부부 이야기가 나오더군. 서너 살 된 친자식이 하나 있는데도 신생아 계집애를 새로 입양한 거야. 그런데 알고 보니 그 아기가 선천성 무뇌아야. 뢴트겐 사진으로 보니까 뇌 모양이 보통 사람과 다르더군. 사지가 서서히 마비되며 비틀리다가 어른이 되기 전에 죽는대. 그 아기는 이미 우유도 제 힘으로는 삼키질 못해. 전문의들 진단도 의학적인 치료 방법은 없다는 게 공통된 견해여서, 주변에서는 다시 돌려주고 정상아를 새로 입양하라고 하는데, 그런데 이 부부들은 끝까지 그 아이를 키워보겠다고 고집을 부리는 거야. 휴직까지 하고 매일 아기 안고 울며 병원을 찾아다니더라고. 잘살지도 않아. 그냥 보통 수준의 아파트 살림이야. 도대체 이해가 안 되더군. 참, 세상엔 별의별 사람들이 다 있지!

그런데 그 다음 주던가. 그런 비슷한 라디오 프로에서 전화가 왔어. 출연해 달라고. 후후. 맞아. 이 대책 없는 여자가 엽서를 보냈나 봐. 이런 사람이 있다고. 뭘 어째!

"저는 그냥 평범하기 짝이 없는 회사원일 따름입니다."

가차없이 거절했지. 그럴수록, 겸손하시기까지 하시니 자기들 프로에 어떡해서든 꼭 모셔야겠다나. 막무가내로 섭외를 하더라고. 자기네 프로는 특별한 기인이나 헌신적인 봉사원을 소개하려는 의도보다는 그저 부하 직원에게 따뜻하게 대해 준다든가, 가게 세를 조금이라도 내려준다든가 하는 식의, 일상에서 작은 실천을 하는 선량한 시민들을 찾아 알리는 데 목적이 있대. 이런 실천가들이야말로 이 세상을 바꿀 수 있는 힘의 원천이라나. 사무실에선 난리가 났지. 창립이래 최고 경사라고 회사 홍보차 출연하라면서, 그런 프로에 나와서 하루아침에 유명 인사 된 사람 많다고 사인 받아 놓아야겠다나. 결재 서류에 사인 받으려는 제때 안 오는 애들이 말야. 끝까지 사양해서 물리쳤지.

"아휴, 부장님. 아무리 생각해도 아깝다. 한번 나가주지 않고요."

그 애가 말하곤 깔깔 웃어댔어. 그러자 그녀도 동감한다며 똑같이 말하는 거야.

"정말이에요, 부장님. 한번 나가시지 않고요."

기가 막혔지. 그 똑같은 말의 전혀 딴판인 뉘앙스를 느낄 수 있겠나? 아무튼 그 바람에 '상반기총결산전직원결의대회'에서 나는 뜻하지도 않은 '모범 사원' 상패를 다 받았어. 배불뚝이 상무는 나를 보자마자 부둥켜 끌어안으면서 여어, 김 부장, 정말 그런 사람인 줄 몰랐어! 하더군.

새끼, 말은 그렇게 해도 내심 당혹스러웠을 거야. 그 놈이 늘 대놓고 하는 말이, 착하지만 별로 부지런하지 않은 사람과 나쁜 놈이지만 근면한 친구가 있다면 자기는 당연히 후자를 사원으로 채용하겠다는 따위의 소리였거든.

"우정이나 친절 따위보다 탐욕, 자만, 질투, 욕심이 성공적인 경제를 일구는 토대다!"

놈이 즐겨 인용하는 버나드 맨더빌의 말이야. 알 게 뭐야, 영국의 정신과 의사였다더군. 욕심 없는 선량보다는 욕망이 들끓는 악인이 필요한 게 기업의 생리라나.

사원 면접 볼 때도 배불뚝이 상무놈은 인간적인 측면이나 추천서 같은 건 들여다보지도 않아. 일단은 학벌이나 외모를 보지만 그러고 나선 가난한가, 부양가족이 몇인가, 욕심이 많은 사람인가 등을 따져. 그놈 지론이 도박 빚이 없었다면 도스토예프스키의 소설은 나올 수가 없었다는 거야. 그뿐 아니라 셰익스피어, 베토벤, 모차르트 같은 천재들도 다 경제적 궁핍에 쪼들렸기 때문에 그렇게 쉴 새 없이 명작을 뽑아낼 수 있었다는 거야. 예술조차도 그런데 장사는 어떻겠느냐는 거야.

아마 그녀가 그 나이에 입사할 수 있었던 것도 놈이 그녀의 가정 형편을 참고했기 때문일 거야. 세상일 참 아이러니 하지. 어쨌든 놈 덕분에 그녀뿐만 아니라 다급한 몇몇 목숨들이 구제받았으니 말야. 물론 놈은 그네들 앞에선 다르게 말하지. 여러 조건이 불충분한 데도 불구하고 순전히 여러분의 가정 형편을 고려해서 인간적 차원에서 채용한 것이니만큼 분발해 달라고 말야. 개중엔 놈 말을 액면 그대로 믿고 그를 진심으로 존경하는 치들도 있으니, 세상 정말 우습지.

그날, 나를 포옹하는 배불뚝이 상무에게 그 애 어투를 빌려 한마디했지.

"상무님. 상무님과는 더 이상 만나지 않았으면 합니다."

"어, 무슨 소리요?"

"지난번엔 키스, 이번엔 포옹, 다음에 만나면 무슨 일이 벌어질지……."

"어?"

하고는 어깨를 걸며 막무가내로 웃어대더군. 뜨끔했을 거야. 그 변태 새끼.

하지만 그놈 말이, 전혀 근거 없진 않아. 아니, 그놈 말이 정확한 거지. 자본주의의 어쩔 수 없는 결점 중에 하나가 뭔지 알아? 그건 바로 선한 사람들보다 악한 인간들이 더 부지런해서 도대체가 사회 정화가 불가능하다는 거지.

그 배불뚝이 상무만 해도 그래. 정말 지독한 놈이야. 업무상 이틀이 멀다 하고 술자리를 벌이면서도 언제나 출근 시간을 놓친 적이 없어. 벌여놓은 것만도 힘들고 복잡해 죽겠는데 끝없이 새로 펼 사업 궁리하고. 그러면서 대학에 강의도 나가. 거기에 호색한이기도 하지. 내가 아는 계집만 한둘이 아냐. 그러면서 영어와 일어로는 부족해서 틈틈이 중국어 공부까지 한단 말야. 게다가 영화광이어서 좋은 영화는 꼬박꼬박 다 찾아봐. 그런 식으로 보통 서너 사람 몫을 혼자서 해내. 정말이지 엄청난 정력가야. 사원들을 부품 취급하는 식의 인간성 더러운 것만 빼면, 정말이지 그 부분만 빼면, 꽤나 매력적이라고까지 할 수 있는 인간이지. 우리 같은 사람은 흉내도 못 내. 그러나 바른 소리 하는 식자들이나 착한 일 하는 봉사단체 회원들이 어디 그러나. 실컷 자빠져 자고 쉴 때 다 쉬면서 그런 것 하지. 그게 무슨 봉사야, 노는 게 미안해서 하는 짓거리들이지.

그 즈음 또 「인간시대」를 보게 됐는데, 실직자 가정을 다루고 있더군. 새끼 둘을 모두 고아원에 맡겨놓고 월말에나 한번 찾아가서 만나고 오는 전직 중소 기업가가 나왔어. 부랑아 수용소에서 숙식하고 폐품 모으는 일을 하면서 틈틈이 사기 치고 도망간 동업자 놈을 찾아다니더군. 그 동업자 집에 가서 대여섯 살짜리 아이의 어깨를 붙잡고 제발 도와달라며 엉엉 우는데, 갑자기 나도 그만 정처 없이 눈물이 나대. 후후. 참으로 오랜만에 흘려보는 눈물이었지. 마룻바닥에 주저앉아 쿠션 껴안고 끄륵끄륵 울었어. 후후. 그 맛도 괜찮더군. 후후. 재미를 붙였던지 다다음 날인가는, 북한 어린이들의 참상을 다룬 프로에 맞춰놓곤 울었지. 하하. 그래서 ARS도 보내고 온라인 성금도 조금 하고. 응, 정말 「칭찬합시다」 따위에 나올 법한 일이 벌어진 거지. 나도 알고 보면 이렇게 선량하다니까!

그런데 뭐, 솔직히 그때뿐이야. 조금 지나니까 괜히 쑥스러워지고 며칠 지나니 쑥스러운 기분마저 아예 잊혀지더군. 텔레비전을 통해 간접적으로 접해서 그럴까. 아니 실생활은 엉망이면서 그런 선행을 한다는 게 스스로에게조차 웃겼던 걸까. 아니면 그따위 짓거리는 배불뚝이 상무도 얼마든지 하는 짓이다 싶어서였을까. 놈 마누라가 장로래. 십일조를 꼬박꼬박 바친다는 거야. 그게 아까워 죽겠다나. 교회에 갖다 바치느니 차라리 불우 이웃을 돕자고 부부싸움까지 했대. 웃기지 않아? 상상해 보라고. 욕심이 끝없는 그 변태 배불뚝이가 불우이웃을 돕자는 명목 하에 싸웠다니! 소변보다가도 그 생각하면 웃음이 나.

아무튼 어쩔 수 없더군. 북한 어린이들 눈빛은 금세 잊혀지는 데 반해, 한번 참으면 기아 수백 명을 살릴 수 있을 프랑스 요리나 양주 맛에 대한 갈증은 매달 한 번씩 꼬박꼬박 되살아나는 걸 보면 말야. 한 놈은 호령하는 맛에 사또질 하고 한 놈은 간살 떠는 맛에 이방질 한다고, 짓이 나지 않는 선행은, 호기심 땡기는 악행보다 재미가 없지. 오래가지 못해. 그런 게 인생이야.

게다가 웃기잖아. 제 욕망도 조절 못해 망가질 대로 망가져 가는 주제에 이웃을 돕겠다니. 자신을 방기하고 타인을 돕는다니, 어불성설이지. 비리 경찰 주제에 사람들이 교통법규 어기는 것에만 엄중히 분개하는 꼴이랄까. 비리 투성이 기업주가 수재민 돕기 하는 꼴이랄까.

반듯한 태도이기는커녕 그런 거야말로 위선 아니냐 말야. 그래서 나만이라도 불우 이웃을 돕는 눈속임 따위는 저지르지 않기로 올곧게 마음먹었지.

그러고 보면 선량하게 산다는 건, 아주 멍청하거나 아니면 내세에서의 보상이라도 철저히 믿는 작자들이나 하는 짓이지, 아무나 할 수 있는 게 아니야. 그녀? 글쎄, 그녀는 미안한 말이지만 멍청한 쪽이 아니었을까. 아, 그러지 않고서야 병원 환자들이나 「인간시대」 따위 보면서 자기는 그래도 행복한 사람이라고 만족해한다는 게 말이 되나. 알고 보니 골골 앓는 시어머니에 놀고먹는 시누이에 무능한 남편까지, 정말이지 「인간시대」 주인공이 따로 없더만. 무슨 사업을 하는 모양인데 가져오는 것보다 쏟아 붓는 게 더 많대. 대학 때 야학 선생으로 만난 커플인데, 야유회 때 엉터리 된장국을 끓여 냈는데도 탓하기는커녕 고추장 썩썩 비벼 콧등에 땀까지 흘려 가며 맛있게 먹는 거 보고, 이런 사람이면 믿고 의지하며 함께 인생을 꾸려나갈 수 있겠다 싶었다나. 매사 낙천적이고 술 좋아하고 사람을 너무 잘 믿어서, 그녀가 봐도 사업가 기질이 아닌데 바로 그 이유 때문에, 그러니까 낙천적이고 술 좋아하고 사람을 너무 믿어서 자꾸만 사업을 벌이려 든다는 거야. 그러니 애들 키우랴, 시어머니 병간호하랴, 시누이 눈치 살피랴, 철없는 서방 걱정하랴, 직장일 하랴. 화장할 새가 어디 있으며 유행 좇을 틈이 어디 있겠어. 곧잘 맥없이 꾸벅꾸벅 졸곤 하기에 직장 생활 힘들지? 하고 물어보면 언제나,

"아뇨. 즐거워요."

그러는 거야. 그런데 그냥 둘러대는 말본새가 아냐. 피곤해하다가도 이내 다시 고쳐 앉는 앉음새며 문득 창밖 풍경을 내다보고 감탄하는 눈빛이며 자판기 커피 한 잔을 두 손으로 안아 쥐고 돌아오는 모습하며 정말로 그 일을 만끽하는 동작들이야. 정말로 일과 회사와 세상을, 자기 인생을 사랑하고 있는 모습인 거야. 정말이지 아무도, 그 어떤 객관적 잣대도, 그런 그녀 모습을 본다면, 그녀가 결코 불행한 삶을 살고 있다고 자신하지 못할 거야.

그래도 둘만 있을 때 한 번 더 물어보곤 했지.

"직장일이 즐거워?"

"그럼요. 피곤하긴 하지만, 다시 사회생활 시작하니까 좋고요, 또 부장님같이 좋은 분 밑에서 일하니까 좋고, 여러 면에서 저는 운이 좋은 거 같아요."

그러는 거야. 그런데 그 애는 또 달라.

"시시해."

"왜, 열심히 하면서?"

"흥이 안 나. 계절 타나 봐."

내 위로 올라와서는 물장구 치듯 발을 흔들어대더군.

"난, 이유를 알 거 같아."

천장을 보며 말해 주었지.

"뭔데?"

"마음!"

"뭐?"

"마음을 착하게 먹어봐."

그 애는, 안경 벗으면 딴사람 같아, 하고는 손을 뻗어 안경을 집어오더니 씌웠다 벗겼다 하더군. 나는 그녀 얘기를 해줬지. 어느 모로 보나 그 애보다 불리하고 힘든 상황인데도 자신은 운이 좋다고 생각하며 매사 열심인 걸 보라고. 그러자 아빠! 부르더니 심각한 표정으로 묻더군.

"정말로 언니를 좋아하는 거 아냐?"

"미쳤군."

웃기지도 않더군.

"솔직히 말해 봐."

"하하. 내가 좋아할 스타일이 아닌 거 네가 잘 알잖아. 중성적인 외모에 코끼리 등짝처럼 딱딱한 생각들. 트럭째 갖다 줘도 트럭만 빼앗지, 안 먹어."

"그래도, 따뜻하고 순정적이고……." 그러더니 이번엔 생뚱하니 묻는 거야. "아저씨는 안경 언제부터 썼어?"

말똥말똥 눈을 굴리면서 말이지. 그렇게 두서 없는 대화를 나누는 게 그 애 특기지. 심각한 얘기는 십 초 이상 지속하지를 못하는 체질이야. 통통 튄다니깐. 귀엽고 사랑스러워서 한 번 더 하고 싶어지더군. 그러고 나서 열흘쯤 지나서인가, 횟집에서 식사하다 말고 수족관을 멀뚱히 쳐다보면서 말하더군.

"착하게 사는 건, 쉬워요."

"뭐?"

"수족관 물고기처럼 너무 쉬워요. 휴지는 휴지통에 버리고, 출퇴근 시간 정확히 지키고, 행운이 찾아오면 감사해하고 불행이 찾아오면 더 큰 불행을 겪지 않는 행운에 감사하면서 살면 되는 거잖아요?"

질경질경 껌 씹듯 먹으며 중얼대더군.

내가 물었지. "회가 별로 싱싱하지가 않지?"

일단은 그렇게 얘기를 흘렸는데, 그날 밤 섹스가 끝나고 나서 생각이 나더군. 그래서 물어 보았지.

"그게 쉽나?"

"뭐?"

"착하게 사는 거 말야."

"쉽잖아요."

"하지만 그렇게 살지 못하잖아."

"내가 왜 그렇게 못해요? 집안일도 하고 회사도 열심

히 다니고 신호등도 언제나 지키고 국회의원 선거도 꼬
박꼬박 참여하는데.”

“그러면서 늘 딴 짓이잖아…….”

“너무 쉽고 단순하니까. 착하게 사는 건, 너무 쉽고
단순하고 지겹고 갑갑해요. 그래서 역설적으로 더 어렵
게 느껴질 뿐이죠. 거웃이 자라기 시작한 애가 소꿉놀이
같은 것에 더 이상 흥미를 느끼겠어요?”

흥미가 가는 말이더군. 그래 껴안아주며 나직한 소리
로 물어보았지. “거웃은 언제부터 났어?”

깔깔 웃어대더니 날 죽이려고 하더군.

정말 재밌더라고. 그 애에게 착하게 사는 것이 너무나
단순하고 쉽게 여겨진다니 말야. 그래서 답답해 보인다
니 말이야. 더구나 그 애는 언제나 가볍고 재밌게 살고,
하지만 일이 힘들다고 투덜대지. 반면에 그녀는 최소한
내 주변 사람 중에서는 가장 어려운 처지이고 모습도 피
곤해 보이는데, 자기는 일이 즐겁고 운도 좋다고 말하는
거야. 그런데 그녀 실적을 보면 또 그다지 좋은 편이 아
니야. 그래, 사람 성격이란 게 참으로 묘한 거로구나 싶
더군. 후후, 그래. 이런 걸 두고 공평하다고 해야 하나,
불공평하다고 해야 하나. 도대체 어떤 성격 어떤 자세로
이 세상을 살아야 하는 거지?

둘이 같이 있으면 그녀와 그 애의 차이가 확연하게 드

러나. 그녀는 따뜻하지만 너무 갑갑하고 그 애는 얌체 같지만 아주 시원시원하지. 한번은 식사를 같이 하러 갔는데, 본래 자기 주장을 고집하는 적이 거의 없는 그녀는 그날도 김밥이나 먹자더니, 다른 사람이 피자를 먹고 싶다고 하자 잠자코 따라가 피자를 먹고 말더군. 그러곤 그녀가 먼저 피자 값을 냈어. 반면에 그 애는, 그런 그녀를 이해하지 못해.

“아니, 피자 값을 왜 언니가 내요?”

“괜찮아.”

“아니, 피자를 먹고 싶다고 한 사람들이 내든가, 아니면 다 같이 모아서 내야죠.”

내가 중재를 나서야 했지. “아무나 내면 어때? 이번에 피자 얻어먹은 사람이 다음에 김밥 사면 되겠네.”

그러나 그녀가 화장실 간 사이에 그 애는 도리어,

“아니, 먹고 싶은 게 있으면 그걸 말하지, 그리고 같이 내기로 했으면 같이 내야지 왜 혼자 나서서 다른 사람만 이기적이게 만들어요? 사무실에서도 맨날!”

하고 짜증을 내더군.

웃기더라고. 그녀는 선택을 양보하고 음식값도 내주고는 욕을 얻어먹고, 그 애는 모든 걸 양보받고도 불쾌감을 느끼고. 그때 문득 그 둘을 반반씩 섞어놓고 싶은 충동이 일더군. 그래서 그날 나는 두 사람에게 태도를 바꿔서 대해봤지. 그녀에겐 장난조로 그 애에겐 진지한 투로 말이야. 그녀 손까지 잡아끌면서 귀가하려는 걸 붙잡고 데려갔던 건 그래서였던 거야. 장난인 척, 어깨동무까지 해가면서 말야. 마지못해 따라오면서도 불편한 기색을 감추느라 애를 먹더군.

2차 가서는, 거꾸로 그 애에게 진지하게 이런저런 충고를 늘어놓았어.

"세상은 차가운 방의 이불 같은 게 아닐까 싶어. 서늘하긴 하지만 애정을 갖고 섞이면 적어도 자기 체온만큼은 따뜻해지지. 하지만 자기 체온을 섞지 않는 한 점점 더 차가워질 뿐이지. 나무토막은 나무에 불과할 뿐이지만 계속해서 마찰을 주면 거기서 불이 나올 수도 있어. 나무의 속성이 불은 아니지만 나무 한 그루 속에는 이 세상을 다 태우고도 남을 불이 들어 있지 않은 것도 아니야."

그러니까 자신이 먼저 따뜻한 마음을 먹어야만 세상도 따뜻해 보이는 법이라고 그 애에게 얘기해 주려던 것인데, 애길 하다 보니까 눈을 빛내고 듣는 건 그 애가 아니라 그녀더군. 후후. 그 애는 내가 말을 끊자 이러는 거야.

"부장님, 내가 싫으신 거죠?"
"응?"

"그러지 않고서야 왜 이렇게 지루한 말만 늘어놓으시고 그러세요."

하곤 깔깔 웃더군.

후후. 그래. 나야말로 괴팍한 성격인지 몰라. 뭘 어쩌겠다는 건지, 그쯤에서 그 무의미하고 짓궂은 장난질을 집어치워야 했는지 몰라. 그런데도 나는 기어코 일행을 내 집까지 끌고 갔어. 아끼던 양주를 내려 술판을 벌였지. 물론 그녀도 그 애도 섞여 있었는데 그날따라 그 애는 그녀가 유독 마음에 들지 않나 봐. 그때까지도 그녀가, 술자리에 끼기보다는 사들고 온 과일을 씻어 내오거나 재떨이를 비우거나 내가 엎지른 술을 닦아내고 하니까, 글쎄, 그녀가 그때 이미 나를 정말 좋아하기 시작한 건지, 아니면 성격이 본래 그래서 그랬던 건지, 아무튼 그러자,

"언니, 언니가 그러니까 꼭 부장님 사모님 같아요."
하곤 놀려댔지.

"정말, 두 분 너무 잘 어울린다!"

옆에서 다른 사람들까지 맞장구쳐대니까, 그녀는 뜻도 모르고 얼굴만 빨개지며 웃더군. 그 애는 그쯤에서 그치지 않고 거의 노골적으로 그녀를 힐난했지.

"언니, 언니가 자꾸 그러면 우리가 도리어 불편해요. 난 정말이지 너무 착하게 사는 사람들 보면 짜증 나."

“착한 게 어때서?”

내 딴은 집주인답게 무마시킬 작정으로 그녀 눈치를 본 건데 그게 더 그 애를 자극했는지, 말이 빨라지더군.

“착한 것만큼 억압적인 것도 없어요. 우리 동네에 하루도 빠지지 않고 새벽 일찍 일어나 골목 청소를 하는 할머니가 한 분 있는데요, 청소 다 하고 나면 나머지 일과는 뭔지 아세요?”

“생전 골목 청소 한번 안 한다고 이웃들 비난하며 나무라는 거예요.”

“뭐, 그 할머니 말이 전혀 틀린 것도 아니네.”

“어지간한 건 청소부 아저씨들이 다 치워요. 그러니까 언니!” 그 애가 기어코 직격탄을 날렸지. “우리가 갈 때 되면 알아서 다 치우고 갈 테니까 지금은 제발 같이 술이나 마셔요.”

누군가 어색한 분위기를 풀려고 거들었어.

“너 부장님 좋아하니? 왜 언니와 부장님 사이를 질투하고 그래?”

그녀는 이미 만취한 사람처럼 얼굴이 빨개져서는, “미안해. 집에 애들도 그렇고, 그만 가봐야 할 거 같아.”

하곤 일어나더군.

그걸 또 내가 뒤에서 허리까지 안아가며 잡아 앉혔지.

“아, 정숙 씨. 정숙 씨가 가면 어떡해. 정숙 씨와 술

마시는 게 좋아서 여기까지 온 건데, 내 마음을 몰라주고 정숙 씨 가면 나, 이 불쌍한 김 부장, 울어버린다!"

아니, 그땐, 두 사람을 반반씩 섞어놔야겠다느니 태도를 바꿔서 대해야겠다느니 하는 어처구니없는 발상 따위는 접어버린 지 오래였어. 단지 어색해진 분위기를 무마할 작정으로 그렇게 한 거야. 사실 나도 이미 주량을 넘어선 상태였거든. 말 그대로 두주불사였지. 그런데 정말이지, 내 본심이 어떻다는 걸 가장 잘 알고 있을 그 애가 나를 잡아먹을 듯이 째려보더니, 나가버리는 거야. 잘해 보세요! 하고는.

어이가 없어 웃음도 나지 않더군. 이런 걸 플라시보 효과라고 하나, 아니면 시뮬레이션 효과라고 해야 하나. 믿으니 그렇게 되어버린다고, 그나마 사태의 진실을 가장 정확하게 인지하고 있을 그 애마저 그녀와 나를 그렇게 몰아서 묶어버리니까, 정말이지 꼼짝없이 우리 사이에 무슨 은밀한 감정이라도 있던 것처럼 되어버리는 거야. 이내 어색해져서는 파장이 나버렸지. 다들 일어났어. 에이, 무슨! 그녀도 돌려보냈지. 나중에 들은 얘기로는 택시 잡는 데까지 따라나와서는 그녀 두 손을 맞잡고 뭐가 그렇게 미안한지 내가 미안하다는 말을 연발하더라나.

그러나 그뿐이었지. 내 신경은 온통 그 애에게 쏠려

있었어. 그 애 마음을 돌려놓으려고 속을 끓였지. 여자
라고 하는 인종에 대해 내가 좀 알아서 하는 얘긴데 그
런 쫀득쫀득한 맛이 나는 물건은 많지 않거든. 게다가
내가 무진 공을 들여 길을 잔뜩 들여놓은 판인데. 아,
아니지. 그러면서 나도 그 애에게 잔뜩 길이 들어져 버
렸지. 사랑에 일방통행이란 게 가능한가, 어디. 사랑이
란 서로 오고 가는 상호적인 관계거든, 하하.

그런데 하필 그때 그 일이 터졌단 말야. 그녀는 본래
그쪽 담당이 아니었는데, 일이 그렇게 되려고 그랬던 건
지, 그녀가 맡게 되었다가 사태가 이상한 모양으로 흘러
가게 되었어. 아니, 그녀가 무슨 실수를 한 건 아냐. 그
녀는 오히려 정확하게 일을 처리했지. 물건을 품목별로
맞춰 넘겨주고 직접 홍보까지 하고 그날로 정확한 액수
를 수금해서 돌아왔지. 한 치의 착오도 없이 말야. 그런
데 바로 그게 착오였지. 그 품목은 가격만 높을 뿐, 마
진이 너무 약한데 거래처를 확보할 양으로 일종의 회사
홍보차 다루고 있는 제품이었거든. 영업 담당자에게는
수고스럽기만 하고 다른 제품에 비해 떨어지는 부스러기
가 너무 적어. 그래서 서류를 편법으로 짜 맞춰 기재하
고 한두 개쯤 담당자가 뒤로 빼돌리는 게 일종의 관례로
되어 있었어. 갖다 쓰기도 하고 아니면 거래처에 절반
값으로 넘겨주기도 하고 말야. 그런데 그녀는 그러지 않

았지. 아니, 그녀도 대충은 눈치 채고 있었나 봐. 그러나 자기는 그러고 싶지가 않았대. 왠지 불쾌하고 또 겁도 나고 말야. 손이 덜덜 떨려서 도저히 적을 수가 없더래. 그러나 그 바람에 그동안 다른 사람이 관행적으로 저질러온 서류 변조가 들통나고 말았지. 하지만 영업 쪽이 다 같이 말려 들어가는 일이니까 설마 하고 안심들하고 있었는데, 그중에서도 정도차를 고려해 본보기 삼아 철퇴가 내려졌어. 거기에 그 애도 걸려 버렸지.

토라져서는 눈빛 한번 주지 않고 쌀쌀맞게만 굴더니 일이 그렇게 되어버리자 결국 제 발로 나를 찾아오더군. 그래, 그 순간만큼은 나도 오히려 기회구나, 하고 좋아했지. 잔뜩 굶주려서는 다른 방도를 찾아볼까 하고 궁리하던 차에 말이지. 나이트 부킹이나 채팅이나 전화방 따위 말야.

"성말 이렇게 될 술 모르고 그런 거래요?" 그 애는 그녀를 의심하더군.

"그럼 일부러 그랬겠어?"

그런 결과가 나오리라고는 나조차 예상하지 못했으니 그녀가 의도적으로 그랬다고는 볼 수 없는 일이었지. "자기도 가짜로 적어 넣으려고 했는데 심장이 뛰고 팔이 후들거려서 그만두었던 거래."

"자기만 바르고 착하다?"

"목소리 좀 낮춰."

나는 그 애 옆머리를 귀 너머로 넘겨주었지.

"혼자 바르고 착하면 다예요?"

"그럴 의도가 아니었다니까." 목청을 눌러가며 그 애를 달랬지. "너도 그녀 성격이 어떤지 잘 알잖아." 하지만 아무리 그래 봐야 그 짓을 하기는 이미 글러먹은 판이더군. 키스하다가도 약이 오르는지 입을 떼곤 씨팔, 하고 욕을 뱉는 거야. 그러더니 어휴, 짐승 같아! 하고는 나를 화풀이 삼아 떠다밀더군. 부장님. 지금 할 기분이 나요? 나 원, 십상 분위기 파악 못하고 꼬리 흔들며 달려들다 얻어터진 개꼴이데. 엉덩방아에 뒤통수까지 찧었지 뭔가. 내가 화를 내자 그제야 낄낄대더니, 키스를 받아주며,

"언니는 이런 거 할 때도 순하고 착하게만 하죠?"

하는 거야. 기가 막혀서.

"대체 무슨 소리야. 우리가 정말 그런 관계라고 생각해? 나야 그렇다 치고, 그녀 성격을 몰라? 이런 건 꿈도 못 꿀 여자잖아!"

나의 결백을 분명히 해두고 싶었지. 그러나 웬걸, 그 말에 더 화를 내더군.

"나는 이런 거나 꿈꾸는 여자고요?"

하고는 문 닫고 탁 나가버리는 거야. 서둘러 따라갔

지. 그러나 식당으로 가서도 다시 또 그 애기야. 눈치 없는 내 거시기는 그때까지도 포기할 줄 모르고 자꾸 식탁을 들어올리는 데다 그 애가, 아빠는 왜 자꾸 정숙 언니 편만 들어! 하고 말실수까지 하자 나는 발가벗겨진 기분이 되어 쩔쩔맸지. 하필이면 그녀도 그 식당에 와 있었던 거야. 그러나 이미 그녀에게까지 들렸나 봐. 식사를 마치고 나가다 말고 돌아서더니 뚜벅뚜벅 다가오더군.

"미안해요, 선영 씨."

마치 주문받으러 온 웨이트리스처럼 단정히 서서는 사과하더군. 하지만 사과할 일도 아니고 사과로 매듭지을 수 있는 사태도 아니었지.

"정말이지 착하게 사는 사람들만큼 위선적인 인간들도 없다니까요!"

그 애가 애먼 나를 향해 포크까지 내던지며 쏘아붙였어. 바닥으로 떨어졌는데 고개를 숙여 살펴봤지만 그만 어디 처박혔는지 보이지가 않더군. 그녀가 찾아내서는 주위 제자리에 올려놓았어. 그리고 한 번 더 사과하더군.

"정말 미안해요."

주위 이목도 있고 해서 나는 어떻게든 화해를 시켜볼 양으로 그녀를 일단 거기에 앉혔지.

"그런 사람들이 있죠." 그 애가 탁자를 쳐다보며 그녀에게 얘기했어. "모범생들 말이에요. 말썽을 피우기는커녕 쉬는 시간에 도시락 까먹는 것조차 삼가고 잘못했을 땐 반드시 그만큼 매를 달게 맞고 거기다 인간적 실수까지 치장하듯 한두 번 저지르죠. 동아리 활동도 심지어 데모를 해도 열심히 하더군요. 술까지도 잘 마셔요. 하지만 취해도 실언하지 않고 언제나 옳고 바르고 생각 깊은 소리를 해요. 그리고 이런 인간들이 결국 성공해서 사회의 중요한 자리에 있게 되면 뚜렷한 자기 기준이 생기죠. 그리고 그 기준에 어긋나는 인간을 보면 곧바로 올곧은 소리를 해대죠."

그 애는 이제 그녀를 쳐다보고 있었어. 그런데 나에게 하는 소리처럼 들리는 까닭은 또 뭘까. 하하, 그러게, 그런 주제도 못 되면서 말야. 그 애는 다시 나를 보며 묻더군.

"도대체 그런 그들에게 무슨 잘못이 있겠어요?"

따져 묻는 그 애 입술도, 듣고만 있는 그녀의 손도 떨고 있더군. 그런데 나는 도대체 무슨 잘못이 있어서 이런 곤욕을 치러야 하나 싶었지.

"아무 잘못도 없죠." 그 애 스스로 대답을 하더군.

그럼, 아무 잘못도 없지. 그렇지 않겠어?

"잘난 척한 죄밖에는요."

하더니 다시 그녀를 쳐다보더군. "하물며 별로 잘나지

도 않은 언니에게 무슨 잘못이 있겠어요. 그러니 사과할 거 없어요. 나 같은 애가 가장 불쾌할 때가 바로 지금 이런 때예요. 언니같이 착한 사람이 나 같은 애에게 사과까지 하려 할 때요.”

가방을 챙겨들더니,

“많이 배웠어요.”

하고는 나가버리더군. 그녀에게 한 말인 줄 알았는데, 내게도 던진 인사였어.

아니, 그렇지 않아. 그 애가 애당초 그런 편법 거래를 한 게 잘못인 것도 아니고, 그녀가 정직하게 기재한 게 문제랄 수도 없지. 차라리 배불뚝이 상무 새끼 농간에 놀아난 거라고 봐야지. 사실 그것은 이미 굳어진 관행이어서 위쪽에서도 전혀 눈치를 못 채고 있었다고는 할 수 없거든. 낌새는 맡았지만 애써 들추지 않았던 거야. 영업 사원들의 도덕적 문제이기 전에 회사의 급여 책정부터가 잘못된 거니까.

그러니 직원이라면 누구나 사규를 어기게 되는데, 사실 조직이란 그런 잘못까지도 서로 공유할 때에야 잘 뭉쳐 돌아가는 거여서 그런 허방을 의도적으로 만들어놓기도 하는 법이니까 조직 생리상 오히려 모든 게 제대로 돌아가고 있었던 거라고 봐야지. 말하자면 구조적인 잘못이랄까. 인간 세상이란 게 본래 공통의 허점이 있어서 그 때문에 뭉쳐 살고 있는 것이기도 하거든. 다만 시장이 너무 침체되고 회사가 어려워지자, 직원을 줄일 계획 하에 상무 새끼가 의도적으로 잔대가리 돌린 거야. 하지만 그런 경우, 구린 구석부터 쳐내는 것 또한 정석에 가까운 구조 조정 방법이니 상무를 탓할 일도 아냐.

아무튼 그렇다면, 그 중에서 가장 큰 피해를 본 건 회사를 그만둬야 할 지경에 이른 그 애니까, 역으로 보면 가장 떳떳할 수 있게 된 거고, 마치 자기는 연루되지 않은 사람인 양 아무렇지도 않게 살아남은 직원들이야말로 더 나쁜 놈들이라고 해야겠지. 그러나 그 누가 세상을 이런 식으로 봐주려고 하나. 제 목숨 보존하기도 힘든 판국에 말야. 결국 그 애를 비롯해서 가장 정도가 심했던 몇이 십자가를 메고 그만둠으로써 일이 일단락 지어졌는데, 그러나 결과적으론 십자가를 멨다기보다 쫓겨난 꼴이고, 쫓겨난 개들만 나쁜 사람들인 것이고, 재수 옴 붙은 거고, 사필귀정 취급당하는 거지. 이 세상 사람들이 말하는 정의의 심판이란 실상은 이렇게 역설적인 것이지.

그런데 그 다음 주에 그녀도 사직서를 내더군. 그녀 형편에 아무 대책 없이 회사를 그만둔다는 건 정말 바보 같은 짓이지. 당연히 반려시켰어.

"개인적인 자책 같은 거 하지 마."

하지만 그녀도 고집을 부리더군. 자기 스스로 답답해서 그런다나. 그럼, 이렇게 함으로써 도덕적인 부담에서까지 벗어나 보겠다는 거야? 하고 그 애 말투로 쏘아붙이고 싶기도 한 걸, 참았지.

"정숙 씨 아니어도, 벌어질 일이었어." 커피를 내려주며 설명해 줬지. 어차피 영업부에서 두셋쯤 감원해야 할 형편이었다고. "그래도……." 하고 고집을 풀지 않기에 그 얘기까지 해줬어. "그리고 그 애 문제는 내가 다른 회사 알아보는 중이니까……."

"네."

그제야 물러나더군. 물러나면서 부장님, 하고 부르더니 고맙습니다, 하더군. 남 속도 모르고 말야.

가을은 그놈의 '직원대단합대회'도 없이 그렇게 뒤숭숭하니 지나가고 있었어. 차창 밖으로는 종일 땡볕을 쬔 피부 같은 색깔의 낙엽들이 하나둘씩 떨어지기 시작하더군. 그러던 하루였어. 지하철역까지만 태워다 달라기에 동승했는데, 그녀가 꼼지락꼼지락대더니 적당히 단풍 물든 빛깔의 스웨터를 꺼내 내밀더군. 손수 뜬 스웨터래. 색깔도 단아하고 모양도 야무지더군. 그래 봐야 라운드가 너무 넓고 가슴께도 더부룩하니 촌스럽더만, 아무튼 놀랐지. 그렇게 고단한 생활을 하면서 언제 그걸 뜰 새가 있었냐 말야. 입사 때부터 틈틈이 짜온 것이라곤 하지만 가족들도 그녀 뜨개질을 지켜봤을 텐데 그걸 내가 받아 입다니 아무래도 부담되더군. 이거 정말 내가 입어도 되는 건가? 난처하더군. 참, 받았으니 안 입기도 뭐하지만 마음에 썩 드는 디자인도 아니어서 딱히 입고 다니고 싶은 것도 아니니 이래저래 곤란하기만 하잖냐 말야.

"그럼요. 부장님 덕분에 이제 스웨터 뜨는 법은 완전히 익혔어요."

내 덕분에? 물어봤지. "하지만 가족들이 여름 내내 뜨개질한 거 어쨌느냐고 물어보면 어쩌려고 그래?"

그녀는 그냥 웃기만 해. 그러곤 우연하게도 우리가 처음 만났던 곳 그래, 사고 났던 데로 접어들게 됐어. 아니, 우연이 아니었는지, 그녀가 그곳에 잠깐 차를 세워 달라더군. 마치 처음 만난 날을 재방영하는 듯 그날 노을도 기막히게 아름답더군. 신호등 빛을 완전히 잡아먹으며 들어오는데 내게 한 벌이 아니라 두 벌을 선물한 건가 하고 착각할 정도로 던져둔 스웨터 색깔이 달라 보이더라니까.

"벌써 일 년이 다 되어 가지?"

"네."

그녀가 대답하고, 고백을 하더군.

"여기 노을은 정말 서울 같지가 않아요. 시간이 되면

다만 십 분쯤이라도 차를 세워두곤 노을 구경하다가 가
곤 했어요. 그리고 그때 심심풀이 삼아 조금씩 스웨터를
짰던 거예요."

"호오, 그래서 스웨터에 노을빛이 스며들어 있었군!"
나는 스웨터를 다시 들어 펼쳐 보며 감격해 마지않았지.
"이거, 정말 나한테는 너무 과한 건데!"

"아니에요. 그동안 부장님한테 너무 많은 도움을 받고
또 많이 배웠는걸요."

나한테서? 글쎄, 그 애나 그녀나 모두 내게서 뭔가를
받고 배웠다는데, 그게 뭘까? 아무튼 그러더니 그동안
부장님께 받은 도움에 비하면 너무 미약하다나. 뭐, 그
도 그렇긴 하지. 하하. 그러면서 자기를 입사시켜 준 배
불뚝이 상무나 음양으로 도와준 나나 또 여러 가지 생각
거리를 안겨준 그 애나 모두에게 감사할 따름이라는 거
야. 미치겠더군. 그녀는 말만 뱉을 수 있다면 아마 내가
그녀 목을 졸라도 감사하다고 그럴걸? 숨쉬는 일이 얼마
나 중요한 건지 배울 수 있었다고 말이야. 그 애가 들으
면 정말 약 올라 죽었을걸? 세상 모든 게 다 감사하다
니, 여럿 곤란하게 만들어놓고 말야.

그래도 어떡해. 나는 그저,
"다 정숙 씨가 마음을 그렇게 착하게 먹으니까 그렇게
되받는 거고 그렇게 보이는 거야."

해뒀지.

"아, 아니에요. 부장님!"

하면서 어쩔 줄을 모르고 고개 숙이는 꼴이라니.

참 순진해 보이니 좋긴 좋더군. 눈썹을 떨며, 그저 한없이 감사해하는 표정으로 손톱을 잡아 뜯고 앉아 있는데, 마치 어떤 경우 어떤 사태라도, 그러니까 내가 슬그머니 그녀 가슴께로 손을 넣는다 해도 기꺼이 달게 받아들일 각오가 분위기로 느껴지더만. 노을은 한층 달아올라 좀더 진한 화장을 그녀 얼굴에 입혀 놓았겠다, 마침 얇고 미려한 실크 스카프 같은 모던재즈 풍의 느린 음률이 카트리지로부터 깔려나오겠다, 아까부터 그녀 향수냄새가 코를 간질이겠다, 나도 모르게 버릇이 나오지 않겠어. 손이 그녀에게로 저 혼자 올라가더군.

하하. 아니야. 나는 가까스로 정신을 차리곤 자제했어. 그저 그녀 뒤통수만 쓰다듬어 주었지. 하, 그런데 그것만으로도 그녀 전신에 소름이 자르륵, 돋아나는 게, 전염처럼 내게 전해져 오는 거야. 돌아버리겠더군. 아랫도리는 진작에 일어나 준비운동을 마쳐둔 상태였지. 그 자리에서 그만 일을 벌여도 좋겠는걸, 나는 정말이지 안간힘을 다해 냉정하니 참았어. 그러곤 그냥 지하철역으로 데려다 줬어. 깔끔하게 손까지 흔들어 주었지. 한번쯤 넣어보고야 싶었지. 하지만 그러면 안 되지, 그날 저녁 그 애를 만나기로 해놓은 상탠데 말야. 하루 두 번은 이제 아무래도 부담스러웠거든.

어디, 취직 자리가 그렇게 쉽나. 본인도 당분간 쉬고 싶다길래, 대신 내가 휴직 수당 정도의 용돈을 쥐어주고 있었지. 어쩌겠어. 나도 두드려본 주판알인데, 그 애 정도면 그렇게라도 하는 게, 클럽이나 돈 내고 하는 다른 어떤 통로보다 결코 손해는 아니거든.

"언니는 잘 지내?"

뒤늦게 흘러나오는 걸 휴지로 닦아주면서 그 애가 슬쩍 떠보더군.

"누구?"

까닭 없이 뜨끔해지는 거 있지.

"그 언니 잘못은 아닌데……." 자빠지듯 눕고는 팔을 베고 지껄이더군. "정말 가증스러운 것은 배불뚝이 상무나 아빠 같은 남자들인데 말야."

"어째서?"

"그런데도 그 언니가 제일 밉단 말야." 그 애가 몸을 뒤집더니 묻더군. "왜일까?"

"나야말로 이상해."

"어째서?"

"그녀가 아무리 착하고 순정해도 그녀보다 너 같은 스타일이 더 좋으니 말야."

아니, 그 애는 어리고 내게는 경제적 여유가 좀 있고 하기 때문만은 아냐. 그런 것 말고도 서로를 잡아끄는 어떤 게 있어. 그 애랑 있으면 왠지 만사가 편안하고 변태 같은 짓거리를 해가며 놀아나도 아무런 죄의식이 느껴지지가 않아. 옷을 찢고 상처를 입히고 비디오를 설치해서 보고 기구를 사용해도 그저 아찔하니 즐겁기만 해. 그러다 보니 나중엔 약 같은 걸 사용하면 어떨까 싶어질 정도인 거야. 마리화나나 하시시, 그런 건 또 어떨까 싶어지는 거야.

그런데 반대로 그녀와는 하다못해 손잡는 것만으로도 뜨끔해. 도저히 그래선 안 될 것 같단 말야. 그러니 같이 있으면 부담스럽기만 해. 너무 올곧은 사람하고 같이 있으면 오히려 그게 부담스럽듯이 말야. 게다가 그녀 뒤엔 가정이 있으니까. 나도 처음엔 그런 종류의 부담 심리인 줄 알았어. 그런데 꼭 그것 때문만은 아니더군.

그 애와의 관계가 성적 관계로만 치닫고 성욕만이 더 노골적으로 격해 갈수록 그에 따른 보상 심리랄까, 아른한 향수 같은 것일까. 그녀와 함께 있는 시간이 되면, 직원들 눈치를 보아가며 종종 향커피를 내려 마신다든가 간식을 나눠 먹는다든가 하는 기회가 났거든. 그럴 때면 나답지 않게 말이야, 우리 스스로 낯을 가리고 어색해하면서 이런저런 소박한 잡담과 눈빛과 웃음을 주고받는 거야. 그런데 그 오붓한 분위기가 옛날 입던 옷 꺼내 입어보는 것처럼 어딘가 촌스럽게 느껴지면서도 따뜻하니 좋더라고. 요즘 젊은 애들이 좋아하는 가수가 누구누구라는 둥, 자기가 어렸을 땐 어떤 노래를 좋아했었다는 둥, 어떤 계절을 어떤 동기로 좋아한다는 둥, 새로 번역된 소설 중에 어떤 게 읽어볼 만하다는 둥…….

"밤새워 공부할 때면 아버지가 나가셔서 손수 비스킷을 사 가지고 오셨는데, 세어보면 이상하게도 언제나 비스킷이 하나씩 비는 거예요. 어디에도 뜯은 흔적이 없는데 말이에요. 정말로 이상했어요."

"나는 서울에서 나고 자라서 초등학교 들어갈 때까지도 벼가 더 자라면 보리나 수수가 되고, 그게 더 자라면 옥수수가 된다는 아버지 말을 믿었어."

"하하. 우리 아빠보다 더 짓궂은 분이시네요."

하는 식의 지극히 사소하지만 소박한 추억들을 얘기하며 시간을 보내는 재미 말야. 그런 날 저녁, 집에 돌아가 목욕을 하면서 그녀와 낮에 얘기했던 옛날 노래를 혼자 흥얼대는 나 자신을 발견하곤 웃곤 했지. 결코 나쁘진 않더군.

한번은 어쩌다 그녀에게 음악회 공짜표가 들어왔어. 일주일쯤 무슨 커다란 근심이나 있는 것처럼 굴고 나서야 말하더군. 난 또 무슨 걱정이라도 생긴 줄 알았잖아,

하고 웃어넘기긴 했지만, 그런데 나도 괜히 가슴이 떨리고 쩔쩔매게 되더군. 청혼이라도 받은 사람처럼 말야.

우린 정말이지 엄청난 용기를 내어, 세상 사람 아무도 모르게, 이제는 아득한 과거 속에서나 살고 있다고 해야 할 어떤 가수의 콘서트에 함께 갔지. 마지막 순간에 다 같이 손에 손을 잡고 그의 히트곡을 합창하는 시간이 있었는데, 그녀가 손을 잡지 않고 겨드랑이 밑으로 어깨를 거는 거야. 몸을 기울일 때마다 그녀 가슴이 옆구리에 잡혀오더군. 아, 정말이지 이 노래를 한참 즐겨 부르던 그 시절에는 이 정도 접촉만으로도 어질어질하던 그런 순정이 나에게도 있었지, 싶은 게 한순간이나마 그때로 돌아간 기분이더군.

그때쯤엔 그간의 직장 생활 덕분인지 그녀도 제법 맵시가 나고 또 그날따라 립스틱 색깔도 잘 맞는 게, 이 여자와의 데이트도 나쁘지만은 않구나, 싶었어. 막무가내로 꼴릴 정도는 아니지만 어느새 예쁜 줄 모르고 오랜 식구처럼 같이 살고 있는 아내를 밖에서 만났을 때처럼, 새삼스럽게 정이 가는 그런 느낌이었지. 그래, 아내! 나의 좋은 아내 같았어. 만약에 내가, 다시 결혼한다면 그 애 같은 여자를 택하겠지만 제대로 결혼했다면 그녀 같은 여자를 선택했을 거야. 착하고 순정하고 은은하니 가꾸면 맵시도 나고.

어딜. 그녀는 그것을 철저하게 의식하더군. 그렇게 한 번 어깨를 감아본 게 전부일 뿐, 다른 아무 일도 벌어지지 않았어. 그녀는 흔들리는 듯하다가도 매번 철저하게 먼저 자세를 곧추 세웠어. 어쩔 수 없이 남녀간의 긴장과 어색함이 스며들어 있긴 하지만 우리는 좀더 신뢰하는 상사와 부하직원, 그 이상도 이하도 아닌 관계를 계속 유지했어. 아니, 유지할 수밖에 없었어. 그녀는 너무 바빴고 나에겐 결코 만만치 않은 그 애가 따로 있으니까. 후훗. 그런데 나중에 그녀가 그런 말을 하긴 하더군. 얼마든지 그럴 수 있을 텐데 부장님이 그렇게 나오지 않아서 믿음이 갔대나, 하하.

그렇게 딱 한 번, 콘서트에 다녀온 게 고작이고, 커피타임이나 회식 자리에서 눈 한 번 더 주고받는 정도가 전부였지. 그래도 차츰 그것만으로도 우리는 상대의 기운을 느낄 수 있는 것만 같았어. 누군가 나를 쳐다보는 것 같아서 고개를 들어보면 그녀가 바라보고 있고, 내가 그녀를 흘깃 쳐다보자면 그때 그녀 눈빛도 딴 데를 보다 말고 내게로 끌려들어오는 거 있지. 하, 그야말로 사랑이라고밖에 달리 단정지을 수 없는 바로 그런 사태가 아니냔 말야.

그러다 결국 사무실에 밤중까지 둘만 남아 있는 날이 기어코 오고야 말았는데, 내가 손을 올리려고 하자 그녀

가 돌연,

"우리 그냥 얘기해요."

하더군.

하하, 아냐. 절대로. 그냥 흘러내린 머리카락을 그녀 귀 뒤로 쓸어 넘겨주거나 옷깃을 바로잡아 주려는 거였지. 그러는 것만으로도 녹아버릴 것만 같은데, 그리고 그런 자극과 흥분을 살뜰히 모아뒀다가 정작에 써야 할 데는 따로 있었으니까 말야. 그런데 그녀가 지레 겁에 질려 그렇게 나온 거지. 정말이지 더 어색해지더군. 그래서 웃어 보이곤 싱겁스레 물었지.

"겁나?"

웃더니 고개를 끄덕이더군.

"뭐가 겁나?"

"……그러면 안 되잖아요."

글쎄, 그녀를 놀리려고 그랬다기보다는 그녀를 시험해 보고 싶었고, 아니 어쩌면 그녀에게서만큼은 올곧은 대답을 들어보고 싶어서였는지도 모르지. 그런 대답 들어본 지 너무 오래됐으니 말야. 그래서 나는 짓궂게도,

"뭐가 안 돼?"

하고는 계속해서 다그쳤어. "다른 사람 눈이 두려워?"

"아뇨." 그녀가 창 쪽으로 눈길을 비끼면서 그러나 대답만큼은 제대로 하더군. "남의 눈을 의식해서가 아니

라, 우리 스스로가 불륜이나 치정 같은 것으로 떨어지는
게 싫어요."

"그래. 나도 그건 싫어."

일체의 죄의식 없이 서로에 대한 한 판의 뜨겁고 화끈
하고 쌈쌈한 육보시라면 모를까, 끈적끈적하게 달라붙는
죄의식을 느껴가면서까지, 그것도 겉으로는 아이, 이러
면 안 되어요, 안 되는데, 안 되는 거였는데, 하면서 종
당엔 이제 어떡하실 거예요? 하고 말똥거리며 쳐다보는
눈을, 나보고 감당하라고? 어림없는 소리지.

그런데, 이상하게 들릴지 모르지만, 어떤 짓도 거리끼
지 않고 즐기지만 그것만으로는 뭔가 부족하고 아쉬워하
는 그 애와, 아무 짓도 하지 않고 그러나 그것만으로도
엄청난 흥분과 죄의식을 갖는 그녀 사이에서, 나는 어쩌
면 더 정직한 사람은 그녀가 아니라 그 애일지 모르겠다
는 생각이 들더군.

그녀야말로 소중하고 착하고 순정한 존재이기는 하지
만 뭐랄까, 결국은 그것 자체가 코미디거나 기만이다 싶
은 거야. 지금이 어떤 세상이고 인간이 어떤 포유류인
데, 그래 겨우 눈빛과 건전한 대화 몇 마디 주고받는 것
으로 만족할 수 있겠어. 약간 긴 시간이 걸릴 뿐 결국
나중엔 나와 그녀 역시도 갈 데까지 가고 말지 않겠어.
아니, 아니야. 그녀라면 마지막까지도 견뎌냈을지 몰라.

끝끝내 육체적인 쾌락으로 빠져들지 않고 사회적 금기까지 준수함으로써 기혼자가 사랑에 빠지는 게 결코 그릇된 것만은 아니며 얼마든지 순수하고 아름답고 건전할 수 있다고 하는 좋은 실례를 만들어냈을지 몰라. 나중에야 알게 된 사실이지만 그녀는 얼마든지 그러고도 남을 여자였어. 그러나 과연 그랬다 한들 그게 무슨 의미가 있다는 것인지. 그렇게 육체를 부정해야만 순수한 거고 아름다울 수 있는 거냐 말이야. 이미 세상에는 사랑이라는 미명하에 온갖 종류의 관계와 상상을 넘어서는 갖은 욕망들이 버젓이 자기 권리를 주장하고 있는 판에 그걸 지켜서 어쩌잔 말이야. 기실 결혼하고 이혼하고 재혼하면서 마음껏 누리는 것이 능력과 그에 따른 보상으로 인정받는 자본주의 사회에서 그따위 순정이야말로 단지 자기가 그렇게 하는 게 더 좋아서라면 모를까, 도대체 무엇을 위해 지켜내야 하냐 말이지. 그건 그 어떤 모범도 되지 못하고, 자위를 즐기거나 변태를 즐기거나 동성애를 즐기거나 불륜을 즐기거나 하는 여러 스타일 중에 하나에 불과할 뿐인 거야.

"바보 같죠?" 그녀가 묻더군.

응, 이라고 하고 싶은 걸 그냥 웃어만 보였지.

"부장님이 어떻게 생각하셔도 좋아요. 이래야 제 마음이 편한 걸 어떡해요."

"정숙 씨가 좋으면 나도 좋은 거야."

나는 격려해 줬지. 그 대신 그 애를 만나서는 농 삼아 물었지.

"친구 중에 아주 순진한 애 없어?"

"왜?"

"데리고 와봐."

"그래서?"

"같이 하게."

"셋이?"

"응."

"아빠 힘으로는 안 될걸?"

"하하."

"아빠가 데려와. 나는 자신 있으니까!"

"넷은 어때?"

"셋이 더 묘할 거 같아."

"한 번은 내가 데려올 테니까 한 번은 네가 데려올 래?"

그런데 그게 농담만은 아니었어. 인터넷을 통해 정말로 알아보았으니까. '시원적 사랑'이라는 이름으로 채팅방을 열었어. 그리고 은밀하게 지원자를 물색해 봤지. 대가가 있다면 한번 고려해보겠다는 축들이 적지 않았어. 사내들이야 제가 대가를 지불할 테니까 해보자고 덤

벼들었고. 그들 중에서 장난치는 애들과 어수룩한 호기심으로 덤벼드는 것들을 솎아내면, 그날 밤으로라도 가능할 거 같았어. 그런데 그 애가 그러는 거야.

"에이, 어떤 애들일지도 모르는데 멀리서 구하지 말고 가까운 데서 찾자."

"하긴."

"누구 없을까?"

"배불뚝이라면 내가 데려올 수 있어."

으악! 그녀가 토악질 시늉을 하더군. 그러곤 묻는 거야.

"언니는 어때?"

"하!"

나는 뒤로 넘어가는 시늉을 했지.

"언니라면 나도 좋아!"

물론 나도 좋지! 하지만 어림도 없는 얘기였지. 그런데 말야, 그런 말이 오가자 왠지 그녀를 실제로 한 번쯤 건드려보고 싶은 충동이 내 안에서 일어나는 거야. 손이 스치는 것만으로도 파르르 떨어대는 여자니 누가 알아, 그녀 안에 내가 모르는 아니 그녀 자신도 알지 못했던 불덩어리가 천지를 뒤집어엎을 산불을 꿈꾸며 마른나무 조각처럼 잠들어 있을는지. 그러던 차에. 문밖으로 직원들이 떠드는 소리가 들려오는 회의실에서였어. 재빨리

그녀에게 달려들어 두 손으로 어깨를 잡아채서는,

"소리질러 버릴 거야." 하고 나직이 위협했지.

그리고 아주 살짝, 닿을 듯 말 듯, 조심조심, 놀라서 반쯤 열려 있는 그녀 입술을 향해 천천히 다가갔어. 학창시절의 순애보 같은, 짧고 간단한 입맞춤이었는데 그런데도 아랫도리가 딱딱하게 꼴리기 시작하더군. 한 번 더 천천히 지장 찍는 정도로만 입술을 갖다 댔다가는, 이번엔 평형감각기관이 있어서 쉬이 멀미를 일으킨다는 하얗고 투명한 그녀의 귀밑 목덜미 부분으로 슬몃 옮겨 갔지. 회오리 같은 것이 몸에 감겨오는 것 같았어. 정말이지 삼사 볼트의 낮은 전류가 혹은 발가락 긴 곤충들이 나의 전신을 기어가는 듯했어. 그리고 그녀도 같은 느낌에 사로잡혀 있음을 알 수 있었어. 내가 손을 떼었는데도 마치 조는 사람의 팔다리가 그러는 것처럼 그녀 몸이 움찔움찔 해대는 거야. 그러곤 긴장을 견디지 못한 채 스르르 눈알을 까뒤집으며 바닥으로 맥없이 주저앉더군. 그때, 바깥에서 사람들 기척만 없었더라면, 나는 곧바로 내 거시기를 꺼내 그녀 입술에 물려줬을지 몰라.

그때가 가장 결정적인 순간이었는데, 정말이지 너무 아까운 기회를 놓치고 말았어. 그 일이 있은 후로 그녀는 나를 노골적으로 피하기 시작하는 거야. 기회를 잡아 강제로 밀어붙이면 마지못해 받아주긴 하더군. 그러나 한번은 입술을 벌리는 듯도 하더니 그러나 다음 번엔 끝까지 다물어버리는 거야. 돌아버리는 거지. 아니 일부러 약올린다기보다는 스스로 약이 올라서 그러는 거 같았어. 나는 그렇게 믿었지. 자신도 어찌해야 좋을지 모르는 거라고. 저러다 결국은 저도 허락하겠지 하고.

그러나 기다려본 결과는 반대로 나타났어. 더 이상은 도저히 안 되겠다는 거야. 식구들 눈빛을 마주 쳐다볼 수가 없다나. 예전으로 돌아가자는 거야. 그러곤 말할 틈조차 주지 않는 거야.

"왜 그래?" "너도 느끼잖아?" "우리 몸이 원하고 있잖아?" "아무도 우릴 비난할 수 없는 거잖아?"

"하지만 그래선 안 될 거 같아요."

부러 그러는 소리가 아냐. 태도가 아주 냉랭해져 있더라고. 웃기지도 않더군. 좋아서 눈깔을 까뒤집을 때는 언제고 말야. 그런데 정작 웃기지도 않은 건 나야. 나야말로 왜 굳이 그녀를 잡아먹으려고 그러는지 나도 모르겠더라고. 어느 날부턴가 그 애보다는 그녀에게 더 끌리기 시작하더니 다른 생각은 들지도 않더군. 따뜻하고 애틋하지만 그렇다고 딱히 사로잡는 외모도 아닌 그녀에게, 내가 왜 집착하는지 나도 나를 모르겠지만 아무튼 그녀가 그럴수록, 어떡해서든 그녀를 내 것으로 만들어보고 싶다는 일념밖에 일지 않는 거야. 그녀가 결국 내게로 넘어오면 그때는 내 마음이 먼저 그녀로부터 떠날 것을 번연히 알면서 말야.

생각해 봐, 호기심일 뿐이지, 그런 맹숭한 요조숙녀랑 내가 오래가면 얼마나 가겠어. 그 애에게로 결국은 돌아가리란 걸 나 자신이 잘 알고 있었어. 그러면서도 나는 기어코 그 사진을 그녀에게 보여줘 버리고 말았어.

그녀 남편 사진이었어. 나는 그 빌딩 음식점에서 약속이 있던 참이었어. 엘리베이터를 탔는데 어딘가 낯익은 사내가 뒤따라 타더니 먼저 내리더군. 그런데 아무리 기억을 더듬어봐도 구면은 아니야. 뒤늦게 아, 옷! 하고 단서가 잡히더군. 색감만 약간 다를 뿐 내 것과 같은 디자인의 스웨터를 입고 있었던 거야. 바로 그녀가 떠 준 스웨터 말이야. 술집으로 들어가더군. 나도 가본 적이 있는 제법 고급스러운 술집이야. 그냥 거기까지만 확인하고 돌아 나왔지. 그런데 내가 일을 모두 마치고 주차장을 나오는데 그가 여자 하나를 데리고 내려오는 거야. 가까운 모텔로 들어가더군. 그 바람에 의도하지도 않던 미행을 하게 되었지. 그때, 휴대하고 다니던 자동 카메라로 찍어둔 거야. 딱히 어디에 쓰려는 목적도 없이, 찍어두곤 혹시나 이것이 그녀에게 도움이 되는 그런 때가 온다면 제공해야지, 그러나 차라리 그런 때가 오지 않기를 바라면서, 집에 처박아 둔 사진이었지.

그런데 그녀 반응이 더 놀랍더군.

"알고 있었어요."

"!"

알고 있었다니, 그러면서 나를 받아들이지 못하는 이유가 뭐야? 정말이지 이해가 안 되더군. 아니 나와의 관계는 그렇다 치고 남편이 그러는 줄 알면서도 그런 식으로 살아간다니 납득이 안 돼. 그녀가 얼마나 충실하게 그리고 힘들게 그녀 가정을 위해 일하고 있는지 잘 알고 있는 나로서는 그녀 행동들을 도대체 이해할 수가 없었지. 참으로 바보 같은 짓이 아니고 뭐냔 말이야. 그녀가 남편 행실을 알면서도 그러는 것을 알게 되자 나는 그걸 더욱더 참을 수가 없었어. 사실 내가 그 사진을 보여준 것도 단지 네 남편도 이 모양이니 우리도 마음 편하게 붙어먹자는 식의 발상 때문이 아니었어. 나는, 믿을지 모르겠지만, 나는 그녀에게 현실을 직시하도록 만들고 싶었어. 현실을 직시하고, 그녀도 자유로워질 수 있도록 말야. 나와의 관계는 그것으로 끝나도 좋아. 아니, 말했지만 나와 그녀 관계가 오래가진 않을 거라고 나는 이미 예상하고 있었어. 그러니까 그녀를 어떡하든 건드려보겠다는 욕심보다, 그녀가 그 사진의 충격을 통해서든 나와의 관계를 통해서든 이 세상이 어떻게 돌아가고 있는지 눈을 바로 뜨고, 제발이지 너무 답답하고 순진한 생각들로부터 자유로워졌으면 하는 바람이 진심으로 더 컸어.

　결국 나는 강제로 밀어붙여 버렸지. 반항을 하더군. 하지만 이미 내 올가미에 걸려든 뒤였지. 나는 한올도 남기지 않고 다 벗겨버렸어. 벌벌 기면서 빌더군. 그러면서 울어쌓더군. 가여울 정도였지.

　그러나 나도 나 자신을 이미 어떻게 할 수가 없었어. 그녀가 그럴수록 이상하게 더욱 충동이 치밀고 오르가슴이 느껴지는 거야. 하체를 바짝 누르고 가슴을 그러쥐고 허벅지 사이로 다리를 밀어 강제로 가랑이를 벌려 놓았지. 그런데 거기가 정말로 싸늘하게 식어 있는 거야. 거짓말이 아니라 정말로 식어서는 바짝 오므라져 있는 거야. 돌아버리겠더군. 정말이지 화가 머리끝까지 치밀더군. 어쨌든 강제로 나는 밀어 넣었어. 간신히 들어가긴 들어가더군. 그리고 그때서야 그녀도 흥분이 되는 것인지 아니면 그때까지도 반항을 포기하지 않던 것인지 엉덩이를 한두 번 까닥여보긴 하더군. 아무튼 나는 힘차게 펌프질을 하기 시작했어. 그리고 마침내 싸버렸지. 그러곤 눈을 감은 채로 눈물을 흘리며 누워 있는 그녀 위로 쓰러지듯 안겼어. 꼼짝도 않고 누워만 있던 그녀가 마침내 손을 올려 나를 안아주더군.

　"사랑해."

　나는 그녀에게 말해 주었지.

그래, 그것은 사랑이 아니지. 결코 사랑이 아냐. 그런데도 그런 관계를 그 뒤로 몇 번이나 더 가졌어. 웬걸, 여전히 거절하지. 달래고 협박도 했지. 그러자 그녀도 조금씩 긴장을 푸는 듯했어. 하지만 나는 이상하게 만족할 수가 없더군. 뭔가가 결여된 것을 느꼈어. 나중에는 그녀도 얼마간 적극적으로 나오긴 나오던데 그러나 고작해야 엉덩이 한두 번을 까딱대는 정도에 불과했어. 도대체 섹스를 할 줄 모르는 거야. 벌리고만 있으면 되는 줄 알아. 일어나라면 일어나고 돌라 그러면 그제야 도는 정도야. 당최 맛이 안 나는 거야. 하지만 그녀가 나를 정말로 사랑하기 시작했다는 것은 몸으로 느낄 수 있었어. 섹스뿐만 아니라 직장에서도 나를 대하는 태도가 전과는 달랐지. 조금이라도 더 함께 있고 싶어하고 함께 퇴근하려고 기다리고 손수 샌드위치나 김밥을 싸와 몰래 건네주기도 하고, 내 사무가 바빠 보이면 도와주고 싶은 눈길로 어른대기도 하고.

그러자 겁이 나더군. 나는 그렇게까지 가까워지고 싶지는 않았으니까 말야. 단지 그녀가 나와의 관계를 통해 세상에 대해 눈을 떴으면 했던 것인데. 모르면서 속는 것과 알면서 속는 것, 진지한 의미와 가벼운 감각, 감사하는 마음과 따져보는 비판력 사이의 균형 감각을 갖추기를 원했던 건데, 그녀는 점점 우리 사이를 마치 부부 사이라도 될 것인 양 구는 거야. 그 바람에 그러잖아도 오래가지 않았을 그녀에 대한 내 마음이 한결 빠르게 시들어져 버렸지. 역시 나에게는 그 애 같은 스타일이 어울렸던 거야.

그래서 일단은 함께 있을 기회를 피했어. 그리고 그녀 스스로 알아서 내 변심을 눈치 채주길 바랐지. 그녀는 몹시 당혹스러워하면서도 여전히 나에 대한 미련을 버리지 못하는 것 같았어. 매일같이 편지를 써서 내 서류꽂이에 꽂아 놓더군. 자작시인지 베낀 것인지, 뒤범벅 같은데 뭐라더라, 그대가 바람 부는 강변을 보여주면 자기는 거기서 얼마든지 쓰러지는 갈대의 자세를 보여주겠다나 어쩌겠다나. 그러곤 마주칠 때마다 무슨 말인가를 할 것처럼 멈칫대다가는 물러나는 거야. 그때까지도 미련이 남은 미련스러운 눈빛을 보내 오는 거야. 조금만 차분하게 생각하면 사태가 어떻게 돌아가는지 저도 잘 알 수 있을 텐데 계속해서 그녀는 포기를 않고 매일같이 편지를 보내더군. 이젠 시뿐만 아니라 짧게나마 일기까지 써서 보내더라고.

오늘은 노을이 어땠다느니, 아이에게 밥을 먹이다 말고 눈물을 주룩, 흘렸다느니. 이젠 가장 좋아하는 계절이 여름으로 바뀌었다느니, 자기는 만나던 사람과 헤어질 때는 적어도 그 사람과 만나온 시간만큼을 그 사람을 그리워하다 잊는 버릇이 있다느니.

정말이지 그 정성이 너무 지극하고 안쓰럽고 불쌍해서라도 다시 옛날로 돌아가자면 돌아가고 싶어지더라니까. 그리고 문득 그런 생각이 들었던 거야. 정말로 셋이 하면 어떨까!

아니, 나 자신도 미처 의식하지 못했던 거지만 처음부터 나는 그럴 욕망이었는지 모르지. 그 애와 그녀를 보면, 언제나 그 둘을 반씩 섞어놓고 싶어했으니까 말야. 아무튼 일단 그 생각이 떠오르자 한 번쯤 그래보고 싶은 거야. 그래서 나는 일을 추진해 버렸지. 그녀를 집으로 데려가서는 술을 먹이고 옷을 벗겼지. 우선은 그녀에게 그 애와 함께 한 장면이 들어 있는 비디오 테이프를 보여주었어. 처음엔 놀라는 기색이더니 이내 눈을 뜨고는 다시 보기 시작하더군. 애무도 그대로 받아들이고. 그래서 나도 계획대로 밀고 가버렸지. 약속한 시간에 그 애가 왔어. 그녀는 빠져나가려 하더군. 하지만 잡았지. 달래기도 하고 물리적인 힘을 사용하기도 하고 애무도 해주면서. 그리고 무엇보다 술에 섞어놓은 약발이 섰던 거겠지.

후후. 그렇게 해서 몇 번 더 놀아났지. 전혀 다른 성격의 두 여자. 그러나 양쪽 모두 소중한 두 여자를 내가 동시에 즐겼던 것이지! 하핫. 그래, 색다른 경험이었지.

생활이 더욱더 문란해지기 시작하더군. 그리고 마침내 이렇게 이런 곳에 들어와 있는 것인지도 모르지. 하지만 나 역시 자네처럼 교통사고 때문에 갇히게 되었을 뿐, 다른 죄목은 없네. 음주 운전인 데다 상대가 다친 데도 없이 엄살을 떨고 있어서 골치가 좀 아프지만, 그러나 변호사가 잘 알아서 합의를 봐줄 것이라 믿네. 나는 그저 그동안 마음이나 닦고 수양이나 하다 나가야지. 여기 들어와 새삼 느끼는 건데, 그동안 내 몸과 마음은 너무 축이 났어. 이젠 좀 고상하게 살고 싶다네.

가책? 무슨 가책 말인가? 아, 그녀 말이군. 글쎄, 그녀에겐 다소 미안한 마음이 들기도 하지. 그녀가 그런 결과로까지 치달을 줄은 나도 정말이지 눈치를 채지 못했으니까. 나 자신도 의도하지 않은 것이고, 또 그녀가 단지 나 한 사람 때문에 그런 상황까지 치달았다고 생각지도 않네. 물론 직접적인 책임은 내게 있겠지만, 그러나 그녀가 그렇게 되기까지는 또 다른 아주 많은 사람들이 함께 그렇게 한 게 아닐까. 사람은 누구나 일말의 희망이라도 보이면 어떡해서든 살아보려 노력하는 게 본능인데, 그런 행동을 취했으니 말일세. 그리고 무엇보다 그녀에게도 잘못은 있네. 세상을 몰라도 너무 몰랐어. 매사를 그녀는 너무나 단순하고 착하고 순진하게만 받아들이려고 하니 견뎌낼 재간이 있나. 오히려 얼마간 영악하고 악착같고 계산 빠른 사람을 요구하는 세상인데 말이야. 그러니 누가 그녀를 어떻게 했다기보다는, 자신의 단순한 믿음을 끝까지 유지하려다 보니 그에 대한 차선책으로 자살을 택한 것이라고 해야 더 정확하지 않을까 싶네.

그리고 자네 역시 말야, 내가 이렇게까지 자세히 실례를 들어 설명을 해주는데도 불구하고 자꾸만 단순하게 결론을 내리려고만 드는데, 이젠 제발 세상을 제대로 좀 바라봐야 하지 않겠나.

그런 멍청한 생각은 제발 집어치우게. 이제 정신 차리고 살겠다고? 자네가 교통사고를 낸 것도 지금 생각해보면 그동안 너무 방탕한 생활을 해서 하늘이 내린 천벌 같다고? 그냥 중고차를 사서 끄는 건데 욕심을 부리고 신형 중형차를 샀더니만 하느님이 꾸짖은 것 같다고? 웃기는 소리 좀 그만 하게.

세상이 어떤 곳인지 알면서도 착하게 사는 것과 모르면서 맹목적으로 착하게 살려는 것과는 다른 것이야. 제발 좀 명심하게. 세상은 결코 그렇게 호락호락한 곳이 아니란 말이야. 다시 사회 나가면 착하고 바르게 살겠다고? 제발 그 단순하고 소박하고 순진한 굴레로부터 벗어나 좀더 영악하게 세상을 바라보고 좀더 이기적으로 처신하고 좀더 치밀하게 계산해서 보다 자유롭게 자네 안에 있는 욕망들을 마음껏 발산하고 세상 사는 재미도 한껏 즐겨보게. 지금 세상은 그런 인간형을 원하고 있단 말이야. 어느 시대나 그 시대가 특히 필요로 하는 인간이 있거든, 그걸 간파해야 해. 어느 시대를 막론하고 높은 위치에 있는 것들일수록 그만큼 더 비리와 특권과 욕망을 누리는 근본적인 이유도 여기에 있네.

생각해 보게. 이겨야만 살아남고 강해야만 인정받고 성공해야만 사람 취급을 받는 이 악다구니 세상에서 단지 순수하다는 건 뭐고, 착하다는 것은 뭔가. 자네는 세상의 저 악착같은 이기주의자들보다 더 부지런히 그리고 더 즐겁게 선을 추구하며 살 자신이 있나? 착하게 살려면 그만한 힘이 있어야지, 그렇지 않은 순수란 병약한 자위일 뿐일세.

자네가 사고를 낸 것은 단지 자네의 운전 미숙 때문인 거야. 아니 그곳이 본래 교통사고 다발 지점인지도 모르고 말이야. 어쩌면 자네가 혹시나 하고 의심하는 대로, 저쪽에서도 잘못을 한 건데, 경황이 없고 초보다 보니 몽땅 뒤집어쓴 것일 수도 있네.

하긴 지금의 자네 나이 때라면 나 역시 세상에 대한 얼마간의 믿음을 갖고 있었지. 비록 자기 직업과 가정에 대해 갖는 소박한 꿈 같은 것에 불과했지만 어쨌든 저녁 귀갓길의 리어카 앞에서 과일을 고를 때조차 그런 행복이나마 누리지 못하는 나보다 불우한 수많은 이웃들을 떠올리며 한없이 감사한 마음도 함께 담아 넣고는 했었지. 그런데 내가 가장 믿어 마지않던 아내가 나를 배반한 거야. 그래, 나 역시 딴 짓을 하고 다니긴 했지. 하지만 일반적인 관습을 벗어나는 정도는 아니었고, 그렇다고 해서 그것이 아내보다 더 떳떳한 것도 결코 아니라는 것까지 인정했네. 그래서 다시 예전처럼 돌아가 살기를 원했지. 아내도 그러는 듯했고 나는 두 번 다시 배반당하기 싫어서 술자리가 있어도 서둘러 귀가하는 버릇을 들였지. 그런데 알고 보니 아니었던 거야. 아내는 여전히 녀석과 연락을 취하고 있었어.

홍신소에서 가져온 녹음 테이프를 들어보니 가관이더군. 두 연놈은 글쎄, 내 딸애에 대해 진지하게 의논하고 있었어. 요즘 들어 딸애가 말을 안 듣는다고 아내가 걱정하니까 녀석이 그러는 거야. 본래 그 나이 때는 그러는 법인데, 유아심리학자들의 주장에 의하면 그러면서 자기 정체성이 생겨나는 것이니까, 그때 아이와 많은 대화를 주고받아야 한다는 거야. 부모와의 대화 시간만큼 아이의 사고력은 깊어지는 거라나. 기가 차더군!

결국 아내는 딸애까지 데리고 나가서 놈을 만나고 돌아오는 길에 교통사고로 죽고 말았지. 딸애도 같이 말이야. 뭐 그다지 큰 충격은 아니었네. 나는 오히려 그네들의 죽음 덕분으로 보험금을 충분히 받아 지금의 집을 장만할 수 있었으니 불행 중 다행이 아니라 불행보다 큰 다행인 셈이지.

그러니 자네도 이제 세상을 좀 다시 보게나. 결코 내가 꾸며낸 얘기들이 아니야. 물론 일관되게 말을 하려다 보니 생략하지 않을 수 없는 또 다른 진실들이 많이 있기는 있었네. 이야기를 하다 보면 언제나 얼마간 생략하고 과장해야 하는 왜곡은 불가피한 것이니까. 가령 지금까지의 얘기를 전지적 시점에서 다시 살펴본다면 부분적으로 또 다른 진실이 드러날지 모르지.

일테면 교통사고가 났을 때 말이야, 내가 그녀 대신 모든 후속 조치를 친절하게 다 해주었던 것만은 아닌지도 모르지. 카센터 수리비가 이 정도 나왔는데 괜찮겠어요? 했을 때 나는 카센터 주인 녀석에게 자동차의 다른 부분까지 손봐달리고 부탁하진 않았을까? 가령, 선부터 말썽이 잦던 브레이크 페달을 그 참에 함께 손보지 않았을까?

그리고 「인간시대」를 보면서 내가 울었다고 했는데, 그래, 눈물이 조금 글썽거리긴 했지만, 그렇다고, 정말 엉엉 울면서 ARS나 온라인을 이용해 성금을 보내기까지 했을까?

나는 그녀에게 분명히, 서울에서 나고 자라서 초등학

교 들어갈 때까지도 벼가 더 자라면 보리나 수수가 되고 그게 더 자라면 옥수수가 된다는 아버지 말을 믿었다고 그렇게 말을 했지만, 정말 그렇게 믿은 적이 있었을까? 아니, 아버지가 그런 짓궂지만 유머러스한 거짓말을 하기는 했던 것일까? 친구 녀석에게 들은 얘기였던 것은 아닐까?

또 한편 말일세. 그녀의 고지식한 처신으로 인해 그 애가 퇴사하기에까지 이르렀고, 그 뒤에는 기실 그 건을 핑계로 영업부를 축소시키려고 하는 배불뚝이 상무에 농간이 숨어 있었다고 하지만, 그 이전에, 배불뚝이 상무가 나에게 영업부 감원을 상의해 와서, 내 딴은 멋진 아이디어랍시고 그러한 변칙적인 방법을 건의했던 것은 아닐까? 나의 이러한 치밀한 성격 때문에 배불뚝이가 나를 믿고 좋아하는 게 아닐까?

그 애는, 학원을 다니겠다며 내게 얼마쯤을 받아 갔는데, 그러나 그것을 다른 데 썼던 것은 아닐까? 부모님 효도 관광을 보내긴 보냈던 걸까? 자기 동네에 하루도 빠지지 않고 새벽 일찍 일어나 골목 청소를 하고는 동네 사람을 비난하는 할머니가 한 분 있다 했는데 그 할머니는 다름 아닌 그 애의 어머니가 아닐까? 그 애는 또 내 의사 친구에게 감사 인사를 하러 갔었는데, 그때 그 의사 녀석과 무슨 일이 있었던 것은 아닐까?

그녀는 맛없는 된장국을 끓여냈는데도 맛있게 먹는 남편을 보고 결혼할 생각을 가졌다는데, 사실은 그때만해도 그 남편의 미래가 남달리 밝아 보였거나 집안 형편이 적어도 그녀 쪽보다 훨씬 더 좋았거나 하지는 않았을까?

또한 그녀는 내가 사진을 보여주기 전까지는 그녀 남편의 부정을 전혀 눈치 채지 못했던 것은 아닐까? 다만 자존심 때문에, 그리고 그렇게 말하는 것이 자기를 더 돋보이게 한다는 순간적 판단으로 그렇게 대답했던 것은 아닐까?

그리고 그녀는 어쩌면 단지 나와의 순수한 데이트 정도가 아니라, 기실은 남편과 이혼하고 나와 재혼하고 싶어했던 것은 아닐까? 재혼에 대한 확답을 받기 전에는 절대로 나와 육체적인 관계를 가져서는 안 된다고, 그녀 친구 중에 누군가 상담이랍시고 해줬던 것은 아닐까? 그런데 나의 실상을 알게 되자 이미 마음이 떠난 본래의 가정으로, 딴짓 하는 남편에게로 돌아갈 수도 없고 해서 그 놀음에 스스로 동참했던 것이 아닐까? 궁극엔 자살을 염두해 두었던 것이 아닐까?

그런데 무엇보다 그 남편 사진이야말로 오히려 진실과는 동떨어진 것이 아니었을까? 그녀 남편은 물론 사업을 하는 사람이다 보니 게다가 술을 좋아하다 보니 단란

주점을 드나들긴 했겠지만 혹시 거래처 사람을 구워삶기 위해서 궁여지책으로 단골 단란주점 아가씨에게 그 거래처 사람과의 하룻밤을 부탁하느라 모텔 입구까지 데려간 것은 아닐까?

아니 기왕 가정해 보는 바에야 우리는 이런 상상도 해 볼 수 있지.

어쩌면 내 아내는 단순한 교통사고로 숨을 거둔 것이 아니지 않을까? 내가 오래전부터 그런 순간을 기다렸던 것은 아닐까? 그러지 않고서야 봉급쟁이로서는 너무 많은 액수의 보험을 들어놓은 게 아닐까? 그러니까 나는 이미 오래전부터 놈과 아내가 만나는 장소와 시간을 정확히 체크했던 것은 아닐까? 그러고 나서 서서히 아무도 눈치 채지 못하게 하나씩 하나씩 치밀하게 준비해 나갔을지도 모르지 않는가? 그러곤 출장을 간다고 해서 두 사람을 의도적으로 그날 만나게 했던 것은 아닐까? 두 사람이 만나는 걸 확인하곤, 밤이 되길 기다렸다가 전화를 걸어, 지금 집으로 돌아가겠다고 말했던 것은 아닐까? 다급해진 아내는 국도를 내달려 집으로 돌아오던 것인데, 담당 형사의 말에 의하면, 그때 핸드폰으로 친구 지민과 이 분 이십 초가량의 짧은 통화를 했다는데 그 내용은 이런 게 아니었을까?

"지민아, 나야."

“응.”

“나 지금 집으로 가는 중인데, 혹시 우리 허즈한테 전화 안 왔지?”

“니 허즈가 나한테 왜 전화를 해?”

“혹시 전화하면 나 오늘 너랑 쇼핑하고 너네 집에서 저녁 먹고 놀다가 들어가는 걸로 해줘. 그렇게 말해 놨거든.”

“하하. 안 돼. 나도 지금 밖이란 말야. 우리 시어머니한테 너네 집 간다고 하고 나와 있는 거야.”

“어딘데?”

“정숙이랑 영화 보러 가는 거야. 넌 어디야?”

“그래. 자세한 얘기는 나중에 하고 아무튼 우리 오늘 같이 있었던 거다?”

“아무튼 잘 좀 해!”

그린데 그녀 지민도 징숙이 아니라 애인을 만나고 있었던 것은 아닐까?

아무튼 아내는 그런 전화를 끊고 이제 막 국도를 내달리기 시작했는데, 뒤따라오던 오토바이 한 대가 추월해 가지 않았을까? 그 오토바이는 그녀를 추월해 가더니 급커브 길에 이르러 무언가 삼각형 구조의 뾰족한 쇳조각을 길에다 슬쩍 뿌렸던 것은 아닐까?

그 바람에 그녀 차는 길 밖 벼랑으로 튀어나가 버린

것이 아닐까?

그러지 않고서야 그 애가 교통사고 운운할 때 나는 왜 그렇게 놀랐겠는가?

농담을, 이해하다

1

　오해였다. 그것은, 얼마든지 무마될 수 있는 아주 하찮은 오해로부터 비롯되었다. 나는 전에도 혹간 이런 오해나 실수를 저지르곤 했다. 그때마다 두 빈 다시는 같은 잘못을 저지르지 않으려 주의하고 긴장했다. 그러나 소리만 크게 내질러 고음을 처리하려 드는 음치처럼, 혹은 나뭇잎들을 온통 같은 빛깔로 칠해 버리는 색맹처럼, 이것 역시도 노력한다고 될 일이 아닌가 보았다. 말하자면 나는 일종의 농치 혹은 농맹인 셈이어서 딴에 얼마간 주의하고 긴장해도, 아니 그럴수록 더 자주 대화 중에 농담과 진담을 구분하지 못하고 실수를 저질렀다. 그래서 가급적이면 대화에 끼어들기보다는 물러나 있다 남들이 웃으면 까닭을 몰라도 덩달아 따라 웃어넘기는 버릇에 익숙해져 있었다. 그런데도 혹간 나도 모르게 농담과 진담을 뒤바꾸어 대꾸하곤 했는데, 때론 그것이 사람들에게 센스 있는 유머 이상으로 우습게 여겨지는 모양이어서, 이것도 일종의 유머 실력이라면 실력이지, 하고 자위하며 살아온 참이었다.

그날도 퇴근 시간을 전후해 김 팀장 주변으로 사람들이 모여들었다. 주말인데도 별다른 약속을 잡지 못한 축들로 어울려 소문난 맛집을 찾아가든 사우나를 가든 아니면 곧바로 맥주집으로 몰려가든 할 거였다. 같이 가지? 입사한 지 일주일도 채 되지 않은 맞은편 신입을 김 팀장이 챙겼다. 그때까지도 긴장한 자세로 꼿꼿이 앉아 있던 신입은 얼굴을 붉히며 어쩌죠, 저는 다른 약속이 있는데……. 말끝을 흐렸다. 그래? 애인이라도 만나러 가나 보지? 팀장이 묻자, 신입은 난감한 표정으로 말을 맺지 못했다. 꼭 그런 건 아니고요……. 특별한 약속 없으면 같이 가지그래? 신입을 배려해 주는 마음으로 한 번 더 권하자, 신입 얼굴은 더욱 붉어진 채 일어나지도 앉지도 못한 자세로 머리만 긁적였다. 그러자 팀장보다 나이는 두 살 많지만 진급이 늘 일이 년 늦은 부팀장이 딴에도 역시 신입을 배려해 주려는 마음에서 약속이 있다잖아. 왜 약속 있는 사람 자꾸 붙잡고 그래? 하고 만류해 주었다. 그러자 신입을 배려해 주는 마음이 누가 더 깊고 강한지 경쟁이라도 벌이려는 듯, 정말 약속이 있는 거야? 아니면 불편해서 그래? 이런 기회에 같이 가면 좋을 텐데? 하고 권하는 축에선 내처 한 번 더 권하고, 만류하는 쪽 역시도 내처 만류하는 거였다. 아, 약속 있다잖아. 황금 주말인데 자네처럼 무능하게 데이트 약속 하나 없겠어? 생긴 걸 보니 애인도 한둘이 아니겠는걸! 하곤 신입에게 윙크까지 건넸다. 자신의 애인까지 불러내며 상사들이 서로 다투니 신입 입장이 점점 난처해질밖에. 엉거주춤하니 일어난 상태로 어느 장단에 맞춰야 할지 쩔쩔맸다. 신입이 그러고 있거나 말거나, 팀장과 부팀장 간엔 이미 시비가 붙은 꼴이어서 서로에게 지려 하지 않았다. 누군 애인 없어서 주말이 비어 있나? 하고 팀장이 부팀장 말끝을 붙잡았다. 마치 현재 사귀는 애인이 있기라도 하듯이 말하는 팀장은, 그러나 입사 못지않게 결혼도 빨라 올봄에 작은애마저 초등학교에 입학했다. 부팀장이, 이렇게 화창한 주말에 애인이 있는데 사우나나 하러 가시겠다? 하고 팀장 대꾸를 비꼬는 투로 어깃장 놓자, 그렇게 나올 것을 기다렸다는 듯 팀장이 곧바로 일격을 가해 왔다. 자기네 시아버지 제사란다, 왜?

　일제히 웃음이 터졌다. 나 역시도 덩달아 웃었다. 이

때만 해도 나는 그가 말하는 애인이 당연히 그의 아내인 줄로만 알았다. 아내의 시아버지 제사라면 바로 자기 아버지 제사인데, 그걸 천연덕스럽게 둘러쳐 말하다니. 웃을밖에.

부팀장도 그만 항복한다는 시늉으로 두 손을 들어 보였다. 그러면서도 승진에서 결혼 생활까지, 하다못해 자동차 배기량까지도 자신보다 언제나 한발 빠른 김 팀장에게 남다른 경쟁의식을 느끼고 있던 부팀장답게, 아무튼 요즘은 있는 사람이 더 하다니까! 하고 시비 투로 뱉었다. 그러자 팀장 역시 지지 않고, 그러는 자넨? 지난번 지하 커피숍으로 찾아온 여자는 뭐야? 허리가 갸름하니 죽여주던데? 쏘아붙였다. 우리 막내 처제야, 막내 처제! 부팀장이 발뺌하자 쳇, 급하면 처제 찾지, 내가 살아오면서 처제라고 소개받은 여자치고 그 사람 부인과 닮은 경우를 한 번도 못 봤다! 팀장 말에 또 한 번 웃음이 번졌다. 그리고 솔직히 말 나온 김에 말이야, 하더니 김 팀장은 사람들을 둘러보며 말했다. 여기 처제 없는 사람 손들어 봐! 해놓곤, 먼저 놀라는 거였다.

어, 정말 아무도 없네?

아무튼 있는 놈들이 더 하다니깐!

어이, 규정 씨, 규정 씨마저도?

저는 처제가 둘이나 되는걸요? 하고 사실 그대로 말하

려다 문득 께름칙해서 그냥 아무 대꾸도 않고 웃어넘기는 길을 택했다. 그러자 팀장이 정색을 하며 묻는 거였다. 어라? 규정 씨, 그래서 오늘 빠지는 거야? 질문의 뜻이 정확히 무엇인지 몰라 반문했다. 네? 그러자 팀장이 새끼손가락을 눈앞에 들어 까닥여 보이며 재차 물어왔다. 이거랑, 약속 있어서? 나 역시도 새끼손가락을 까닥여 보이며, 물었다. 이거요? 팀장이 정색을 하며 다그쳤다. 솔직히 말해! 아이와의 약속을 떠올리며 대답했다. 있죠, 약속이야……. 며칠 전 새끼손가락을 걸어 약속했던 것이다. 주말엔 무슨 일이 있어도 같이 놀이공원에 가기로. 그런데 다들 놀라 자빠지는 듯한 표정을 지어 보이는 거였다. 말세구나, 하고 탄식하는 사람이 있는가 하면 휘파람까지 날리는 축도 있었다. 분위기가 그렇게까지 들뜨자 팀장이 수습했다.

자, 농담들 그만 하고, 이제 정말 어떻게들 할 건지 빨리들 정하자고!

그날 신입이 동료들과 함께 어울렸는지 어쨌는지 나는 기억하지 못한다. 주변 눈치만 살피며 난감한 표정으로 주춤하니 서 있기에 다가가, 주말 모임은 형편에 따라 가도 그만 안 가도 그만인 자유로운 성격의 모임이니까 신경 쓰지 말고 자네 편할 대로 해! 하고 어깨를 두드려주고 나는 먼저 퇴근했다.

2

　그러고 나서 이삼 주 지난 술자리에서였다. 팀장에게 술을 따르며 부팀장이 걸고넘어졌다. 오늘은 시어머니 제삿날인가? 팀장은 잠시 멀뚱멀뚱 눈을 깜박이다, 이내 알아들었다는 듯 웃어 젖혔다. 그러곤 중얼댔다. 점점 시들해, 권태기야. 그때 고기를 뒤집고 있던 동료 하나가 권태기란 말만 듣고, 끼어들었다. 아니, 팀장님, 결혼하신 지 몇 년인데 이제 겨우 권태기란 말이에요? 저는 신혼 일 년 지나니까 바로 권태기던데. 그러자 또 누군가 받았다. 전요, 결혼 전 일 년이 권태기였어요. 아내와 연애를 삼 년 반 정도 했거든요. 고기 타는 냄새처럼 웃음들이 번졌다. 내 입사 동기 정환이 꽤나 진지한 투로 탄식했다. 엊그제가 결혼 삼 주년이어서 아내가 사온 케이크에 촛불 세 개를 켜고 마주 보는데, 정말 깜깜하더군요. 이제 겨우 삼 년 같이 산 것도 한 십삼 년쯤 견딘 것 같으니! 그러곤 혼자 너털웃음을 웃어댔다. 그러니까 자넨 애가 있어야 해. 빨리 아이를 가지라고! 내가 정색을 하고 충고해 주었다. 일순 주변이 조용했다. 누군가 내 말을 가벼운 농담으로 틀었다. 아니면 애인을 두든가. 또 누군가 장단을 맞췄다. 둘 다 있으면 금상첨화고!

　애인도 소용없어. 팀장이 술잔을 최에게 돌리며 말을

끊었다. 처음 얼마 동안은 환장해서 눈에 뵈는 것도 없지만 결국 권태기 오긴 마찬가지라고, 부팀장이 술을 받으며 말을 거들었다. 그건 그래, 그 밥에 그 나물이지. 자네들은 아직 모르겠지만, 차차 여자를 알면 알수록 결국은 가족이 최고구나 하는 생각을 갖게 되지.

웃어야 할지, 그대로 수긍을 해야 할지 몰라, 나는 웃으며 고개를 주억거렸다. 도대체 어디부터 어디까지가 농담이고 진담인지 헷갈리기 시작한 것이다. 가족이 최고라면서 애인은 뭐고, 여자를 알면 알수록 가족이 최고라는 말은 또 무슨 논리인가 싶었다. 행여 농치 노릇을 할까 봐 가뜩 긴장을 하고 듣고 있는데, 술병을 내려놓던 팀장 눈과 정면으로 마주쳤다. 내가 움찔하자, 팀장이 한마디 했다. 규정 씨, 새겨들어! 놀라 어리둥절하며 반문했다. 네? 그러자 팀장은 내게도 술을 따르며 일렀다. 매사 적당한 선에서 즐기다 적당한 선에서 끝을 내야 하는 거라고. 나는 행여 팀장이 지금 사무적인 충고를 돌려 말하고 있나 싶었다. 농담인지 진담인지를 구별하기보다 어려운 것이 농담 반 진담 반 하는 말뜻이고, 그보다 더 어려운 경우가 농담 속에 뼈가 있을 때였다. 나는 내가 최근에 제대로 끝내지 못한 게 있었나, 하고 내 담당 업무들을 내심 점검해 보기까지 했다. 그런데 부팀장이 눈을 껌벅이며 묻는 거였다. 어? 규정 씨, 정말 있는 거야?

뭐가요? 애인이오, 아니면 업무 말인가요? 하고 따져 물으려다 나는 대충 웃음으로 얼버무려 넘겼다. 그들 말 뜻을 정확히 읽어내진 못했지만, 어쨌거나 정색을 하고 따져 물을 일이 아니란 것쯤은 알 수 있었다. 특별히 잘 못 처리한 업무도 없거니와, 설마하니 내게 정말 애인이 있을 거라고 믿는 눈치들은 아니었고, 그래도 세상이 하 수상한 만큼 혹시나 하고 괜히 찔러보듯 말하는 것일 터 였다. 그런데 아무리 수상한 세월이라 해도 그렇지, 나 로선 팀장이나 부팀장에게 정말 애인이 있는 것인지 그 냥 괜히 그렇게들 너스레를 떨어보는 것인지 도통 헷갈 렸다. 두 사람 모두 사나흘꼴로 술을 즐기고, 그런 끝에 사우나나 '서비스' 좋은 안마 시술소를 찾아 피로를 푸 는 식이어서, 도무지 연인과 낭만적인 데이트나 사랑의 밀어를 속삭일 그런 스타일 같지 않았다.

모를 일이었다. 그들이 주고받는 말의 어디까지가 진 담이고 어디까지가 허세인지, 어느 부분이 농담이고 어 느 마디가 진심인지. 어쨌거나 그들 역시도 결국엔 가족 이 제일 중요하다고 결론짓는 것으로 봐선, 그리고 보면 사람 사는 것이 결국 대동소이한 것이겠거니, 하는 데까 지 생각이 이를 즈음, 대개는 다음 술자리로 옮기게 되 고, 그쯤에서 나는 적당히 뿌리치고 집으로 향했다.

그런데 그날은 신입이 내 팔을 붙잡았다. 잡아서는, 내게 할 말이 있다며 막무가내로 잡고 놓아주지 않았다. 결국 맥줏집까지 따라가고 말았지만, 추가한 맥주마저 바닥날 때까지도 신입은 별다른 말을 꺼내지 않았다. 말은커녕, 내 쪽에서 붙들기라도 한 듯 선배님, 재미있는 얘기 좀 해주세요, 마치 담배 한 개비 있으면 주세요 하는 투로 졸라댔다. 내가 어깨를 으쓱하며 그런 것 기억하는 재주가 없다고 하자 그러면 자신이 알고 있는 얘기를 해주겠다며, 나로선 언젠가 이미 한 번 들은 적이 있는 듯한 시중에 떠도는 유머 시리즈 두어 토막을, 전혀 재미가 느껴지지 않는 어눌한 어조로 들려주는 거였다. 나만큼이나 유머 감각이 뒤떨어지는 놈이 여기 또 있었구나, 하는 생각으로 나는 웃었다. 신입은 만족하며, 또 다른 시리즈를 기억해 내서 나를 웃겨주려 끙끙댔다. 그러자 무슨 재미있는 일이라도 있어? 웃을 일 있으면 같이 웃자고! 음악을 듣는 것인지 생각에라도 잠긴 것인지 아니면 그런 식으로 술잠을 자는 것인지 언제나 헷갈리는, 팔짱을 끼곤 등받이에 기댄 채 눈을 지그시 감고 앉아 있던 맞은편 팀장이, 우리 쪽에 말을 건네 왔다. 하지만 음악 소리에 가려 신입에겐 잘 들리지 않았나 보았다. 신입은 재빨리 일어나 네? 하고 반문했다. 팀장이 조금 더 목청을 크게 해서 반복했다. 무슨 재미있는 얘기를 하는지 같이

듣고 웃자고! 이번에 신입은 조금밖에 알아듣지 못했나
보았다. 재미있는 얘기라고요? 팀장이 웃으며 다시 말했
다. 무슨 재미있는 얘기들을 하는 거냐고! 그러자 신입이 웃
으며 대꾸했다. 어떤 재미있는 얘기인데요? 그러자 팀장이
짜증난 표정을 지으며 그만두라는 투로 손사래를 쳐댔
다. 신입은 엉거주춤하니 도로 엉덩이를 붙였다. 당황스
러워하는 표정이 역력해서 나는 등을 쓸어내려 주었다.
그리고 직장 선배답게 따뜻하니 한마디 거들어주었다.
　어서 술이나 마셔.
　팀장은 다시 음악을 듣는 듯 생각에 잠긴 듯 술잠에
드는 듯, 아니면 나름의 순서를 정해 두고 세 가지를 차
레차례 밟아나가는 듯하니, 팔짱을 끼곤 등받이에 기댄
채로 눈을 뜨지 않았다. 푹신한 쿠션을 안고 앉아 있는
듯한 그의 둥근 배가 한층 안정감을 주었다. 부팀장 또
한 건너편 벽면의, 무엇을 의미하는지 파악하기도 전에
화면이 바뀌는 뮤직 비디오를 넋을 잃고 쳐다보고 앉아
있을 뿐이고, 정환을 비롯한 나머지 역시도 동일한 신
문, 엇비슷한 사이트를 찾아보기 때문에 서로 이미 알고
있는 얘기나 정보들을 몇 마디 주고받다간, 이내 입을
닫았다.
　언제나 보면, 2차부터는 서로 간에 말수가 급격히 줄
어들었다. 서로 딱히 할 말이 없는 채로, 1차에서 빠뜨

렸던 주식 얘기나 스포츠 소식 등을 주고받거나, 아니면 고작 어디론가 핸드폰을 해대는 일이 전부였다. 어떨 땐 서로 주고받는 말수보다 각자 핸드폰으로 떠드는 시간이 더 많았다. 혹은 술자리가 있어 귀가가 늦겠다며, 저마다 가족들에게 핸드폰으로 열심히 변명을 하고 나서 종내 입을 다물고 앉아 술이나 비울 뿐이었다. 늦는 이유를 대느라 핸드폰 통화를 하는 것이 아니라 거꾸로 그런 통화를 하려고 술자리를 하는 것처럼 느껴질 정도였다.

맥줏집을 나와, 3차를 갈지 그만 흩어질지를 두고 얘기들을 나누는 틈에, 먼저 빠져나왔다. 신입이 또 내 팔을 잡았지만 정색을 하고 뿌리쳤더니 놓아주었다. 더운 욕실 문을 열고 나온 듯한 기분이 되어, 맥줏집에서는 건성으로 넘겨들었던, 언젠가 한 번 들어본 적이 있기는 있지만 곡복도 가수 이름도 알지 못하는 팝송 일부분을, 흥얼흥얼 읊조리며 회사 주차장을 향해 천천히 걸었다. 놀랍게도, 멜로디 끝 부분까지 끊어지지 않고 모두 기억났다. 다시 처음부터 해보았는데, 처음부터 끝까지 노래 일체가 고스란히 재생되었다. 소리 내어 한번 더 흥얼거려 보았다. 도대체 내가 언제 이 노래를 익히고 있었나? 신기했고, 기분이 아주 좋아졌다. 조금 더 큰 소리로 흥얼거리며 시동을 켜고 라이트를 올리다가, 나는 딸꾹질

하듯이 놀랐다. 목전에, 전조등 불빛을 정면으로 받은 귀신 하나가 떡하니 버티고 서 있는 게 아닌가. 언제 왔어? 놀라 다시금 보니, 신입이었다. 뒤따라 왔어요, 문을 열었다. 어서 타, 지하철역까지 태워다 줄 테니. 다시 라이트를 올리며 말했다. 부르지 않고? 자리에 앉은 신입은 손바닥으로 얼굴을 쓸어내렸다. 기분이 몹시 좋으신 것 같아서요, 말을 붙이려다 그냥 뒤따라만 왔어요, 주차장을 빠져나가며 물었다. 많이 마셨나? 고개를 저었다. 아닙니다. 괜찮습니다. 그러곤 마치 팀장 흉내라도 내듯 팔짱을 끼곤 눈을 감기에, 나는 음악을 틀려다 그만두었다. 사거리에서 신호 대기를 잠깐 받는 중에 아까 기억한 멜로디를 다시 불러보려는데, 어쩐 일인지 이번엔 도무지 한 토막도 기억나지 않았다. 그런데 문득 신입이, 그 멜로디를 흥얼거렸다. 어, 자네, 그 노래 아나? 내가 묻고, 네? 그가 반문했다. 지금 흥얼거린 노래 말이야. 그가 고개를 저었다. 아, 아뇨, 모르는 노래인데요, 웃음이 났다. 그런데 어떻게 지금 그 멜로디를 흥얼거리고 있어? 그가 어깨를 으쓱했다. 그, 글쎄요, 내가 말했다. 그 멜로디 나한테 도로 내놔. 그는 어리둥절한 모양이었다. 네? 설명해 주었다. 어디 갔나 했더니 자네가 가져갔구먼, 그거 내가 좀 전에 흥얼거렸던 거거든. 근데 갑자기 생각나지가 않더라고, 말하고 나서 나는 내 농담에 만족스러워하며, 소리 내 웃었다. 신입도 큰 소리로 웃어댔다. 그러곤 웃음을 그치며 말하는 거였다. 선배님도 만만치 않게 썰렁하시네요.

그냥 계속 가세요. 지하철역에 차를 정차시키려 하자, 신입이 말했다. 뭐? 브레이크를 잡다 놓았다. 그냥 직진하시라고요. 뒤차가 라이트를 쏘았다. 여기서 안 내려? 손을 들어 사과했다. 한잔 더 하고 갈래요. 차선을 겨우 바꾸었다. 그래? ……그런데 한잔 더 하고 가려면, 여기서 내려야 하는 거 아닌가? 내가 묻자, 아뇨. 다른 데 가서 할래요, 하기에 반문했다. 다른 데? 음주량으로 보나 시간으로 보나 나로서는 이미 적당했고, 그 역시도 충분해 보였다. 저, 선배님께 하고 싶은 말이 있습니다. 그가 말했다. 나한테? 반문하자, 아니, 선배님이 꼭 아니어도 좋아요. 하지만 선배님이어야 해요. 선배님이야말로 꼭 제 말씀을 들어주셔야 해요. 생각보다 많이 취한 듯했나. 자네, ……벌써 마실 만큼 마신 것 같은데? 하고 눈치를 줘봤지만 도리어 더 졸라댔다. 아닙니다. 아니에요. 선배님 집 근처에 가서 마시면 되잖아요. 거기다 차를 주차해 놓고 저와 편하게 마시기로 하죠. 그러니까 선배님 그런 걱정은 하지 마세요. 저는 그런 놈은 아닙니다. 정말 그렇습니다. 진짜입니다……

난감했다. 그의 자취방이 있는 쪽 신호를 받았다. 다행히 방향은 같아서 약간만 돌아가면 되는 거리였다. 내가 신입일 무렵 주량을 조절할 줄 몰라 번번이 지금의 팀장에게 신세졌던 기억이 떠올라, 웃음이 났다. 기억난 멜로디를 다시금 흥얼거리며 달리는데, 이상했다. 멜로디가 익히 알고 있는 다른 노래 멜로디와 뒤섞이더니, 길도 그만 헷갈렸다. 전에 한번 바래다준 적이 있기 때문에 쉽게 찾을 듯싶었는데, 아무리 봐도 처음 와보는 거리였다. 신입은 그때까지도 혼자 한숨을 쉬었다가 혼잣말로 궁시렁대며 담배를 물었다 머리를 쓸어올렸다가 하면서 제대로 정신을 가누지 못하고 있었다. 하지만 도움을 청할 수밖에 없었다. 이봐, 여기가 어디야? 그가 듣지 못한 듯했다. 이봐, 자네 집이 어느 쪽이지? 그제야 반문했다. 네? 주변을 살펴보며 물었다. 길을 잃어버린 것 같아. 여기가 어디쯤인지 알겠어? 그러나 그는 밖은 내다보려고도 않은 채 나를 연거푸 불러댔다. 선배님. 선배님. 선배님…….

말해! 이정표를 보니 길을 잘못 들어선 게 확실했다. 선배님, 지금 저한테 길을 물어보시면 어떡해요? 다른 차에게 물어보는 게 빠를 듯했다. 뭐? 그럼 지금 이 마당에 자네한테 길을 안 묻고 누구한테 물어봐? 신호 대기로 정차해 있는 옆 차선 택시에게 물어보려고 차창을 내리는데, 신호가 바뀌어버렸다. 선배님, 그거 아세요? 그가 물었다. 뭘? 짜증이 나려 했다. 그가 말했다. 저는요, 이미 오래전에 길을 잃어버린 사람입니다……. 어이가 없었다. 하긴 경쟁을 뚫고 가까스로 통과한 결과가 초라한 샐러리맨 생활일 줄이야. 나 역시도 직장을 잡아야 할 땐 몰랐는데, 직장을 잡고 나자 허탈했었다. 한마디 해주었다. 자신이 이미 길을 잃어버린 줄도 모르고 걸어가고 있는 사람도 세상엔 많아. 그런 사람에 비해, 자넨 행복한 거야. 찾아야 할 길이 있다는 걸 분명히 알고 있으니까.

곧장 가세요! 눈살을 찌푸리며 전방을 주시하더니, 말했다. 알고 있는 길인가 보았다. 왼쪽요! 갈림길이 나올 때마다 그가 방향을 적시해 주기 시작했다. 직진요! 그러면서 말을 이었다. 정말 좋은 사람이거든요. 제가 정말 좋아했던 사람이에요. 그거 아세요? ……아세요? 누군가, ……누군가를 정말 좋아하게 되면요, 그 사람이 살아온 과거와 그 사람이 살아갈 앞날이, ……아프도록 환히 보여요. 누군가를 좋아한다는 건요, 그 속으로, 빤히 보이는 그 세월, ……그 아픈 화면 속으로 걸어 들어가는 거예요. 다신 나오진 못할지라도, 들어가는 거예요. 들어가서 괜찮아, 내가 같이 걸을 테니, 힘내, 하고 손을 잡아주며 말해 주는, ……그래야만 하지 않겠어요?

뭐야? 내가 놀라 물었다. 여긴 우리 집 가는 길이잖아?

저는, 저기다 내려주세요.

여긴 택시가 별로 없을 거 같은데? 양쪽으로 아파트 단지

뿐이었다.

걱정 마세요, 저는 이제 저 속으로 들어가야 하고, 선배님은 그대로 쭉 직진하신 다음에 사모님 손이나 꼭 잡으세요, 말하곤, 뭐라 대꾸하기도 전에 내려버렸다. 마음이 놓이지 않아 정차시켜 놓고 거동을 살펴보았다. 핸드폰을 꺼내 들더니 주변을 두리번거리며 백미러 속 길을 따라 걸음을 옮겼다. 횡성수설하는 거동이 다소 불안하긴 했지만, 전화 통화할 정신이면 알아서 처신하겠거니 싶어, 출발했다.

마치 자신이 용한 무당이나 점쟁이라도 된 듯이, 우리 같은 보통 사람에게도 어떤 사람의 과거나 앞날이 훤히 보일 때가 있기는 있다. 그 사람과 오래오래 있다 보면, 그 사람 옛날 애기도 들어보고, 그 사람 식구들도 만나보고, 그 사람과 같이 적어도 하룻밤을 꼬박 새우며 자봐야 하고, 또 그 사람 동생과도 천천히 애기를 나눠봐야 하고, 그리고 무엇보다 그 사람하고 아주 심하게 다퉈봐야 하지만, 그러면 그러는 어느 즈음에 그 사람 앞뒤가 보인다. 실낱같이, 겨우 보인다. 보이지 않으면, 다시 다투게 된다. 상대의 앞뒤가 실낱같이 나타나서, 그제야 아, 지금까지 내가 만나온 사람이 바로 이 사람이었구나, 하는 발견을 하게 되는데, 그것도 스산하고 쓸쓸하고 담담한 심사로 발견하게 되는데, 아주 나약하고 가엾게, 그러면서도 더없이 안쓰럽고 소중한 느낌으로 다가올 때가 있다.

그런 사람이, 적어도 내 아내에겐 있었던 듯하다.

내게도 그런 사람이 있는데, 그가 바로 아내다. 허름한 여관에서 첫 밤을 보내고 났을 때, 부모님 앞에서 그녀가 조심스럽게 몸가짐을 가눌 때, 별로 예쁠 것 없는 그녀의 어린 시절 사진을 볼 때, 함께 신혼살림을 고르러 다닐 때, 같은 평수로 전셋집을 옮기느라 이삿짐을 꾸릴 때…… 그리고 오늘처럼 자다 깬 부스스한 얼굴로 늦으면 늦는다고 전화를 해줘야죠, 하고 쏘아붙일 때.

3

앞자리에 마주 앉았으면서도 별다른 말 없이 술만 받아 마시던 그가, 자리가 거의 끝나갈 때쯤 되어서야 저어, 하고 두어 번 머뭇거리더니, 제가 그날 무슨 실수나 저지르지 않았는지 모르겠어요, 하곤 술을 따랐다. 실수는 무슨, 취하니까 되레 좋은 말만 골라 하던데? 나는 받아만 놓았다. 운전을 하려면 그만 자제해야 할 듯싶었다. 네? 그가 반문하며 재빨리 술잔을 내밀었다. 따라주면서 읊

조렸다. 생각해 볼수록 멋진 말이던데, 그 사람의 과거와 앞
날이 아프게 들여다보인다……. 신입은 뒤통수를 긁적이며,
긴가민가했는데 제가 그때, 그런 말까지 해버렸군요, 하곤 단
번에 잔을 비웠다. 그런 다음 방금 받은 술잔이 그대로
인데, 휴지로 재빨리 제 잔을 닦아내더니 내게 건네곤
따랐다. 취한 듯했다. 따르면서, 조그맣게 속닥였다. 깨
어나 보니까 그 여자 옆이더라고요. 그러곤 놀랐죠? 하는
눈빛으로 나를 정면으로 쳐다보는 거였다. 놀라긴 놀랐
다. 대관절 갑자기 그 여자라니, 누구인가. 하지만 한편
으로 애인 사이라면 뭐 얼마든지 그럴 수도 있는 일 아
니겠는가 싶어 나는 가능한 한 심드렁한 표정으로 그를
마주 보았다. 저기요, 그가 말을 망설이는 듯하더니 상체
를 앞쪽으로 기울이며 물어왔다. 저, 그 여자한테 청혼해
버릴까요? 나는 나도 모르게 술잔을 비우고 말았다. 그러
곤 신중하니 대답했다. 과거와 미래가 아프게 들여다보인다
면, 같이 못 살 것도 없겠지!
　　그렇죠?
　　그가 반문하기에, 웃으며 어깨를 들었다 내렸다.

　　그러나 그것으로 끝이었다. 2차를 가자고 붙잡는 것
을, 그날은 내가 끝내 사양하고 빠져나온 탓에 달리 말
할 겨를이 없었겠지만, 그러나 평소 사무실에서나 점심

식사 때라도 무슨 얘기나 눈치라도 줄 법한데 붙임성 있게 굴면서도 그런 얘기는 꺼내질 않았다. 한번은 무슨 대화 끝엔가 결혼 얘기가 오가기에, 시골 부모님들께서 결혼하라고 재촉하지 않아, 더구나 자네 외아들이라며? 하고 슬쩍 떠보았더니, 기회 있을 때마다 말씀하시죠. 요즘은 안부 전화 드리기도 겁날 정도예요, 하더니 어디 마땅한 사람 있으면 소개 좀 시켜주세요, 하곤 되레 부탁을 해왔다. 그녀는? 하고 반문하려다, 다른 사람 눈도 있고 해서 그만두었다. 아마 일이 잘 풀리지 않는가 보구나, 하고 넘겨짚을 뿐이었다. 그런데 바로 그날 저녁이었다. 여직원들까지 참석한 자리였는데 시작해서 파할 때까지 신입은 그녀들 사이에 껴 앉아 즐거이 술을 받거니 권하거니 했다. 그러곤 내게 들려준 바 있던 그 낡은 유머 시리즈를 꺼내 들려주다가 그녀들로부터 야유에 벌주까지 받았다. 그러면서도 마냥 희희낙락이었다. 결국엔 아니나 다를까, 다들 자리를 파하고 일어서는데, 그는 그새 취해 있었다. 앉아서는, 자신의 술잔을 물끄러미 노려보더니 훌쩍 비우곤 자작으로 따르는 거였다. 웃지 않을 수 없었다. 그만 가야지? 다가가 부축해 일으켜 세웠다. 다행히 별다른 주사는 없었다. 되레 어, 다들 갔어요? 하고 놀라더니 죄송합니다, 선배님, 하곤 벌떡 일어나 다시 한번 죄송합니다, 선배님, 하며 사과하더니, 구두까지 잘 찾아 신고 나섰다. 그러니까 그 정도가 그의 주사라면 주사였다. 괜찮겠어? 하고 묻자 그럼요, 선배님, 하곤 제자리 뛰기까지 해보였다. 내 차로 갈 텐가? 권해 보았더니, 잠깐만요, 하곤 가까운 편의점으로 번개처럼 뛰어 들어가서는 껌이며 커피며 아이스크림에 캔 맥주를 사왔다.

나는 커피를 마신 뒤에 껌을 씹었고, 그는 맥주를 홀짝이며 라디오에서 흘러나오는 가요를 따라 흥얼댔다. 처음 들어보는 노래였다. 랩 발라드 풍인데 멜로디가 스산했다. 누구 노래야? 내가 묻자 대답은 않고, 이 노래 정말 슬프죠? 하더니 계속 따라 부르기만 했다. 음악이 끝났는데도, 감정까지 잔뜩 불어넣어서는 처음부터 다시 혼자 부르고 또다시 부르고 하기에, 라디오를 꺼주었다. 그렇게 서너 번 반복해서 부르고 나더니 갑자기 생각이 바뀐 모양이었다. 저, 이쪽으로 가지 말고, 지난번 그곳에다 내려주세요, 하는 거였다. 아파트 단지? 나는 황급히 속도부터 줄이고 이정표를 살폈다. 여기서 그곳으로 가려면 어떡해야 하지? 중얼거리자, 그때 갔던 길로 가면 돼요, 하곤 한숨을 내쉬었다. 나야말로 한숨이 나왔다. 그때는 길을 잃어버리고 어찌어찌 가다 보니 거기였는데, 그럼 이번에도 길부터 잃어버려야 하나? 중얼대자, 피식 웃더니 그도 중얼거렸다. 선배님이 뭘 아시긴 아시는군요. 나는 두 블록이나 더 지나쳐서야 겨우 길을 파악하고 유턴했다. 그러는 동안 그는 두 번째 캔을 비우곤 중얼댔다. 정말 그곳은, 길을 잃어버려야만 찾아갈 수 있는 곳이죠…….

나는 잠자코 운전만 했다. 그가 좀 전에 부르던 노래 한 소절이, 내 입에서 아주 자연스럽게 흘러나왔다. 선배님! 하지만 다음 소절은 아무리 떠올리려 해도 떠오르지 않았다. 선배님! 차가 기울 때마다 그는 몸조차 제대로 가누지 못한 채로 흔들리면서 자꾸만 나를 불러 세웠다. 선배님! 그의 상체를 바로잡아 주며 말했다. 듣고 있으니까 말해. 그러자 저는요, 저는요, 정말, ……정말로 선배님이 좋아요, 하곤 히죽이 웃는 거였다. 그런데요, 그래서 선배님께 진심으로 여쭙는 건데요, 저 선배님, 이 여자, 포기해 버릴까요?

도대체 뭐라고 대답해 줘야 한단 말인가. 이미 단지에 도착한 뒤였다. 나는 지극히 원론적인, 하나마나 한 소리를 지껄일 수밖에 없었다. 사랑한다면 쉽사리 포기하진 말아야지. 그러나 포기한다면 그건 그만큼 사랑하지 않는다는 뜻일 테고, 그렇다면 그 경우 포기한 것이 차라리 올바른 선택이겠지. 고개를 숙인 채 골똘히 생각에 잠긴 듯하던 그가, 진심에서 우러나오는 듯한 그러나 다소 과장된 목소리로 인사까지 꾸벅 건네며 말했다.

존경합니다, 선배님!

그러곤 내리더니 차 문을 붙잡고 다시 한마디 했다.

선배님 말씀대로 그대로 하겠습니다. 정말입니다. 그렇게 하겠습니다. 정말로 감사합니다.

다시 한번 인사까지 깍듯이 하곤 문을 닫았다. 출발하면서 보니까 꽁무니에 대곤 두어 번 더 굽실대더니, 백미러 속의 지난번 그 길로 휘청거리며 돌아 들어가는 꼴이 아스라이 잡혔다. 그렇게 하겠다니, 도대체 어떻게 하겠다는 소린가. 횡설수설하는 그의 꼴이 다소 우습기도 하고 일면 불쾌하고 심지어 농락당하고 있는 듯한 기분까지 들었으나, 어쨌든 간에 그의 일이 잘 되기를 빌어 마지않았다.

그러나 잘되지 않았나 보다. 눈치가 그러했다. 물어보진 못했다. 그 즈음부터 신입은 여직원들과 어울려 다니길 좋아했다. 식사를 하러 가거나, 퇴근 시간 때에도 신입은 눈에 띄게 자주 그녀들과 동행했다. 여직원들 대개가 외근을 주로 하는 업무직인 데다 계약직이어서, 일반 직원과 다소 겉도는 분위기가 형성되어 있었다. 하지만 신입은 여직원들과 관련된 업무를 맡고 있었고 비슷한 또래여서, 그녀들과 어울리는 것은 일면 자연스러운 일이기도 했다. 하지만 그런 쪽으로 별로 눈치가 빠르지 못한 나조차 그가 어느 순간부턴가 표 나게 그녀들 꽁무니만 쫓아다니는 것 같아, 적당한 때를 잡아 한마디 해

주었다.

혹시 마음에 둔 사람이라도 있어? 그는 현관을 빠져나가는 여직원들 뒷모습을 넋 놓고 쳐다보고 있던 중이었다. 들고 있던 커피를 쏟을 만큼 화들짝 놀라더니, 얼굴까지 빨개진 채로 시치미 뗐다. 아, 아닙니다. 틈을 주지 않고 파고들었다. 소윤주 씨, 정말 예쁘지? 일도 잘하고 말이야? 떠보는 수작만은 아니었다. 실제로 업무 능력이 남다른데다 미모가 수려해서 직원들 중에 총각이라면 누구나 그녀에게 관심을 두고 있을 거였다. 에이, 오르지 못할 나무는 쳐다보지도 말아야죠. 체념 투였다. 그런가? 비록 키가 다소 작고 일개 샐러리맨에 불과하지만, 미리 체념할 정도는 아니지 않나? 하고 속으로 반문해 보고 있는데, 그가 중얼댔다. 본부장님 애인이라면서요? 이번엔 내가 쏟을 뻔했다. 그래? 금시초문이었다. 청소하는 아주머니들까지도 다 알고 있는 사실인데, 모르셨어요? 내가 놀라워하자, 그런 나를 보며 놀라는 눈치였다. 나는 괜스레 서둘러 말머리를 돌렸다. 그걸 알면서 뭘 그렇게 넋을 놓고 쳐다보고 있어? 그가 중얼댔다. 저는 그 옆을 쳐다본 거예요. 옆이라면? 혜주 씨? 묻자, 신입이 해죽이 웃어 보였다. 짧게 웃는데도 목덜미까지 빨갛게 달아올랐다. 그녀라면 잘 알고 있었다. 차분한 성격이면서도 일엔 열심인 데다, 전공은 다르지만 대학 후배이기도 해서, 남달리 신경을

써준 바 있었다. 내가 잘 아는데, 도와줄까? 그러자 도리질 했다. 아, 아닙니다. 아니, 솔직히 잘 모르겠습니다…….

나는 그날부터 혜주에게 전달할 게 있거나 그녀를 도와줄 거리가 생기면 부러 신입에게 심부름을 시켰다. 딱히 그것이 계기가 된 것인지는 모르겠으나, 둘은 종종 퇴근 후에도 함께 시간을 보내는 눈치였다. 때문에 나는 모든 것이 제대로 돌아가는 중이라 믿어 의심치 않았다. 잘되면 술 석 잔인 거, 잊지 마! 농담까지 건넸을 정도다. 그러던 참에, 하루는 술자리가 있고 나서, 나는 또 1차 만 마치고 먼저 빠져나왔던 것인데, 전조등을 켜자 그가 서 있었다. 어쩐 일이야, 혜주 씨랑 같이 갈 줄 알았는데? 그러나 대답도 않고 비틀거리며 오르더니, 안전벨트를 수 없는 헛손질 끝에 간신히 매고 나더니 말했다. 저, 그곳에다 내려주세요! 그러곤 가는 내내, 문맥이 정확히 파악되지 않는 짧게 토막 난 말로 통화만 해대다가, 도착할 즈음이 돼서는 새로운 길을 지시하는 거였다. 그가 가리키는 대로 핸들을 틀다가 세우자 대충 어디쯤인진 알겠으나 방향이 좀체 가늠잡히지 않는 아파트 단지 안이었다. 내리세요! 신입이 말했다. 같이 간다고 말해 놨어요!

정말이지 얼결에 집 안까지 들어가게 되었고, 마침내 그의 그녀를 만나게 되었다.

4

　신혼집에 쳐들어간 기분이었다. 실제로 나는, 이렇게 갑자기 쳐들어와서 어쩌죠, 비누라도 사와야 하는 건데, 하는 말로 인사치레를 했다. 어서 들어가세요! 내 등을 떠밀며, 그 역시도 자기 집인 양 스스럼없이 굴고, 그녀 역시도 밝게 웃으며 반겨주는 탓에, 정말 신혼집 집들이에라도 온 듯했다. 구조는 다르지만 나 역시도 비슷한 평수에서 신혼 생활을 시작했었다. 다른 점이 있다면, 결혼사진이나 가족사진이 걸려 있지 않다는 점과 튀김이나 찌개 끓는 냄새 따위가 나지 않는 정도랄까. 대신 가구나 살림이 그다지 많지가 않아서인지 실제 평수보다 다소 넓게 느껴지는 데다, 적절하게 배치된 조명 기구 불빛이 실내를 직딩히 분할해 놓고 있어서, 소파에 앉아 둘러보니 꽤나 아늑하고 편안한 깊이가 느껴졌다.

　맥주를 내올까요, 아니면 차로 할까요? 그녀가 얇게 웃음을 머금은 눈을 깜박이며 물었다. 마치 단골을 접대하는 세련된 주인 같기도 하고, 혹은 오랜만에 처가에 온 형부를 맞이하고 있는 처제 같기도 했다. 우선 인사부터 해야지, 그가 정식으로 소개시켜 주려 하기에, 나는 서둘러 소파에서 일어났다. 이쪽은 내가 늘 말해 왔던 우리 선배님! 그리고 이쪽은 제가 그렇게나 말씀드렸던 바로 그녀입니다.

그것으로 끝이었다. 우리는 서로 어색하니 눈웃음을 맞췄을 뿐이다. 고개를 숙여 인사해야 할지, 악수라도 건네야 하는지, 말씀 많이 들었습니다,라며 살갑게 굴어야 할지, 도무지 갈피가 잡히지 않았다. 어떻게 대해도 괜찮을 듯싶고 그러나 어떤 선택도 어색할 듯싶었다. 촌수로는 아주 가깝지만 평소 왕래가 전혀 없던 친척을 만났을 때 같다고나 할까. 가까운 친구의 헤어지기로 한 애인을 소개받는 경우라 할까. 사돈 쪽 사람과 불편하지만 방향이 같은 탓에 합승한 기분이랄까. 나로서는 그녀가 어떤 사람인지, 신입과는 어떤 사이며, 그리고 그가 갖고 있는 그녀나 혜주에 대한 본심이 무엇인지 알 수가 없기 때문에, 어떤 태도로 그녀를 대해야 할지 애매하여 혼란스러울 따름이었다. 게다가 들어올 때는 마치 자기 집인 양 당당하게 굴던 그가, 그녀가 술상을 봐오는 동안에 도리어 끌려온 손님인 양 다소곳이 앉아 있더니 어느새 꾸벅꾸벅 졸기 시작하는 것이 아닌가. 그런 그를 보곤 깨울 생각도 않고 그냥 웃어만 보이는 그녀 표정은, 마치 어쨌거나 무사히 귀가해 준 것만으로도 안심하고 고마워하는 철없는 동생과 자취하는 누나 같아 보였다. 그 바람에 그녀가 마주 앉아 과일을 깎을 땐, 도리어 내가 집주인인 양, 이봐, 술 받아, 남의 집에 와서 잠들면 어떡해? 하고 흔들어 깨웠다.

그녀는 신입에게나 나에게나 깍듯이 존댓말을 썼다. 앳돼 보여서인지 혹은 시간에 어울리지 않는 단정한 투피스 정장 탓인지 때론 그녀 역시도 손님인 듯이 여겨져, 자꾸만 부엌 쪽에서 새댁 같은 여자가 걸어 나올 것 같은 착각에 빠졌다. 그는 흔들어 깨울 때마다, 아, 선배님! 하고는 그녀에게 정말 내가 제일 좋아하는 선배님이셔, 하곤 술잔을 들어 습관적인 건배를 올린 다음 두어 모금 마시거나 다시 졸거나 담배를 입에 물거나 머리를 쓸어 올리거나 다른 사람이 먹다 놓은 과일을 가져가 씹다가, 우리가 웃으며 쳐다볼라치면, 저도 해죽이 웃으며 얼른 잔을 들어 건배를 권하는 거였다. 깔끔하고도 세련된 태도로 그녀가 과일을 깎고 술잔을 채우고, 라이터와 재떨이를 내오고, 내게 의견을 물어가며 음악과 볼륨을 고르고 하지 않았더라면, 나는 그의 술버릇에 다시 한번 불쾌해했을 터였다.

이목구비가 가지런했다. 다시금 보니 신입과 비슷한 연배로 보였다. 하지만 말씨며 자태가 곱고 차분했다. 생활상의 곤란이나 어려움을 별로 겪어보지 않은 사람 같았다. 그녀가 조금도 경계하거나 불편해하는 기색을 내비치지 않아 분위기가 어색하진 않았다. 간간이 끊기는 상태로 변덕스러운 날씨로부터 시작해 좋아하는 술이

나 음악에 대한 이런저런 대화가 오갔고, 종종 대화가
끊길 때라도 나지막이 흐르는, 그녀 역시도 좋아하는 곡
이라며 틀어놓은 음악을 무심히 따라 부르고 싶어질 만
큼 편안했다.

때문에, 그녀가 내온 술이 모두 바닥날 즈음 신입은
이미 거의 곯아떨어진 상태였지만, 그것이 불쾌하기는커
녕 마땅한 곳만 있다면 그를 깨워 다 같이 한잔 더 하러
나가고 싶기까지 했다. 다른 한편으로 졸고 있는 그를
깨워 함께 데리고 나와야 하나 말아야 하나를 두고 잠깐
망설였지만, 더 이상은 내가 끼어 있거나 관여할 시간
같지가 않아 그를 깨우지도 못하게 하곤 그만 자리를 털
고 일어났다. 그냥 주무시고 가도 괜찮은데요, 그녀가 붙잡
았지만, 만취한 동생을 집까지 무사히 바래다준 선배에
게 대하는 정도의 인사치레에 불과한 거였다. 나는 전화
를 걸어 대리 운전을 부탁했고, 그녀는 나오지 않아도
된다는 내 말에, 열린 현관문으로 짤막하고도 어색한 눈
웃음으로 작별 인사를 대신했을 따름이었다.

기사가 도착할 때까지 비상 깜빡이를 켜놓고 운전석
에 앉은 채, 아파트 호수를 밟고 올라가 방금 내가 빠져
나온 창문을 바라다보았다. 솔직히, 곯아떨어져 있는 신
입 생각보다 조명등을 역광으로 받고 앉아 있던 그녀의
실루엣이 더 어른거렸지만, 그러나 그것은 어떤 구체적

인 욕망이라기보다 왠지 아마 다시는 만나지 못할 인연일 듯싶은 사람에 대한 야릇한 서운함 정도였다. 때문에 그녀에 대해 생각하면 음악에 대해 몇 마디 주고받은 얘기 외에 사실은 아무것도 아는 것이 없어서, 그녀의 나이라든가 직장이라든가 고향이라든가 취향이라든가 모든 것이 궁금했지만, 그러나 나와는 그런 것을 궁금해야 할 인연이 아님을 또한 분명히 인정하기 때문에, 그 뒤 그녀에 대해 일절 입에 올린 적이 없었다. 신입은 신입대로, 웬만한 부서원들이라면 모두 알고 있을 만큼 혜주와의 교제에 탄력이 붙고 있는 모양이어서 그 아파트 단지를 지날 때면, 그날 그녀 집에 갔던 인연이 도대체 있기나 있었던 것일까, 하고 내 스스로 의심해 볼 정도였다.

그런데 그런 어느 날 녀서은 내 차에 올라타서는, 저 좀 거기로 데려다주세요! 하는 거였다. 손에는 편의점 봉지가 들려 있었지만 취한 상태인 듯했다. 아무리 그렇기로서니, 그날 점심에 굳이 나를 동석시켜 혜주와 함께하면서, 그는 아주 행복한 듯이 웃고 떠들지 않았던가. 공식적으로 발표한 것은 아니지만, 누가 보더라도 둘은 별다른 장애물이 없는 한, 그렇게 인연을 다듬어 나가 조만간 결혼으로까지 이어질 연인으로 보였다. 지나가는 인사치레로 한 말이겠지만 언제 한번 날을 잡아 사모님과 함께 식사를 하자고 신입 스스로 제안하기까지 했고, 나와 아내의 나이 차이라든가 결혼기념일이라든가 신혼 여행지까지 물어보면서 마치 닮기를 바라는 삼촌에게 굴듯이 살갑게 치근대지 않았던가. 그런데 옆에 떡하니 올라타서는 그곳에 데려다달라니, 지금 나와 농담을 하자는 건가. 아니면 본래 생을 농담하듯 가볍게 살아가는 작자였던가. 평소 사무를 처리하는 태도로 보나 사람들을 대하는 태도로 보나 그는 나름대로 아직 때가 타지 않은 성실한 신입 사원임이 분명했다. 나만의 주관적인 판단이 아니라 주변 하마평 역시도 대체로 깍듯하고 부지런하다는 쪽이었다. 신입 때의 내 모습이 연상되어 다소 각별하게 대해 주었다. 하지만 술이 들어가면 조금 다른 모습이 나타났다. 처음엔 신입답게 주의하는 듯싶었고, 다른 사람들 앞에선 그다지 흐트러진 모습을 보이지 않기에, 다만 나를 믿고 의지하기 때문에 내보이는 모습이려니 하고 이해했다. 나만큼이나 농담과 진담을 혼동하는 농맹인 데다, 이 녀석은 맨정신일 때와 술 취했을 때가 사뭇 다른 종자이기도 했다. 아니 취하기만 하면 혹은 취한 상태로만 그녀를 찾아가려고 하는 걸로 보아, 맨정신일 때와 만취했을 때를 전혀 다른 세계로 구분하고 살아가는 일종의 심리적인 이중 국적자인지도 모르겠다. 살아오면서 이런 희한한 종자들을 나는 얼마든지 자주 봐왔다.

어떡하지, 오늘은 다른 선약을 잡아놓은 게 있어서, 내가 전혀 반대 방향으로 가야 하거든.

궁색한 대로나마 나는 핑계를 만들었다. 그녀를 만나본 적이 없다면야, 그리고 혜주 또한 전혀 모른다면 모르거니와, 양쪽 모두를 만나 알고 있는 마당에 그를 데려다주지 않는 것이, 그녀들에 대한 내 도리 같고, 그 자신에게도 좋은 일일 듯싶었다. 슬그머니 당황하는 눈치더니, 또 금세 웃는 얼굴을 하곤 물어왔다. 무슨 약속이신데요, 저도 데려가 주면 안 돼요? 내가 정색을 해보였다. 취한 것 같은데 그냥 집으로 들어가지그래? 그는 그만 길게 한숨을 내쉬더니, 그래야죠, 하고 쉽게 단념했다. 지하철역 입구에 차를 세우자, 또 한번 당황스러워하긴 했으나 그럼 조심해서 디녀오세요, 인사까지 하곤 내렸다.

집으로 들어갔는지 그녀에게 갔는지는 알 수 없는 노릇이었다. 더는 참견할 일도 아니었다. 하지만 무엇인가가 자꾸 미진하게 여겨졌다. 내용물이 불분명한 상자 하나가 서랍을 여닫을 때마다 걸리는 기분이었다. 그런 상태로 내버려두고 퇴근하여 집에 가면 잠자리에 들어서라도 내일은 그 서랍을 열어보고 치우든가 정리하든가 해야지, 하고 체크하게 되는 나로서는, 신입을 볼 때마다 의구심이 떠올랐다. 마침내 지나치는 듯한 어투로, 그러나 얼마간 정색을 하고 그에게 물어보았다. 점심 식사를 마치고 난 엘리베이터 안에서였다. 술이라곤 입에 대지도 않은 상태였고 단 둘만의 공간이고 보니, 게다가 이제 막 혜주에 대한 얘기를 나눈 끝이었으니, 그도 제 본심을 밝히지 않을 수 없으리라. 대체 그 여자와는 어떤 사이야?

네? 신입이 눈을 껌벅였다. 놀랄 때 나타나는 버릇이었다. 그 여자, ……라뇨? 잡아떼고 싶겠지, 그러나 틈을 주지 않았다. 자네가 술에 취하기만 하면 찾아가고 싶어하는 그 여자 말이야, 자네와는 어떤 사이인 거야? 그도 더는 눈을 껌벅이지 않았다. 다만 어두운 데 있다가 갑자기 밝은 데로 나온 경우처럼 잠시 맹한 상태더니, 마주 응시하고 있는 내 눈을 흘기고 웃음을 흘리며 능청을 떨었다. 에이, 다 아시면서 선배님도, 새삼 왜 묻고 그러세요! 이번엔 내가 눈을 깜박였다. 나는 정말로 궁금해서 묻는 거야. 문이 열리고 복도로 나서면서까지 나는 정색을 하고 한 번 더 채근했다. 정말 그 여자와는 어떤 사이야? 그러자 신입은 마치 애인의 심술궂은 농담에 부러 토라지는 시늉을 해보이는 연인처럼 에이, 선배님도! 하고는 내 어깨를 치기까지 하면서 장난 투로 넘기려 들었다. 다른 눈들도 있고, 또 더 이상 정색을 하고 다그칠 일까진 아닌

듯해서 그만 물러났지만, 이번엔 방법을 달리하여 술자리를 노렸다. 술기운이 적당히 올랐을 즈음 정색을 하고 물었다. 그러자 놈은 흠칫하면서 나를 되레 노려보더니, 추궁하는 거였다. 선배님, 혹시?

혹시 뭐?

내 눈빛이 다소 흔들렸을 것이다. 혹시, 하고 나 자신을 의심해 보지 않은 것은 아니다. 그러나 그녀에 대한 어떤 개인적인 감정보다도, 그녀에 대한, 그리고 혜주에 대한 그의 생각이 궁금할 따름이었다. 그러나 놈이야말로 이제 정색을 하곤 되물었다. 그 애…… 선배님이 봐도 정말 괜찮죠? 내 얼굴이 빨개졌을지 모를 일이었다. 남자라면, 누구나 반할 만한 애죠. 아예 단정까지 내버렸다. 어이가 없었다. 저도…… 꽤 좋아했으니까요! 그러나 잠자코 있었다. 자고로 그녀 정체에 대한 궁금증이 풀리는 찰나였다. 지난번에도 말씀드렸지만, 제가 정말로 좋아하는 사람입니다. 그렇지만 어쩔 수 없지요, 안 그래요, 선배님? 물론 지난번에 어떤 말씀도 나는 들은 바 없다. 그가 그쯤에서 입을 다물어버리려고 하기에, 다시금 캐물었다. 언제부터 좋아한 사이야? 그러자 쿡, 하고 웃으면서 언제부터라고 할 것도 없잖아요, 어렸을 때부터 그러니까 그런 것이 좋아하는 감정인지 사랑하는 감정인지조차 구분하지 못하는 때부터 알고 지낸 사이니까요. 의외였다. 고향 친구였던 거야? 그가 고개부터 젓고 나서 대답했다. 아뇨, 친구가 아니라, 정확히 말해 친구의 동생이죠. 학교도 같이 가고, 주일학교도 같이 나가고…… 그렇군, 그런 사이였군, 고개를 주억거리는데 그가 덧붙였다. 그런데 나중에 석규 녀석이 그 애하고 잠시 사귀기도 했어요, 석규……라니 누군가? 제 중학교 동창 녀석인데, 꽤 멋있는 놈이었죠, 공부도 운동도 잘하는, 셋이 자전거 타고 같이 놀러 다니고 그랬는데…… 그는 두 손으로 술잔을 감아쥐고 그 속을 들여다보며 중얼거렸다, 마치 술잔을 읽는 듯이 간혹 술잔을 돌려 새로운 문장을 찾아 읽는 듯이 느린 말걸음이었다. 제가 그 애를 좋아하고 있다는 걸 느낀 것은 훨씬 나중인데, 그러나 그건 아마도 그만큼 그 애가 소중하게 생각되어서, 나보다는 나은 누군가를 만날 거라고 생각했던 때문인 듯싶기도 해요. 대학 다닐 때 다시 연락이 닿아 자주 만나 술도 마시고 영화도 보러 다니곤 했는데, 그러나 그땐 이미 제게 여자친구가 있었던 때였죠. 기억이 막히는 듯하면 그는 술잔을 비우고 다시금 채운 다음 떠올렸다. 그러다 군대에 갔고 제대하고 보니까 그녀는 이미 결혼을 했더군요. 아, 결혼했구나. 아니, 그러면 지금은 이혼녀가 아닐까. 그런데 신랑이 좀 이상한 사람이었던가 봐요. 정확히 말을 해주진 않지만, 심한 바람둥이거나 적어도 가정에는 매우 무책임한 사람이어서, 이혼을 하려고 하는데, 또 이혼을 해주지도 않고 해서, 지금처럼 일종의 별거 상태로 있는 거죠. 그렇게 된 것이로구나, 하고 꽤나 복잡하지만 대충 정리되는 듯했다. 그가 쿡, 하고 웃더니 한 가지 더 덧붙였다. 그러다가 정말 우연히 마주쳤죠, 술집에서. 저와 아주 친하게 지내는 형님 한 분이 있는데, 그 형님이 단골로 드나드는 바였어요. 서로 말까지 트고 지내는 사이더군요. 그곳 주인이 그녀 친구여서 가끔 나와 일을 도와주는 거래요. 그러고 나서도 몇 마디 더 중얼거렸지만 점점 더 혀가 꼬이는 말투로 변하는 데다가 더 이상은 나 자신이 혼란스러워져서 제대로 귀에 들어오지 않았다. 내게도 그런 비슷한 추억의 여자가 없는 것은 아니다. 유난히 예뻤던 것으로 기억나는 소꿉친구가 있고, 좋아하는 건지 그냥 다감한 사이에 불과한 건지 혼란스럽던 동창도 있고, 좋아하는 마음을 숨긴 채 혼자 바라보기만 했던 사람도 있고, 단순히 선후배 사이라고 하기엔 너무 오래 너무 진지하게 편지를 주고받았던 후배도 있고, 잠깐 술 시중을 들었을 뿐인데 유난히 호감이 가고 기억에 남는 여자도 있었다. 그러나 그녀들은 각기 서로 다른 사람이었고 이제 다시 만난다 해도 서로 관계나 호칭이 분명할 터였다. 말하는 동안 신입은 주량을 넘어선 듯했다. 조금씩 자세가 흐트러지더니 술잔이 기울어져 셔츠에 떨어지는 데도 알아채지 못한 채로 머리를 자주 쓸어올리고 실없이 한숨과 짧은 웃음을 반복했다. 그리고 문득 술잔에 들어 조는 듯하더니, 불쑥 말을 걸어왔다. 이제 선배님 얘기해 주세요! 무슨? 내 얘기라니? 어떤 사람인지 저 정말 궁금해요. 선배님이 만나고 계신다는 그 사람요. 우리 선배님이 1차만 끝나면 부리나케 찾아가 만나시는 그분은 어떤 분일지, 저 진짜 궁금해요. 나는 녀석 뒤통수를 한 대 갈기며 제일 간단하게 답변해 주었다. 미친놈! 그러자 웃으면서 시비였다. 어? 말씀 안 해주실 거예요?

5

그때부터는 거꾸로 그가 틈만 나면 나를 추궁해 왔다. 특히나 취기가 오르면 새삼 집요해졌다. 선배님, 정말 저한테 이러실 거예요? 나야말로 그에게 따졌다. 내가 뭘? 내 말을 도무지 믿으려 하지 않았다. 선배님도, 어서 저한테 비밀을 털어놓으셔야죠! 웃어 보이지 않을 수 없었다. 없어! 없는 걸, 어떻게 털어놔? 그도 마주 웃어 보였다. 에이, 선배님, 왜 이러세요! 웃음을 거두고 정색을 해 보이기도 했다. 자네야말로, 대체 무슨 근거로 내가 자네에게 들려줄 비밀이 있을 거라 단정하지? 그러나 그럴수록 그는 웃어 보이며 다그쳤다. 에이, 솔직히 요즘 애인 없는 사람이 어딨어요? 이렇게 되면 나 역시도 어이없어 웃음만 나왔다. 그런데도 막무가내. 전에 애인 만나러 간다고 하셨잖아요! 아예 생사람을 잡기까지 했다. 내가 언제? 그러나 그는 내가 다만 정색을 하고 잡아떼려는 줄 알고, 자신도 정색하곤 화를 내보이기까지 했다. 에이, 그만둬요, 치사하게! 저야, 그냥 선배님이 좋고, 선배님과 가까워지려는 마음에서 물어보는 건데…….

그래 놓고 그는 또 작전을 바꿔 유도 심문을 벌이기도 했다. 소윤주 씨랑 본부장님 사이가 요즘 안 좋은가 보던데요? 솔깃해서 물었다. 자네가 그걸 어떻게 알아? 그가 목소리를 낮췄다. 혜주한테 들었어요. 내가 고개를 주억거리고 있으려니까, 건너편 빌딩에 있는 지하 카페 여주인이 팀장 애인인 건 아세요? 고개를 젓고 대꾸했다. 그건 몇 년 전 얘기야. 그때 잠시 그런 소문이 돌았었지. 그가 고개를 저었다. 아뇨, 새로 온 여주인 말이에요. 내가 눈을 크게 떠 보이자, 그 가게가 팀장 소유잖아요, 했다. 나는 고개를 주억거리며 궁금했던 것들을 물어보기까지 했다. 부팀장은? 그러나 그도 모르는가 보았다. 전혀 오리무중이에요. 부팀장님이야말로 정말 음흉한 양반 같아요. 꼬리가 전혀 잡히지 않아요. 그쯤에서야 꼬리 잡힐 일 없기 위해서라도 나는 정신을 차리고 정색했다. 자네는 왜, 반드시 비밀들을 숨겨놓고 있을 거라고 단정하지? 비밀이 없기 때문에 아무 눈치도 챌 수 없는 것일 수도 있잖아? 그러나 그러면 그럴수록 그도 정색을 하곤 완강하게 도리질쳤다. 에이, 요즘 그런 사람이 어딨어요? 하다못해 단골 술집 아가씨라도 하나씩 꿰차고 있게 마련이죠. 그러곤 다시 내 눈치를 슬그머니 살피는 거였다. 이상한 선입견이었다. 아마도 이런 잘못된 선입견이 그로 하여금 방황을 하게끔 만드는 듯싶어 차근차근 설명해 주었다. 모두가 그런 건 아냐. 그리고 설령 그렇다 쳐도 결혼한 뒤에 어쩔 수 없이 그렇게 될 수는 있어도, 그렇다고 미리부터……. 그러면 그는 또 말꼬리를 잡았다. 그러니까 선배님께 어떤 어쩔 수 없는 일이 생겼던 것인지, 저는 그게 궁금하다는 거죠. 나는 손가락을 들어 그에게 주목할 것을 요구하며 분명하게 밝혀두고자 했다. 나는 정말 내 집사람밖에 몰라! 그러자 그가 손사래를 치며 내 말을 막았다. 에이, 선배님. 아직 술이 덜 취하셨군요. 제발 술좀더 드시고 좀 솔직해져 보세요! 화제를 다른 쪽으로 돌려보았다. 그럴 시간이 있다면 나는 음악을 배우고 싶어. 말을 못 알아들은 표정을 지어 보이기에, 먹고사는 문제만 아니라면 나는 음대 가서 노래를 불렀을 거야, 설명해 주었다. 노래는 지금도 잘 부르시잖아요? 불퉁한 표정으로 그가 대꾸했다. 악기를 다루어보거나 합창단에라도 들어가면 좋겠어. 그러나 따라오는 듯하던 그가 도로 내뺐다. 혹시, 최근에 실연당하셨어요? 정말이지 화를 낼 수도 없는 일이고, 속을 까뒤집어 보일 수도 없는 노릇이고, 그저 뒤로 넘어지는 시늉이나 해보이며 그쯤에서 몸을 뺄 수밖에 없었다. 그래, 있었는데 헤어져서 이제는 없다. 그러니까 이제 그만 물어봐. 됐지? 그러자 술잔을 소리 나게 내려놓으며 그가 또 받았다. 그러니까요, 실연당한 얘기라도 좀 해달라니까요!

그쯤 되어서야 나는 신입에게 무엇인가가 결락되어 있는 건 아닐까, 하는 의심을 하게 되었다. 그는 나만큼이나 농담과 진담을 구분하지 못할뿐더러, 특히나 술만 취하면 평소와는 다른 모습을 내보였다. 그런 데다 세상을 너무 쉽고 만만하게 여기는 듯했다. 하긴 세상이란 곳이 살아보면 살아볼수록 엉터리투성이고 다들 적당히 속고 속이며 견뎌야 하는 곳이긴 하지만, 그러나 그러면 그럴수록 겉으로는 더욱더 지켜야 하는 형식과 관례가 있게 마련이어서 알고도 모른 척하고 모르면서도 아는 척하면서 넘어가야 할 터였다. 이러한 감각이야말로 다른 어떤 의식이나 정보보다도 사회생활을 원만하게 유지하는 데 필요한 중요한 요령일 터인데, 그는 이 점을 다소 혼동하는 듯싶었다. 생각이 여기에 미치자 문득 신입의 살아온 과거와 또 살아갈 앞날이 내게 얼마쯤 들여다보이는 듯도 했다. 이러한 내 예상은 생각보다 일찍 들어맞았다.

그가 말실수를 한 것이다. 무슨 얘기 끝인가 팀장 귀에도 들릴 만한 목소리로, 물려받을 재산이라도 있다면 카페 하나쯤 애인한테 내주고 싶지만…… 운운했다. 물론 그로서는 전혀 팀장을 의식한 것이 아닐뿐더러, 전혀 다른 맥락의 얘기를 하고 있던 가운데 흘러나온 것이어서 자신이 실수를 한 줄도 모른 채로 계속해서 옆 사람과 열심히 얘기를 주고받았다. 뿐만 아니라 팀장을 비롯해서 그 말을 들은 다른 사람들 그 누구도 흠칫, 순간적으로 놀라기만 했을 뿐 아무 일도 없었던 듯이 넘어가 주었다. 그러나 그러한 일이야말로 아무도 말하지 않지만 모두가 알아서 당연히 지켜야 하는 불문율 같은 것이어서, 나 같은 농치조차도 결코 저지르지 않는 실수가 아니던가.

일이 꼬이려고 했던 것인지 그 무렵 그녀가 회사로 찾아왔다. 그는 당혹스러워하며 내게 도움을 청했다. 혜주와 이미 저녁 약속을 해둔 상태인 데다, 다른 직원들에게라도 목격당하면 곤란할 터였다. 결국 그 대신 내가 지하로 내려가 그녀를 만났다. 그사이 그는 회사 건물을 빠져나가, 미리 혜주에게 전화를 넣어 변경해 둔 약속 장소로 사라졌다. 마치 이중간첩의 긴박한 첩보 작전 같았다. 내가 그녀를 맞아 가까운 일식집에서 식사하는 동안, 그는 내게 전화를 넣어 분위기와 상황을 묻고, 또 그녀에게도 따로 전화를 걸어 사과와 변명을 하는 듯했다.
 청바지에 밝은 아이보리 스웨터를 걸친 차림이어서
한결 어려 보였다. 그런데도 그에게 전해 들은 얘기들
때문인지 그녀 낯빛이 다소 쓸쓸해 보이기까지 했다. 두
번째 만남인 탓에 낯설지가 않고 그녀 역시도 자주 웃어
보였지만, 웃음 끝이 유난히 짧아 무슨 근심인가를 안고
있는 사람처럼 느껴졌다. 심리적인 고생조차 겪어보지
않은 사람 같던 인상은 어디에서도 발견되지 않았다. 그
러니 한 사람의 과거와 앞날을 있는 그대로 환히 들여다
보려면 얼마나 오랜 시간이 필요한 것인가. 식사를 하는
동안엔 어쩔 수 없이 신입에 대한 얘기로 맴을 돌았다.
하지만 일식집을 나와 산책 삼아 잠깐 걸으면서부터는
생각나는 대로 이런저런 얘기들이 오갔다. 그러는 모습
을 하필이면 팀장이 목도한 모양이었다. 다음 날 만나서
도 아무 말도 없던 그가, 며칠 뒤 술자리에서 은근히 목
소리를 낮춰 물었다. 규정 씨, 그 여자 누구야? 생뚱맞았
다. 그 여자라뇨? 팀장은 목소리를 좀더 낮췄다. 꽤나 다
정해 보이던데? 그제야 그녀가 떠올랐다. 아, 그냥 아는 사
람이에요. 팀장이 눈을 흘겼다. 그야 물론 잘 아는 사람이니
까 그렇게 팔짱까지 끼고 다정히 걸었겠지. 농담인 줄 알면
서도 당혹스러웠다. 아니, 언제 팔짱을 꼈다고 그러세요. 그
런 사이 아니에요. 그러나 얼굴까지 붉어진 모양이었다.

팀장은 그럴수록 놀려댔다. 그런데 왜 얼굴이 빨개져? 내 옆구리를 슬며시 꼬집기까지 했다. 그러나 주변 사람들이 우리 쪽을 주목하자 그 정도만 하고 다른 얘기로 넘어가 주었다. 그 바람에 변명할 기회조차 주어지지 않았다. 변명한다면 하긴 그게 더 우스울 거였다. 팀장이 설령 의심을 해도 그러나 내 말을 반쯤은 믿을 터였다.

그런데도 순간 나로서는 생각지도 않던 올가미에 걸려든 듯했다. 그것은 도무지 빠져나가려 해도 빠져나갈 수 없는, 앞뒤가 너무 견고하게 짜여진 플롯이 아닐 수 없었다. 왜냐하면 나는 실제로 그녀와 얼마간 데이트하는 기분이었던 것이다. 식사를 하며 반주 삼아 마신 술이 깰 때까지 근처 공원을 함께 걸었는데, 바람이 아마 뒤에서 불었던가 보았다. 한두 발짝 앞서 걸으면 그녀의 향수 냄새가 보다 강하게 풍겨왔다. 때론 보도블록을 골라 밟으며 딴청을 피우듯 걸었지만, 상대방 말에 귀 기울이기 위해서라도 멀찍이 나가지는 못했다. 종종 팔등이 부딪치게 되더라도 가까운 거리를 유지하면서 얘기를 주고받았다. 그녀는 보도블록 난간으로 올라가 평균대를 하듯 균형을 잡으며 걷기도 했는데, 그러다 보니 어쩔 수 없이 내 어깨나 소매를 붙잡기도 했다. 그녀가 서너 걸음 이상을 무사히 걸으면 나는 감탄을 해보였다. 난간은 한 칸씩 점점 더 높아지더니 마침내는 내가 그녀 손을 잡아주지 않으면 걸을 수 없을 높이까지 높아졌다가 다시 한 칸씩 낮아졌다. 나 역시도 난간으로 올라가 걸어가 보았다. 내가 떨어질 듯하면 그녀가 먼저 비명을 질러주었다.

그녀가 약간만 떨어진 간격으로 앉았다. 언제부터인가 대화는 맥이 끊어져 있었다. 평소 그냥 지나치기만 했던 조그마한 공원인데, 그렇게 막상 들어가서 보니 고요하고 오붓했다. 나는 내가 평소 걸어다니는 은행 쪽 길을 쳐다보았다. 생각보다 긴 시간이, 그 사이로 흘러 갔던가 보았다. 그녀가 음, 하고 가라앉은 목을 다듬으며 말했다. 무슨 말인가 해보세요.

……네? 어떤 ……말이오?

아무 말이나요.

아……. 나는 무슨 말을 해야 할까 잠시 궁리해 보았다. 그리고 딱히 하고 싶은 말이 떠오르지는 않았지만 입을 열었다. 음악을 좋아해서 틈만 나면 노래를 흥얼거리는 버릇이 있어요. 그렇다고 딱히 즐겨 부르는 노래가 있는 건 아니고, 그냥 대개는 아침에 떠오른 노래가 하루 종일 입 안에서 맴돌죠. 그래 본 적 있어요?

네.

그녀가 살짝 웃고 나서 대답했다. 그러나 사실은 불빛을 등지고 앉아 있어서 정확하지는 않다.

오늘 제가 하루 종일 흥얼거렸던 노래는 이거예요, 말하고 나서 나는 노래 한 소절을 흥얼거려 주었다. 멘델스존의 바이올린 협주곡 주제부였는데, 딱히 그 노래를 그녀에게 들려준 별다른 이유는 없었다. 다만 나는 정말로 그날 그 부분을 여러 차례 흥얼거린 적이 있었던 것이다. 그러고 나서 그녀를 아파트 단지 앞까지 바래다주는 동안에, 나는 나도 모르게 또 한번 그 노래를 흥얼거렸다. 그러자 그녀도 따라 흥얼거리고는, 웃었다.

그런데 며칠이 지나도록 그 노래가 계속 입가를 맴돌았고, 그때마다 그녀가 떠올랐다. 아니, 나도 의식하지 못한 사이 그녀를 먼저 떠올리고, 그러고 나서 그 노래를 흥얼거리다, 어, 내가 지금 이 노래를 흥얼거리고 있네? 하고 뒤늦게 의식하는 것인지도 모르겠다. 어쨌거나 본래 낭만적인 선율이긴 하지만 한결 쓸쓸하면서도 달콤한 느낌이었다. 그 짧은 선율을 몇 번만 흥얼거렸을 뿐인데 어느새 회사에 도착한 뒤였고, 혹은 어느새 퇴근 시간이 다가와 있었다. 그러던 하루, 심지어는 언제 그곳에 닿았는지도 모르게 싶게 그녀 아파트 단지 앞에 차를 세운 채로 오래 앉아 있었으니, 나는 사실 팀장에게든 누구에게든 아무런 변명도 할 수 없으며 객관적 정황으로 보나 나의 내면 상태로 보나 이야기는 매끈하니 이미 완성되어 있었다.

6

느끼는 만큼 알게 되고 아는 만큼 보인다고 했던가. 음악에 관심을 갖기 시작한 것은 대학에 진학하고 나서였다. 기본적인 상식이나 익혀둘 양으로 유명 음반들이나 하나 둘 사 모았던 것인데, 그럴수록 관심이 가거나 궁금한 것들이 더욱 늘어나, 이제는 웬만한 동네 레코드 가게 하나쯤 차릴 만한데도 점점 더 빠져나오질 못하고 있다. 그런데 음악뿐 아니라 세상살이 대개가 그런 것이어서 자신이 직접 깊이 빠져들다 보면 그때야 비로소 그 정체를 알게 되는 것일 터이다. 직장 생활도 그와 같은데, 나는 이제 서류나 업무 일지 따위를 얼마큼 생략하고 어떻게 강조하여 작성해야 적절한지 알고 있을 뿐 아니라, 그러한 공식 절차나 재무 도표 등과는 또 다른 경로로, 회사가 어떤 상태며 어떻게 놀아가고 있는 형편인지 대강이나마 눈치 챌 수 있었다. 또 상사들 출신 연고나 개인적인 핸디캡을 비롯하여 가족 관계나 술버릇은 물론이고 굳이 알고 싶지 않던 사생활 부분까지도 얼마간 짐작하고 있다. 나 같은 농맹이 이만큼 정보를 수집하고 이렇게까지 물정을 파악하기까지는, 딴에 꽤나 조심스러운 주의와 여러 차례의 착오와 그럼에도 불구하고 때론 가볍게 웃음으로 넘겨주고 때론 따뜻하게 격려해

주고 또 때론 적당한 선에서 경고 신호를 넣어준 동료와
선배, 상사들 덕분일 것이다. 아니, 누구보다도 신입 덕
분이다. 신입 덕분에, 나는 이제 누가 봐도 부팀장다운
말쑥한 면모를 갖추게 되었다. 승진을 한 것이다.

신입은 여전히 나를 특별히 믿고 따른다. 나 역시도
그에게 남다른 애정을 표해 주고 있다. 그는 그동안, 혜
주와 한두 차례 헤어질 위기를 겪었지만 다시 화해하고,
요즘은 양가 부모님에게 인사드리러 갈 날짜를 상의하고
있는 것으로 보아 일이 순조롭게 진행되어 가는 모양이
었다. 한번은 내가 직접 혜주를 불러 저녁에 술까지 사
면서 다독여줘야 했는데, 알고 보니 다투게 된 직접적인
이유는 바로 그놈의 술 때문이었다. 취하기만 하면 다른
사람이 되어 횡설수설하는 그의 술버릇을, 혜주 역시도
알게 된 것이다. 그러나 다행히도 횡설수설 이상의 특별
한 실수를 저지른 것은 아니었다. 나는 그가 갖고 있는
다른 현실적 장점들을 직장 상사로서 칭찬하고 혜주 마
음을 달래주었다. 그리고 신입에게도 술버릇에 주의할
것을 각별히 당부한 바 있다.
　그리고 그럴 때마다 나는 내심 묘한 갈등을 겪곤 했는
데, 일테면 이런 것이다. 내가 혜주를 불러다 신입을 추
켜세워 주는 것이 아니라 넌지시 타박해 버린다면 어떻

게 될 것인가. 혜주가 눈치 챈 것 이상으로 신입의 술버릇은 좋지 않으며, 그것은 단지 술버릇에 국한된 문제가 아니라 그의 사생활 문제와도 관련된 듯한 뉘앙스를 슬며시 풍기면서, 그러나 적어도 표면적으로는 신입을 몹시 아끼고 걱정하는 따뜻한 상사의 자세를 취한다면, 그 순간부터 둘의 관계는 어떤 방향으로 기울어질까. 물론 이러한 가정은 머릿속으로만 잠깐 스쳐 가는 상상에 불과했다. 그러나 다른 한편으로 신입을 변호해 주는 일이 혜주에게, 그리고 신입 자신에게 정말 도움이 되는 일인가, 하고 진지하게 생각해 볼 필요는 있었다. 물론 나는 신입의 술버릇이 심각하다고까지 생각하진 않지만, 그러나 점점 더 상황이 나빠져서 결혼한 뒤에라도 새삼 문제가 불거지면 어쩔 것인가. 나로서는 사실, 두 사람이 서로 찾고 있던 그 천생연분의 인연인지 아닌지 아무것도 자신할 수 없다. 두 사람의 과거와 앞날을, 나는 환하게 들여다본 적이 없다. 때문에 문제를 대충 봉합해서 두 사람을 헤어지지 않게 하는 것이, 그 두 사람에게 궁극적으로 도움이 될지 어떨지 무슨 수로 내가 장담할 것인가. 엄밀히 말하자면 나는 두 사람 사이에 끼어들 어떤 지혜나 자격도 갖고 있지 않았다. 다만 신입의 부탁에 못 이겨, 혹은 신입이 믿고 의지하는 선배라고 하는 지극히 사사로운 이유로, 그런 역할을 떠맡았을 뿐이다.

어쨌거나 나는 일과 중에나 술자리에서도 비슷한 갈등을 느낀 적이 여러 번이다. 가령, 신입이 어떤 사소한 업무 착오를 저지르거나 혹은 술에 취해 아주 사소한 실수를 했을 때, 누구보다도 내가 나타내는 반응이나 표현이 제일 민감한 파장을 일으켰다. 그것은 단지 내가 그의 직속 상사여서가 아니라, 회사 바깥에서까지도 가깝게 지내는 사이라고 하는 비공식적인 이유 때문에 더욱 그러한 듯싶은데, 내가 내뱉는 말 한마디가 그에 대해 거의 절대적인 평가 기준이 되어버리는 것을 자주 느낄 수 있었다. 제법 심각한 업무 착오일지라도 내가 감싸주면 화를 내던 상사들도 어느 정도 선에서 누그러지는 것이었고, 술자리에서의 실언이나 실수 역시도 어느 정도까지는 내가 그대로 웃어주고 장단을 맞춰주면 도리어 자연스러운 일인 듯이 넘어가는 거였다. 실제로 그러한 경우가 몇 번인가 발생했는데, 그러나 그때마다 상상으로나마 어떤 섬뜩한 상황이 머리에 그려졌다. 후배를 걱정하는 아주 따뜻한 선배처럼 겉으로는 얼마든지 진심 어린 걱정 투로 말을 해서, 아무런 흔적도 남기지 않은 채 그를 제거해 버릴 수도 있지 않을까. 비록 매번 단지 머릿속으로 해보는 상상에 불과했지만, 단지 상상만으로도 정말이지 놀라운 일이었다. 가령 술자리에서 신입을 앞에다 불러놓고, 걱정이 되어서 하는 말인데 자네가 지난번 술자리에서 좀 실수를 한 것 같아, 하고 조언을 해 주는 것이다. 사실 내가 말하지 않으면 그것은 아무 문제도 아닌 것인데, 그러나 내가 그것을 큰일 날 실수라고 말하면 그것은 정말 큰일일 수도 있게 된다. 모든 것이 내게 달렸다. 그러니까 그 딴엔 꽤나 노력해서 힘들게 취업을 했겠지만 그러한 성과를 한순간에 거의 물거품으로 만들 수도 있는 권력이, 흔한 말로 사람 목숨을 쥐락펴락할 수 있는 힘이 어느덧 내 손에도 쥐어져 있음을 감지할 수 있었다. 타인의 삶을 쥐락펴락할 수 있는 힘, 이것은 어쩌면, 한 사람의 과거와 앞날을 환하게 꿰뚫어 보는 이상으로 사람들이 갈망하는 강력한 욕망이자 자신의 존재 이유를 만끽하며 살아갈 수 있는 즐거움일 터였다.

그래서 세상은 무서운 곳이다. 그래서 세상이 하는 농담을, 알아도 못 알아듣는 척 혹은 못 알아들어도 알고 있는 듯이 적절하게 넘어갈 줄을 알아야 한다. 모두가 다 알고 있는 사실일수록, 도리어 모르는 일인 양 굴어야 한다. 그러한 처세에 자신이 없으면 나처럼 농담을 전혀 알아듣지 못하는 사람처럼 구는 것도 나쁘지 않다. 하지만 언제부턴가 내게도 농담을 알아듣는 귀가 서툰 대로나마 조금씩 트이기 시작했다. 이 점이야말로 신입 덕분이라 할 수 있는데, 내게도 이제는 적절히 드러내면서 감춰야 하는 비밀이 생긴 것이다. 그저 객쩍은 잡담이나 하며 앉아 있어야 하는 재미없는 회식 자리일지라도 나는 이제 아주 위태롭고도 스릴 넘치는 재미를 만끽하는 것이었는데, 요즈음 소윤주의 얼굴빛은 본부장의 참석 여부에 따라 바뀐다. 오늘은 본부장이 나오지 않아 부장이 대신 인사말을 하는 중이다. 그러나 회사는 여러분을 늘상 가족처럼 대하고자 하니, 여러분들도 언제나 가족 구성원 같은 소속감을 갖고 같은 배를 탄 공동체의 일원으로서…… 하는 식의, 지극히 상투적이고도 관례적인 내용뿐이라는 점에서 본부장과 다를 바 없다. 인사말이 끝나자, 인사말에 대한 박수라기보다 인사말이 끝난 것을 축하하는 박수가 오갔다. 부팀장은 눈에 띄게 술발이 약해지고 있다. 승진이 미루어진 데다 주식까지 연일 하한가를 치고 있는 것이다. 팀장은 술을 자제하고 있다. 아마 오늘도 카페 영업 마감 시간까지 술자리를 이어갈 태세인 듯하다. 신입은 이제 적어도 상사들이 모인 자리에서는 술을 꽤나 삼간다. 특히 건너편 혜주는 자기 술잔을 들어 비우는 중에도 계속해서 신입의 주량을 체크하고, 신입에게 자꾸만 술을 권하는 정환을 내심 흘기면서, 종종 신입에게 눈을 맞추곤 쏘아보는 듯한 눈길을 보내고 있다. 신입은 아직 술에 취하지도 않았건만, 나를 또 다

그친다. 선배님, 이 속에 있어요? 나는 시치미 뗀다. 뭐가? 신입이 짐짓 투덜댄다. 에이, 왜 또 이러세요? 그러곤 목소리를 좀더 낮춰 묻는다. 정말 제가 아는 사람이에요? 나는 고개를 끄덕여 시인한다. 야, 미치겠네! 신입은 탄식하곤 주변을 한번 더 찬찬히 둘러보더니 묻는다. 여기 있어요? 이쯤에서 나는 슬쩍 농을 쳐본다. 글쎄, 있을까 없을까? 그러면 녀석도 농담으로 받는다. 설마 서빙하는 아가씨들 중에 있는 건 아니겠죠? 웃으며, 나는 진담을 내보인다. 여기엔 없어. 신입이 놀란다. 혹시? 나는 잡아뗀다. 혹시 뭐? 그가, 청림동에 있는? 하고 지난번에 가본 적 있는 술집 이름을 하나 댄다. 그 아가씨가 나한테 반한 것 같기는 해. 나는 농담으로 받는다. 그쯤에서 정환이 끼어든다. 무슨 얘기들 하는 거야? 내가 재빨리 얼버무린다. 이 친구가 아는 친구의 여자친구 얘기야. 그때 팀장이 술을 들고 건너왔다. 무슨 재미있는 일이라도 있어, 셋만 따로 속닥이고 있게? 신입이, 아, 아무것도 아닙니다, 변명하며 재빨리 자리를 내어준다. 아무것도 아니라고 하는 걸 보니, 뭔가 수상쩍어? 팀장이 넘겨짚는다. 사실은 팀장님도 알고 있는 어떤 여자에 대한 얘기를 하고 있었습니다. 내가 목소리를 낮춰 농담조로 토설해 버렸다. 그래? 내가 좋아하는 주제구먼! 팀장 역시도 농담조로 받는다. 그러곤 스무고개를 넘듯 물어온다. 미인인가? 나는 신입에게 묻는다. 그 정도면 미인이라고 할 수 있겠지? 신입이 눈을 껌벅이더니 재빨리 받아쳤다. 그럼요, 꽤 미인이죠! 정환은 아무것도 모르면서 다 알고 있는 사람처럼 웃음을 물고 있다. 혜주는 자기 얘기를 하는 줄 알고 빨개진 얼굴로 신입을 쏘아보곤 한다. 팀장이 이마에 잠깐 주름살을 짓더니 아하, 그 아가씨 말이구먼! 그래 내가 봐도 미인이더군! 말했다. 나는 큰 소리로 웃었다. 신입도 정환도 웃었다. 글쎄, 혹시 팀장은 그녀를 기억하면서 말한 것일까. 혹은 단지 자신이 평소 미인이라고 생각하고 있는 어떤 여자를 떠올려 보는 것일까. 아니면 그저 아무 뜻 없이 한 농담일까. 문득, 팀장이 농담을 하는지, 진담을 하는 건지 헷갈렸다. 그런데 신입은, 왜 웃다가 문득 멈추는 것일까. 설마 그가 알고 있는 것일까. 아니, 그는 전혀 상상도 못하고 있을 것이다. 그녀와 가까워질수록 그의 존재가 불편해서 나는 몇 번씩이나 그를 제거해 버리는 상상을 하곤 했었다. 아니, 어쩌면 모르지. 알면서도, 내가 실토하기 전에는 자신은 모른 척해야 하는 입장이라는 것을, 그도 이제는 터득하고 있는지. 그럴까? 설마?

비운 술잔을 팀장에게 건네며, 나는 아무도 눈치 채지 못할 빠른 속도로 신입 얼굴을 슬쩍 한번 노려보았다.

팀장이 잔을 내려놓으며 한마디 했다.

어쨌거나 자네들과 오랜만에 기분 좋게 한잔하니까 참 좋네.

　그런데 엊그제 함께 술을 마셔놓고, 오랜만에 기분 좋
게 한잔한다니 무슨 농담인가, 아니면 그냥 생각 없이
하는 소리인가.

눈빛과 마주치다

　내가 불안에 휩싸이기 시작한 것은 세은을 만나기 얼마 전부터였다.

　직장에 들어가면서 더불어 몇 종류의 통장과 보험, 할부금 그리고 정확한 출퇴근 시간 따위를 지니게 되고 보니 앞날의 유리창에 끼어 있던 혼란스러운 안개도 자연스럽게 걷혔다. 대학 졸업 이후 취업이 되지 않아 거울을 들여다볼 때마다 갖던 멍한 의문 상태들은 이제 말끔히 가셔져서 고작해야 저녁에 있을 회식이 몇 시쯤에나 끝날지 알 수 없는 정도의 불확실만 일종의 공사 중 구간처럼 남아 있을 뿐이었다. 이따금 졸면서 버스를 타고 가다 홀연 눈을 뜨거나 한밤중 이유 없이 잠에서 깨었을 때조차, 다음 정거장 안내 방송이나 시간만 확인하고 나면 모든 걸 안심하고 한 터럭의 의심도 걱정도 없이 꿈을 이어 꾸거나 덧잠만큼이나 편안한 몽상에 빠져들 수 있었다. 구조 조정이다 주식의 끝 모를 추락이다 따위의 신문기사라든가, 동창들 결혼이나 친척들 문상 소식을 접하게 되면, 세월의 앞뒤를 질러 이런저런 근심을 해보기는 하는 것이었으나, 그런 대로 탄탄한 직장인 데다 오랜 실업 끝에 얻어낸 자리여서 나는 이내 자족하고 이만하면 뭐, 하고 느긋해지는 것이었다.

그러다 보니 이젠 거울을 들여다봐도 막막함은커녕 짜식, 코만 좀더 오똑하면 배우 하는 건데! 하는 식이거나, 전에 하다 그만둔 헬스나 다시 다닐까? 하고 중얼대는가 하면, 마침 시작된 시드니 올림픽 중계를 종목별로 시청하고 흥분하고 속상해하고 전문가 못지않은 세밀한 분석 평가까지 내려기며 행사 기간 내내 밤을 설치다 막이 내리자, 앞으로 남은 사 년을 뭐 하지? 했을 정도니, 농일지라도 내가 세상과 얼마나 에누리 없이 화해해 버렸는지, 알 만하지 않은가. 이 경우를 두고도 이런 표현이 가능한지 모르겠으나 어쨌든 나는 세상과 이렇게도 단단하게 합일(合一)되어 있었다.

한번은 담당 팀이 해외 파견을 나가는 바람에 물품을 대신 회수하느라 난생 처음 안산시에 가게 되었는데, 함께 간 동료 박(朴)이 지도만 믿고 지름길로 질러가다 그

만 사통팔달의 주택가 미로 속에 갇혀 차를 세워야 했
다. 그런데 그 골목이며 주택들마저 언젠가 한번 와봤던
것만 같아서 나도 모르게 "어, 나 여기 와봤던 곳인데?"
하고 엉덩이를 들썩거리고 말았다.

"안산은 처음이라며?"

그러나 구멍가게 의자에 앉아 맥주를 마시는 사내들,
도로 구조나 블록 무늬마저 그리고 주택가 너머의 뒷산
규모나 눈 깜박하는 사이에 바퀴 밑으로 굴러 들어갈 것
같은 유치원 아이들의 푸른색 모자마저 내가 익히 알고
있는 어떤 배경이었다.

"잘 생각해 봐. 기억을 못해서 그렇지 정말로 언젠가
왔던 곳인지도 모르지."

취한 김에 친구 차에 실려서 혹은, 어디로 가는지도
모른 채 닭장차에 실려 파견 나가던 전경 시절에 정말로
지나쳐본 곳인지도 몰랐다. 그러나 아무래도 안산시 자
체가 나는 처음이었다. 박의 말마따나 세탁소나 도서 대
여점 따위는 골목마다 엇비슷한 모양이니 덧생긴 혼동일
지도 모른다. "그럴 거야. 얼마 전에 극장에서 본 영화
마저 나는 자꾸 언젠가 본 영화 같더라니까"

무엇보다도, 잘못 들어선 길도 언젠가 한번 와본 것
같은 나이가 되어버린 것인지도 모른다. 서른 가까운 나
이를 사는 동안 이제는 세상 대부분의 것에 익숙해져 버

린 것인지도. 마치 오래 신어서 신어도 벗은 것 같고 벗어도 신은 착각을 불러일으키는 구두처럼 말이다. 똑같은 하루의 반복이 그러하고, 책이나 영화나 신문 텔레비전 등을 통해 체험해 온 그 많은 장면들이며 또 인간은 자기도 모르게 많은 공상과 꿈을 연신 진행시키고 있으며 심지어 한 개인의 유전자 속에는 살아온 모든 조상의 정보들이 축적되고 있다는 설도 있지 않은가. 그러나 그렇다고 잘못 들어선 길조차 익히 와본 곳처럼 느껴지다니. 나는 대체 무슨 배짱으로, "오른쪽으로 가봐. 아, 글쎄 오른쪽으로 가보라니까, 그러면 나올 거야. 틀림없어!" 하고 고집까지 일으켜 세웠던 것일까.

2

그러던 어느 날, 나는 직장을 잡은 뒤 처음으로 느껴보는 강렬한 불안과 의문에 시달리게 되었다. 그러나 어쩌면 그것 또한 의문에 사로잡힐 일이기는커녕, 오래 살다 보니 죽은 친구와 비슷하게 생긴 놈마저 다 보겠네, 하고 세상과 너나들이할 정도로 친숙해지면서 나타나는 현상으로 받아들이고 웃어넘겨야 했을 일인지 모른다.

그는 틀림없이 죽은 내 친구의 이목구비를 하고 있었

다! 아주 가까웠지, 라고 말할 순 없지만 고등학교 내내 공교롭게도 같은 반이었던 친구였다. 그 뒤 서로 다른 대학에 진학하면서 연락이 끊겼는데, 나중에 산행 갔다가 폭우에 휩쓸려 사흘 뒤 익사체로 발견되었다는 소식만을 접했었다. 그런데 그 친구와 똑같이 생겨먹은 친구를 지하철에서 만난 것이다. 하지만 저마다 하나의 무뚝뚝한 견본품 같은 몰골로 빼곡하게 포개 서 있는 출근대의 지하철 속이어서 나는 소리치면 돌아볼 만한 거리에 두고도 어쩌지 못하고 붙박힌 채 긴가민가 그 죽은 친구의 행색을 살펴볼 도리밖에 없었는데, 언뜻 그의 눈과 마주쳤을 땐 약간의 지체를 두고 전신에 소름이 자륵 돋아날 만큼 섬뜩하기까지 하였다. 그러나 그쪽에서 보기엔 나 역시 무뚝뚝한 여러 몰골 중의 하나였는지 별다른 표정 변화 없이 제 앞의, 작아서 도대체 남잔지 여잔지 아니면 또 다른 유령에 불과한지조차 확인할 길이 없는 상대와 소곤대다가 웃다가 하는 것까지 지켜보다가, 포개어 실리는 또 다른 견본품들에 가려져 놓치고 말았다.

그러나 이 또한 심상하게 넘어가도록 설득할 논리들은 충분했다. 본래 우리 민족 골상이 북방계 아니면 남방계 중에 하나일 따름일 정도로 단조로운 데다가 인구 과밀도와 유행 탓에 복사품 같은 것들이 삼사 미터 간격을 두고 강남 일대를 돌아다니는 판국이니까.

"공교롭게도 너무 닮은 사촌 동생일지도 모르지."

"실족사로 가장한 대북 담당 안기부원이거나."

"어릴 때 입양한 쌍둥이는 아니었을까?"

"하하. 과장님, 요즘 MBC 주말 연속극 보시는군요?"

"어, 자네도 보나? 우리 마누라가 봐서 나도 보게 되었는데 말이지……."

직장인이란 본래 생계와 직결되지 않는 이상 그보다 더한 충격이나 기이한 소식에도 끄떡 않는 존재들이어서 웬만한 수작에도 머릿속에 입력되어 있는 세상을 함부로 수정하는 일이 여간 해선 일어나지 않았다. 한번은 날개 달린 아이가 태어났대요! 하고 놀래켜 보았더니, 그거 환경오염 때문에 생긴 기형아 아냐? 하거나 제 고향에서는요, 꼬리 없는 강아지가 태어난 적이 있는데 아, 그걸 또 값비싸게 사가는 사람이 있더라고요…… 하는 식이거나, 유전적 변이 과정을 살펴보면 그 정도는 얼마든지 가능할 수가 있대, 사실 동물 유전자 구조는 대개 95프로 이상이 동일하다는 거야, 하는 식으로 반응하는 거였다. 그러니 죽은 친구와 비슷한 눈빛을 가진 사람을 보았다는 정도는 동료들 커피 식히기에나 적당한 화제였다.

3

　나 역시 다소 신기한 우연이거나 그저 착시일 수 있겠지 하고 돌려놓았지만, 그러나 그로부터 며칠 지나지 않아 이번에는 결코 합장묘보다 넓지도 않을 엘리베이터 안에서 생각도 못한 사람의 시선을 받고, 엘리베이터가 추락하는 듯한 아득함을 감내하지 않을 수 없었다.
　그는, 아니 그녀는, 내 친구의 여자였다. 그 친구 강문석(姜文石)은, 나와 하숙방을 같이 썼는데, 평소 말이 너무 없어서, 그가 어쩌다 무슨 의견을 내놓으면 그 의견 내용과는 상관없이, 그가 말을 했다는 사실에 다들 놀랄 정도였다. 그렇게 조용한 룸메이트를 뒀으니 일견 편할 것 같지만 말이 없다는 것은 아무 의견 없이 사는 괴물 같아서 친해질수록 도리어 더 갑갑하기만 한 노릇이었다. 어쩌다 맥주라도 같이 마시는 날이면, 밤늦도록 나 혼자 이런저런 얘기를 끄집어내게 되고, 기실 생각이나 의견 없이 말만 많은 축들이 그러하듯 나중에 생각하면 스스로가 낯부끄러운 비밀이나 저질스러운 속내를 주절주절 털어놓게 되는 것이었다. 그러고 나서 다음 날 아침만 되면 제 혀를 그만 지져버리고 싶을 정도로 후회스럽고, 듣고만 있다가 잠들어버린 놈이 여간 이기적으로 느껴지는 게 아니었다.

　그렇게도 무뚝뚝한 그에게 여자친구가 있다는 사실이야말로 참으로 납득하기 어려운 일이었는데, 그것도 아주 근사한 미인이 거의 일방적으로 놈에게 붙어다니고 있었다. 그를 두고 우리는 아마도 그녀 역시 자기 비밀을 다 털어놓았는데 그가 말을 안 하자 약이 올라서이거나 아니면 그에게 하루 열 단어 이상 말을 시키면 이기는 내기를 그녀의 진짜 남자친구와 걸었기 때문일 거라며 웃었다.

　그러나 문석은, 아무 생각이 없던 것은 아니었고 딴에 너무 오래 제 의견이나 입장을 고르느라 그렇게도 말이 없었는가 보았다. 학년이 올라가더니 그는 언제나 시위대 중간이나 꽁지쯤에 섞여 움직이고 있었다. 그때는 시국이 최고조로 달아올라서, 장학금을 받을 가능성이 있는 놈들을 제외하고는 거의가 데모를 즐겼으므로 그가 거기 섞여 있다는 사실보다 그도 입을 벌리고 구호를 외친다는 사실이 더 신기했다. 그러다 사정을 마친 사내새끼같이 어느덧 시위 문화가 급격히 한풀 꺾이고 다들 돌아앉아 딴 궁리 하는데도 그는 여전히 시위대에 섞여 있었다. 그것도 중간이나 꽁지가 아니라 앞대가리에서 짤막하나마 단호하게 구호를 선창까지 하면서 말이다. 일취월장이지 않을 수 없었지만 외골수 성격이 가는 길이다 싶어서 일면 자연스럽게 느껴지기도 했다.

그 무렵 나는 그녀를 향해 부끄러운 줄도 모르고 노골적인 그러나 실상은 아주 치사한 구애를 감행했다. 셋이 함께 맥주를 마실 때면 그녀 호감을 사고자 온갖 노력을 다했다. 다른 한편으로는 문석을 슬슬 놀리거나 무시하면서 이것저것 같은 사내로서 걱정해 주는 척까지 했다. 그러다 결국 내가 그녀에게 무슨 짓을 했던가 안 했던가 못했던가. 내 필름은 그 어디쯤에서 끊어져 있었고, 그녀는 그 뒤로 내가 있으면 방 안으로 들어오지 않는 거였다.

그런데도 문석은 가타부타 말이 없었다. 때문에 그나 그녀나, 나에겐 별로 기억하고 싶지 않은 수치와 부끄러움 덩어리에 지나지 않는, 그래서 지금의 여자친구가 내게 사랑했던 과거 여자를 열거해 보라고 하면 어느덧 의식적으로가 아니라 자연스럽게 빼먹었던 어둠 저편의 여자였다.

그런 그녀가, 옛날과 거의 달라지지 않은 모양새로 코앞에 떡하니 나타난 것이다. 화장을 거의 하지 않은 듯한 얼굴이나 유행을 따르지 않은 차림새 때문이었을까. 십여 년 세월에서 그녀는 고작 일이 년만 산 것 같은 인상을 주었는데 나를 힐끗, 찌르듯 쳐다보고는, 초점을 다시 엘리베이터 숫자에 고정시켜 버렸다. 나를 몰라보는 것도 같고, 몰랐으면 하는 것도 같고, 모르는 척해

주는 것도 같았다. 그런데도 기분이 뜨악해 나는 상황도
모르고 계속 조잘대는 여자친구를 데리고 지하층까지 내
려가 여긴 뭐 하러 내려온 거야? 따지는 그녀에게 임기
응변으로 키스나 쌈쌈하게 해주었다.

졸업하고 얼마 지나지 않아 문석은 이유가 분명하지
않은 자살로 생을 마감해 버렸다. 소식이 끊겼던 때인
데도 불구하고 마침내! 하고 까닭 없이 수긍이 가는 소
식이어서 더 놀랐던 기억이 남아 있다. 안타까운 것은
그보다도 장례식장에서 본 문석을 빼박은 돌박이 계집애
의 천진한 모습이었는데, 그 애를 안고 있는 여자는 그
녀가 아니었다. 그때 들은 바에 의하면 그녀는 지금쯤
상상도 할 수 없을 만큼 달라진 모습으로 연하의 백인
사내와 함께 에펠탑이나 퐁네프다리 근처를 걷고 있어야
했다.

4

그 여름 해서 나는 길을 걷다가 유리에 반사된 자기
얼굴에도 흠칫 놀라곤 하는 불안을 앓기 시작했다. 멀쩡
히 걸어가다가 내가 지금 뭐 하러 어디로 가고 있는 거
지? 하는 의문이 들 때의 허방 짚는 기분과 두 개의 거

울을 비스듬히 겹쳐놓았을 때 생기는 이상 공간에 빠져 버린 것 같은 심정에 곧잘 맞닥뜨리는 거였다.

그러던 차에 대학 동창임에 틀림없는 녀석이 나를 보고도 그냥 지나쳐버리는 일까지 생겼다. 한때는 배는 고프더라도 여성 팬들의 극성에 극장을 나서지 못하는 훌륭한 배우가 되자고 다짐하면서, 동아리방을 분장실 삼아 그리고 나머지 세상 전체를 무대 삼아 천진하나 싹수 없는 배우 지망생 연기를 너무나 사실적으로 펼쳐 보였던 친구였다. 한때 나와 꽤나 절친했던 그 친구가 후줄근한 차림으로, 횡단보도 앞에 정차해 있는 내 여자친구 승용차 앞을 쓰윽, 베어먹듯 지나가는 것이었다. 그때 녀석은 틀림없이 여자친구와 히득대느라 웃음을 물고 있던 앞좌석의 내 눈과 정면으로 엉켰는 데도 불구하고 옛날에 배운 연기력을 과시라도 하듯, 눈동자 하나 흔들리지 않고 못 본 듯이 그냥 가는 것이었다.

나는 차창을 열고 소리라도 질러서 녀석을 불러 세울까 하다가, 어쩌면 추레한 몰골을 들키고 싶지 않을 친구의 심려를 배려하고 또 한창 달아올라 있는 여자친구와의 수작을 놓치기도 아까운 데다 신호까지 안성맞춤 바뀌는 찰나여서 그대로 출발해 버렸다.

이런 만남들이 자꾸만 반복되자 뒷맛이 개운치가 않

았다. 그네들 눈빛을 생각할 때마다 세상과 나 사이의 기분 좋지 않은 균열 조짐이 조금씩 느껴지는 것이었다. 더구나 오랜만에 다니러 온 누나가,

"너, 회사 들어가더니 살찐 것 같다?" 하거나,

저희도 어쩌다 아쉬울 때나 전화하면서 "요즘 이상해졌어. 옛날의 내가 좋아하던 네가 아니야."

하는 핀잔을 친구들에게 받기라도 하면 정말 그런가 하고 멀뚱히 과거의 어느 시점과 지금의 내 모습을 비교도 해보는 것인데, 그러자 이제 점차로 거울 속의 제 얼굴을 보고도, 마치 알아먹지 못하겠는 어떤 사람처럼 느껴지곤 하는 거였다.

그러더니 행선지를 확인하고 탄 지하철에서조차 곧잘 차창 밖을 내다보면서 내가 지금 어디를 가고 있는가 하는 의문에 빠지게 되던 것인데, 다음 정차역을 확인하고도 의문에서 발을 떼지 못한 채, 내 주변으로 멍하니 앉거나 서 있는 다른 승객들의 몰골을 둘러보며, 이 사람들이 대체 다 무슨 일로 어디를 가고 있는 것인지, 우리들은 실재하는 존재들이기보다 어떤 상상의 잉여물일 따름이며, 실재하는 세계는 지금 우리와는 다른 모습으로 살아가고 있는 것은 아닌지, 하는 다소 황당하고 막막하기 짝이 없는 상상으로까지 치닫는 것이었다.

5

그러다 한번은 내려야 할 지하철역을 깜박 놓치고 나서 고작 두 정거장 더 나간 것인데, 도대체 처음 보는 세상이어서, 이게 어찌 된 노릇인가 싶어 두리번대지 않을 수 없었다. 기가 막혔다. 취직한 후로 여기까지는 나올 일이 없던 차에 공사 중이던 지하철 역사와 아파트 단지가 완공되었나 보았다. 완전히 딴 세상이군! 탄복하며 여기에도 복합상영관이 생겼네? 그런 줄도 모르고 멀리까지 갔으니 쯔쯧, 하고 혼자 실실 웃기까지 하면서 되돌아가는 지하철을 타려고 계단을 내려가는데, 나 혼자 웃는 걸 보고 오해했는지 그때 그녀가,

"저, 혹시?"

하고 다가왔다. 그러곤 간지 손가락으로 단추 누르듯 나를 가리키며,

"맞죠?"

하는 거였다.

혹시? 혹시 실제 세계와 잉여적 환상의 세계를 혼동하다가 내려야 할 순간을 놓치고 두어 정거장 더 가서 내린 다음, 되돌아갈 지하철을 기다리고 있는 멍청하기 짝이 없는 사내이시냐고 묻는 거라면 옳게 짚었습니다, 라고 대답해 주고 싶었지만, 그녀의 두 눈은 퀴즈 프로의

시간 제한용 등처럼 아주 다급하고 그리고 진지하게 깜박거리고 있었다. 눈이 큰 여자가 그러니까 가슴이 다 두근거렸다. 그래서 웃어 보였더니 야아, 하고 어깨를 탁, 치는 거였다.

"황석규!"

그녀는 제 어깨를 흔들며 이렇게 우리가 마주치도록 만들어진 세상 이치라는 것에 놀라고 재밌어 했다. 약간의 간격을 두긴 했으나 나 역시 웃지 않을 수 없었다. 본래 남들 웃으면 이유도 모르고 일단 같이 웃는 버릇인 데다, 세상을 혼동하는 멍청이가 여기 또 있구나 싶어 반갑기까지 했다.

우리는 그렇게 아주 가까이 그리고 친근하게 마주 웃고 있었지만, 그러나 나는 그녀와 나 사이에 틀림없이 존재하는 방탄용 유리보다도 단단하고, 천하제일검객의 일합으로 절개된 살점 사이보다도 치명적인 간극을 분명하게 의식할 수 있었다. 그래서 서둘러 웃음을 거두려고 하는 그 순간, 어느 틈엔지 지하철이, 마치 이 세상 바깥으로부터 이제 막 지구로 착지하는 듯 가쁘고 거친 금속성 숨결을 뿜어내며 스스스, 밀려들어오는 것이었다.

"어? 사람이 별로 없네? 다음 거 타는 게, 더 좋은데. 뭐, 잘 됐다. 그냥 타자!"

그녀는 본래 머릿속에서 생각나는 것을 전부 말로 해

버리는, 단지 급해서 정직하거나 잘못을 저지르는 성격 같았다. 아무튼 그렇게 중얼거리면서 내 팔을 밀며 오르는 것이었다. 그 순간 열리던 지하철 문이 다시 닫히는 듯하다가 마치 주인을 반기는 애마처럼 진저리를 한번 치고는 활짝 열리는 것이었는데, 나는 그 지하철이 어쩌면 이 세상으로 막 들어온 것이 아니라 이제부터 전혀 다른 세상으로 빠져나갈 이륙을 시도하려는 은하철도인 양 느껴졌다. 아무래도 예정에 없던 일이니, 내게나 그녀에게나 전철에게나 말이다.

덜컹, 하고 마치 지진 같은 충격음을 내며 지하철이 출발했다.

우리 뒤에 탄 아주머니 때문에 한 사람 앉을 자리밖에 남아 있지 않았다.

"저는 다음 정거장에서 내려요."

했는데도 그녀는 여전히 반말을 썼다.

"그래?" 앉으면서 그녀가 나를 빤히 쳐다보며 말했다. "다른 건 모르겠는데 눈빛이 옛날이랑 똑같아!"

그렇게 말하는 그녀 눈동자는 도대체 어디다 초점을 맞춰야 할지 모를 만큼 둥글고 컸다. 초점은커녕 웬만한 사내 하나쯤 빠져서 익사하고도 남을 만큼 크고 깊었다고 하면, 나는 이미 이때부터 딴 속을 차렸다는 뜻이 될까.

"여기 살아?"

그녀가 물었다. 나는 반말을 쓰기도 그렇다고 존대를 고집하기도 우스워서, 웃으며 고개만 끄덕였다. 실을 따라 숲을 빠져나가는 헨델과 그레텔처럼 아무튼 다음 정거장까지만 가면 모든 것이 본래대로 돌아오겠지 하고.

"나랑 완전히 반대편 세계에 사는구나. 내 핸드폰 번호 적어줄게."

이 지경이 되니 나는 내리면서 만나서 정말 반가웠다고, 그런데 지금은 너무 중요한 일이 있으니 나중에 꼭 연락하겠다고 석규 녀석을 위해서라도 둘러대 주고는 손까지 열심으로 흔들어줄 수밖에 없었다. 마주 손을 흔들어주는 차창 안의 그녀는 예쁜 데다 솔직하고 게다가 멍청하기까지 했다. 좋겠다, 석규 자식!

그리고 나는 기다리고 있을 여자친구를 만나러 간 것인데, 늘 그 자리에 먼저 와 있던 그녀의 빨간색 아토스가 그러나 없는 것이 아닌가. 문득, 내가 다른 세상으로 와 있나? 하고 어이없게도 지하철역 이름을 다시 한번 확인까지 했으나, 틀림없었다. 핸드폰을 눌러보았더니 그녀는 화가 잔뜩 나 있었다. 삼십 분이나 기다리다 신경질 나서 먼저 들어간다는 거였다.

"말도 안 돼! 뭐가 삼십 분이야. 이제 겨우 십 분 지났는 걸!"

“웃기지 마. 벌써 삼십사 분이다 야!”
“십칠 분이야!”
“우길 걸 우겨!”

나는 혹시 하고 지하철 역사의 시계탑을 보았다. 그것은 여섯 시간이 늦거나 빠른 열두시 정각을 가리키고 있었다. 그때, 핸드폰이 치직거리더니 끊어졌다. 누가 이기나 해볼까 하다가, 달래 줘야지 했는데 받지 않았다. 제 성질 못 이겨 꺼버린 것인지 팽개치다가 깨지기라도 한 것인지. 하지만 이런 싸움이야말로 그녀와 수도 없이 반복해 온 것이어서 나는 차라리 지금 이 순간이 일이 년 전의 어느 날이라고 한들 다를 게 무엇이 있단 말인가 하는 체념에 빠지고 말았다.

계집애, 성질하고는!

6

다음 날, 나는 모든 것을 제자리로 돌려놓기 위해 미안해, 라고 만났어야 할 여자친구에게는 음성 메시지를, 만나야 할 이유가 없던 그녀 세은에게는 번호 적힌 쪽지를 휴지통에 버리면서 문자 메시지를 날려주었다. ‘나 사 실 은 석 규 아 냐’

그런데, 메시지를 보낸 사실조차 잊어버린 오후에나 답신이 왔다. '그 러 냐? 나 도 사 실 은 세 은 아 니 다 그 세 은 이 는 죽 었 다 따 샤!'

누구지? 하고 의아해하다가 킬킬, 웃지 않을 수 없었다. 미칠 노릇이었다.

"왜 그래?"

박이 좋은 일이면 끼어들고 싶어하는 눈치를 보였지만 나는 혼자보기 아깝지만 그냥 보여주기는 더 아까운 표정으로, 미쳐. 얘 좀 봐. 귀신이거나 외계인인가 봐. 중얼거리고 나서 '그 럼 넌 누 구 냐?' 하고 날렸다.

'아 무 튼 지 난 번 그 세 은 이 아 냐.'

이번엔 곧바로 들어왔다. 그럼 네은이냐? 코웃음치고 난 다음, 장난삼아 '그 렇 다 면 우 리 는 이 제 만 난 적 도 없 는 셈 인 가?' 했더니 '그 럴 거 야!'라고 보내왔다. 그렇다면, 하고 나는 어깨를 간드러지게 떨어대며 결정적인 한방을 날렸다.

'언 제 우 리 의 첫 만 남 을 가 질 까?'

그러고 나서 혹시나 하고 나는 인터넷 여기저기 들어가 그녀 이름까지 조회해 보았는데 제길, 흔한 이름도 아닌데 어디에나 여남은 숫자의 회원 등록이 되어 있었고 어림잡은 주소와 나이를 놓고 가려봐도 한 학급 숫자가 남는 것이었다. 기왕 찾아본 김에 내 이름을 찍어보고 여자친구 이름도 찍어보다가 다시 한번 놀랐는데, 이름과 나이와 학력과 도시와 취미 모두가 일치하는 인간 만도 흔한 이름의 내 여자친구는 나보다도 대여섯 배나 많은, 일개 학년 숫자였다.

하긴 관상이나 사상의학의 체질 분류로 나누어본다 해도 이만한 숫자가 나오지 않을까 싶으니 세은이 나를 석규로 착각한 것도 놀랄 일이 아니었다. 확률상 얼마든지 반복 가능한 우연에 불과한데도, 그것을 인연이라고 굳게 믿으며 사는 통속적인 연인들처럼, 세은과 나와의 인연 역시 오십보 백보인 셈일 것이다. 어쨌든 여자친구나 박에게조차 밝히지 않은 비밀이어서일까. 식사하다가도 지하철을 타고 가다가도 쿡, 하고 웃음이 났다. 그러면 옆에 있던 여자친구나 박은 짜증을 냈다.

뭐 해? 꼭 딴 세상에 가 있는 사람같이.

아무튼 그러고 보면 세은과의 비밀스러운 접선은 한 치의 의문도 불안도 없이 맺어졌던 세상과 나 사이에 새로 생겨난 틈새 구멍인 셈이었다. 나는 그 미망의 작은 구멍을 통해 세상 밖에 있는 또 다른 세상이라도 발견한 양 이런저런 공상에 빠져들기도 하고, 어쩌면 실제로 세은 때문에 장차 전혀 다른 미래가 펼쳐질지도 모른다는 두려움과 가슴 두근거림에 혼자 허허실실하지 않을 수 없었던 것이다. 무엇보다도 당장 세은과 만나면 어떻게

그 위태롭고 어색한 분위기를 꾸려나가야 하느냐가 걱정
이어서 이리저리 궁리하던 차에, 그러다 그만 책임지고
돌려줘야 할 디지털 비디오 카메라를 지하철에 놓고 내
리는 어이없는 불상사까지 저지르고 말았다.

그러자 심장이 쿵, 하고 선로에서 이탈하는 지하철처
럼 내려앉으면서, 내 이럴 줄 알았지, 밥팅이! 하는 후
회와 일어나지 않아도 되었을 일이 또 하나 더 겹쳐지면
서 내 생의 행로가 점점 더 뜻하지 않은 방향으로 어긋
나기 시작하는 것은 아닌가 하는 두려움이 동시에 내 넋
을 쳐대며 흔들었다.

대체, 그게 얼마짜린데!

곧바로 역무원에게 달려가 일단은 종착역까지 따라
가보는 수밖에 없다는 말에 다음 전철을 탔지만, 고작
삼 분 앞서 가는 전철이 영원히 같으나 따로 존재하는
두 개의 세계처럼 느껴지면서 핸드폰을 쳐서 미리 전역
에서 기다렸다가 앞 전철의 세계로 들어갈 수 있는 친구
가 없나 하는 궁리까지 해보는 것인데, 마침내 이 세상
끝 같은 종착역에 닿아, 제발이지 아무도 손을 대지 않
은 상태이기를 간절히 바라 마지않으며 쫓아가 보았으나
그 자리엔 감쪽같이 아무것도 놓여 있지 않았다. 가져갔
거나, 아니 그래도 만에 하나, 분실물 보관소를 투벅투
벅 찾아가 신고했다.

온갖 분실물들이 진열되어 있는 보관소 풍경은 흡사 폭발된 행성의 조각들이 부유하는 진공 상태의 우주 공간 같았다. 장갑과 목도리, 야구공, 바이올린, 안경, 책가방, 텐트…… 심지어 목발과 의치까지 있었는데, 이것들이 언젠가 하나의 세계를 이룰 만큼 되면 그때 또 하나의 행성이 잉태되고 거기에 사람이 살게 되는 것은 아닌지 하는 의심이 들 정도로 꽤나 다양했다. 엄청나군요, 하니까 담당 역무원이 누가 여자친구만 놓고 내려준다면 나 같은 서민은 여기로 이민 오는 게 나을 거예요, 하고 웃었다. 다른 인연으로 만났으면 좋은 친구가 될 수도 있을 것 같은 작자였다.

같은 디자인이 하나 있기는 했다. 그러나 내 것이 아니었다.

하루나 이틀 뒤에 한번 와 보세요, 라는 말에 하루 뒤에도 이틀 뒤에도 찾아갔지만 찾을 수 없었다. 내가 지나치게 낙담하는 표정을 지어 보였던가. 같은 디자인의 카메라를 툭툭 치면서 서너 달 뒤에 와서도 본인 것이 없는데 이것을 찾아가는 사람이 없으면요, 본인 거라고 우기고 찾아가실래요? 그가 농담 같은 제안을 했다. 그렇게 혼자 주절주절 지껄여 묻고는 힐끗 찔러보는 그 이상야릇한 눈빛이라니! 그런 식으로 뒷거래를 하자는 것인지, 쉬이 물러나지 못하고 섰는 나를 조롱하는 것인지, 다만 내 반응을 시험해 보는 것인지 아니면 순간적으로 말이 되어 나온 동정심인지…… 헷갈린 채로 나는 그냥 웃어 보이고 물러나왔다.

통장을 헐어 보상할 수밖에 없었다.

결국 세은, 그녀와 만나기로 한 날이 되어 전에는 가본 적 없는 강동구 쪽의 어느 지하철역 앞에 있는 카페의 길고 어둠침침한 복도로 걸어 들어갈 때는, 한시라도 자기 세계로부터 벗어나지 못하도록 수시로 전화 걸어 확인하는 여자친구를 따돌리기 위해 핸드폰까지 꺼야 했는데, 이제 마침내 만나고야 마는구나 싶어지니, 이렇게 되면 예정대로의 생활이나 지켜야 할 내 영역으로부터뿐만 아니라 여자친구로부터도 아주 멀리 떠나 와버린 듯한 불안이 일었다.

7

이번에도 그녀가 나를 먼저 알아보았다. 아니, 먼저 착각했다. 그럴 수밖에 없는 것이 그녀는, 지난번에 만난 그 세은이 정말로 아니었다. 하늘색 파카와 청바지의 한결 어려 보이는 차림에 길었던 머리를 짧게 커트 쳐서는 밝은 브라운 빛으로 염색을 했으니 마치 물 속에라도 들어앉은 것 같았다. 여전히 어디에 초점을 맞춰야 할지 헷갈리는 커다란 두 눈이 나를 향해 글썽이듯 웃어주지 않았다면 이크, 나를 또 잘못 알아본 사람인 게로구나, 하고 외면했을지 모른다.

"그렇게 하니까 훨씬 어려 보이네." 인사치레 삼아 둘러대며 앉으려니까,

"저 세은이 아니에요. 세은 언니의 동생이에요." 하곤 웃더니 이런 식으로, 집적거리는 비디오 가게 아저씨에게 저 쌍둥이니까 언니랑 헷갈리지 마세요, 하고 놀려먹은 적도 있다고 콧등까지 찡그려가며 웃었다. 그럴 수 있겠다 싶을 만큼 그녀는 달라 보였다. 그러나 그렇게 따지자면 거기 와서 그런 시답잖은 농담이나 듣고 있는 나야말로 내가 아니었다. 고생을 안 해보고 자라서 부모 속만 썩인다기보다는, 재산만 믿는 부모를 그대로 닮아 제 멋대로 살고 있는 사촌이 있는데, 지금의 내 행동은 차라리 그 녀석과 더 가까운 모습이었다. 녀석 지론이, 애인이 있으면서도 딴짓 하는 재미라는 게 확실히 있는데 그게 너무 짜릿해서 일단 애인과는 헤어질 수 없을 정도라더니, 일면 수긍이 되자 어느새 나도 모르게 녀석 버릇대로 몸을 등받이에 묻고는 다리를 꼬고 앉아 담배를 꼬나 물며 요걸, 꼬드겨봐? 하는 발칙한 욕정까지 가져보는 것이었다.

그녀는 나를 쳐다보는 것인지, 내 사촌 녀석을 응시하는 중인지, 석규 놈을 기억하고 있는 노릇인지 모를 아득한 눈빛을 하곤 수면이 바람에 흔들리기라도 하듯, 흘러나오는 음악에 맞춰서 고개를 이리저리 끄덕이고 있었다. 아마도 항시 아홉시 전에 귀가하는 십 대를 보냈을 법한 주인은 꾸벅꾸벅 졸더니 아홉시가 넘어가자 착실하게도 조명을 낮추고 음악을 키웠다. 그녀와 내가 한 뼘쯤 물러앉는 것 같아, 조금 숨 쉴 여유가 생겼다. 게다가 '즐겨 듣는 카페 음악' 따위의 앨범에 묶여 있을 가락들이어서 옛날 친구를 만나 앉아 있기에는 더없이 편했다. 하지만 그녀는 기어코,

"말 좀 해봐."

"응?"

"말 좀 해봐. 어떻게 사는지."

그러고는 맥주를 너 시켰다. 나 자신에게도 낯선 지금의 내가, 더구나 이름밖에는 알 길 없는 석규의 살아온 내력과 현재를 어떻게 말한단 말인가. 땀이 났지만, 만일을 대비해 궁여지책으로 준비했던 말을 두 눈 질끈 감고서 뱉었다.

"뭐, 사람 사는 거 다 똑같지."

무릎 흔들며 선무당처럼 외던 영어 단어, 유행을 따라잡기 위해 일부러 노력해서 외워둔 한두 곡의 랩송, 너

무나 피상적인 정보에 비해 터무니없이 완고한 몇 가지 고집 따위, 주말 예배 보듯 해당 요일이 되면 반드시 시청하던 토크쇼, 누군가에게 이미 들은 것을 다시 듣는데도 웃게 되던 유머 시리즈들, 찾기는 쉬운데 찾아 들어가서부터 헤매게 만드는 신형 건물들과 대형 마켓……따위들을 그녀도 떠올리겠거니 하고 여겼다. 그러나 천만에. 묵묵히 잔을 비운 그녀가 화장실에 다녀왔다. 그러더니 탁자에 팔을 올려 턱을 괴고는 바투 다가앉았다. 그러곤 묻는 거였다.

"이름이 뭐야?"

"응?"

맥주가 코로 들어갈 일이었다. "동호!" 내뱉곤 하하! 웃어댔다. "언제 알았지?"

"너와 지하철에 올라타서 핸드폰 번호를 적어줄 때."

"하!"

"창피해서 그냥 적어줘 버렸지."

서로 눈빛이 마주친 채로 정지되었다가 우리는, 누가 먼저랄 것도 없이 웃기 시작했다. 상쾌했다. 물 속에 얼굴을 넣었다 빼는 기분, 혹은 더 이상 숨을 못 참고 물 밖으로 쳐나와 뱉는 숨처럼.

"그런데, 어떻게 보면 확실히, 석규 같아." 그녀가 턱을 괴었다.

“대체 석규는 어떤 친구야?”

“눈빛이 닮았어.”

“호, 멋있는 놈이네?” 눈썹에 힘을 줘보였다.

“웃기네.” 그녀는 쿠션을 끌어안고 덧붙였다. “멋있기보다는, 차갑고 좀 어둡고 약간 딱딱하고 그러면서도 장난기도 있는 그 애만의 느낌이 있는데…….” 하고는 주절대다 손을 뻗더니 깎을 머리를 재는 미용사처럼 “돌려봐. 저쪽으로. 조금만 더. 그래, 그러면 누가 봐도 석규야.”

“하긴, 아닌 게 아니라, 그래!” 나는 그냥 이해할 수 있을 것 같았다.

“뭐?”

“눈빛 말야.”

“그래!”

그녀가 기분 좋게 웃어 넘겼다. 음악에 따라 그녀가 또 어깨를 끄덕였다. 취하면서부터는 내내 나를 석규너, 라고 불렀다. 내가 어째서 석규야? 하고 따지면, 눈이 정말 똑같다니까, 하곤 또 닮은 각도를 찾는 거였다.

“하지만, 나머진 다 다를 거 아냐?”

“그렇겠지. 아니, 또 모르지. 만난 지 너무 오래되었으니까 나머지는 지금의 너만큼이나 생소하게 바뀌었을지. 그러니 네가 석규 해.”

카페를 나와서도 그녀는 음악이 몸에 묻어 있는 양 흥얼대며 몸을 흔들다 웃곤 했다. 기분이 좋은 것인지, 쑥스러운 분위기를 때우려 그랬던 것인지.

8

이제 거울을 보면, 나는 다시 나 자신을 한동안 노려보는 버릇이 생겼는데, 그 속에서 내가 아닌 또 다른 눈빛, 낯선 석규의 눈빛이 느껴질 때까지 멍하니 서 있곤 했다. "엄마, 내 눈 어때?"

"왜, 뭐가 들어갔니?"

"아니, 내 눈 말야. 특이해?"

나는 진지하게 물어보았는데도 어머니는 붕어처럼 얼굴을 맞대고는,

"멋있기만 하다, 이놈아, 싱겁기는!" 내 코를 잡고 좌우로 흔들며 장난을 거는 거였다.

"아니, 그러니까 내 말은, 눈빛만 보고도, 나인 줄 알아볼 수 있겠냐고!"

"네 코도 잘생긴 코야."

평소 코 콤플렉스가 있는 걸 아는 어머니는 나를 위안하려고만 들었다.

“만약에, 눈빛만 내놓는다면 말야.”

“왜 눈빛만 내놔?” 그렇게 코가 마음에 안 드냐? 하는 안쓰러운 눈빛으로 묻는 거였다.

“아니, 만약 전쟁이 터져서 다치는 바람에, 전신을 붕대로 감은 병사들 틈에 내가 누워 있는 거야. 그러면 엄마는 그 속에서 눈빛만 보고 나를 알아볼 수 있겠냐고.”

“남북회담 한참 하는데 전쟁이 왜 나니?”

“미쳐!”

“그리고 전쟁이 나도, 널 다치게 내버려두진 않을 테니 그딴 쓸데없는 걱정 잡아매고 할 일 없으면 어미 설거지나 도와.”

“엄마 자꾸 그러면 나 졸도해 버린다?”

“거시기만 갖고도 내 자식인 줄 알아볼 테니까 걱정마, 이놈아!”

문득 말해놓고 어머니는 얼굴이 삘개져서 옷이댔디.

여자친구도 마찬가지였다. 만약에 여러 남자를 세워 놓고 눈빛만 보여준다면 나인 줄 알아볼 수 있겠어? 하고 물으니까 글쎄, 그런 조건이라면, 그냥 제일 멋있는 눈빛을 고를 거야, 하곤 깔깔대는 거였다. 그러다 당하지!

취직 공부를 하고 있을 때였으니까 재작년 무렵이다. 부엌 싱크대를 새로 맞추는 공사를 맡은 사내가 워낙 투

박해 보여서 나와 띠와 같다기에 열두 살 더 많은 줄 알
았는데, 동갑이었다. 그래요? 생일은? 그런데 알고 보니
난 시(時)까지 같았다. 그러니까 사주가 같은 사람을 만
난 셈이잖아? 어머니는 좋아라 손뼉을 치며 일하는 사내
손목을 잡고 식탁에 앉힌 다음 사주점을 본 적 있는지부
터 물으며, 맥주를 꺼내 놓았다.
　“삼십 대 후반에나 장가갈 운세래요.”
　“직장 운은?”
　“몰라요. 저야 직장이 있으니까.”
　“그것도 서른 넘어야 풀린다던데⋯⋯.” 어머니가 입맛
을 다시며 중얼거리셨다. 결과적으로 볼 때 삼십 대가
되기 전에 직장을 얻은 셈이지만, 그것을 누가 알겠는
가. 삼십 대 후반에야 내게 어울리는 일을 찾게 될지.
비록 실업자가 되어 다시 연극판이나 쏘다니는 삼류 배
우로 산다 해도 그것이야말로 내 천직이어서 직장 운이
제대로 풀린 것으로 봐야 할지도 모르는 일이다.

9

　알 수 없는 노릇이었다. 무수한 동명이인이 존재하듯,
혹은 겉으로는 다르지만 내밀한 뜻에서는 같은 운명을

타고난 경우처럼, 어딘가에 내 눈빛과 똑 닮은 사내가 살아가고 있다고 믿어도 좋을 것이다. 아무튼 나는 석규인지 아니면 사촌 녀석인지 혹은 나 자신도 낯선 또 다른 내 모습인지도 모를, 엉거주춤하고 애매한 태도로 세은과 여러 차례 데이트했다.

한번은 그녀와 지하철을 기다리고 있는데, 남자 하나가 세치기 하듯 끼어들더니 앞에 서 있던 사람 뒤통수를 탁, 때리니까 맞은 친구가 놀라 뒤돌아보곤 어? 하고는 더욱 놀라며 때린 남자를 반가워하길래, 세은에게 농담을 걸었다.

"모자를 쓰고 다녀야겠어."

"왜?"

"만약에 이번엔 내 뒤통수만 보고 누가 날 탁, 때리며 아, 너 누구누구지? 하는 여자가 나타나면 골치 아프잖아."

"석규를 만났어."

그녀가 너무 심상하게 말하는 바람에 나는 조금 뒤에야 놀라며 반문했다. "뭐?"

"진짜 석규를 만났다니까."

"그래?"

진짜 석규를 만났다는 말에 나 자신이 가상의 데이트 상대 같은 허상으로 느껴졌다. 이제 스르르, 사라져야 할 때인가.

"어디서?"

"인터넷. 아이러브스쿨에서"

"아!"

"실제로도 몇 번 만났는데, 내가 기억하고 또 예상했던 모습이 전혀 아니었어. 혼자 생각하다 보면 차라리 네가 내 기억 속의 석규인 것처럼 느껴질 정도야."

"나도 그런 소리를 들으면 어떡하지?"

"뭐?"

"옛 친구를 만났는데, 자기 기억이나 예상과는 내가 너무 다르다고 말하면 말야."

"그러니 도대체 무엇이 진짜일까?"

우리는 서로 눈을 깜박였다.

순간, 전철 속의 모든 사람들이 아주 낯선 타인 같기도 하고, 언젠가 한번은 만난 적이 있는 사람들같이도 느껴졌다.

"너도 아이러브스쿨에 한번 들어가 봐. 상대 친구들이 낯설 뿐만 아니라, 심지어는 너 자신은 기억도 못하는 너에 관한 기억을 갖고 있는 애도 만날 수 있거든."

"그래도 대개는 예전 모습 그대로지 않아?"

"처음엔 그런데 자꾸 만나보면 도대체 내가 알고 있던 그 애가 맞나 싶어져."

지하철이 정거하고 승객들이 내리고 오르는 사이, 그녀가 차창 너머로 마치 누군가 낯익은 얼굴을 힐끔 본 것처럼 잠깐 눈썹을 찡그리더니, 다시 말을 이었다.

"어떤 사람을 그 사람이게끔 하는 본질이, 이름이나 외모보다 그 사람의 성격이나 어떤 느낌에 대한 일관성이라면 말야, 우리가 가지고 있는 주민등록증이나 이력서 따위로는 쨀 수 없는 전혀 다른 잣대가 있는지도 몰라. 일테면 자유롭게 이동하는 혼이나 정신 상태 같은 거 말야. 그러니까 내가 만나본 현재의 석규보다 예전에 알던 석규와 지금의 네가 더 같은 사람일 수도 있어."

"최근 들어, 그런 느낌을 실제로 느낀 적이 많아." 나는 다소 흥분하여 맞장구쳤다. "죽은 친구와 아주 닮은 사람을 봤으니까. 또 옛 친구가 나를 아는 체 않고 지나치기두 하고, 심지어 며칠 전에 대학 친구와 통화하다 보니까 내가 유학 간 줄로 알고 있더라고!"

"그만 하자. 네가 꼭 귀신인 것만 같아 소름이 돋아!"

그녀가 어깨를 떨며 팔짱을 꼈다.

"히히히." 눈동자를 뒤집어 흰자위만 내보이며 나는 귀신 목소리로 장난을 쳤다. "그러면 너는 지금까지 내가 살아 있는 사람인 줄 알았니?"

그런데 그렇게 장난치는 순간, 나 자신조차 내가 정말로 헛것이 아닌가 싶어지면서, 전신에 소름이 자르르,

돋는 것이었다.

지하철을 갈아타는 구간에서 그녀를 보낼 때면, 그녀의 집 쪽으로 가는 지하철이, 마치 종이컵 같은 뿔을 단 도깨비들 세계로 그믐마다 출발하는 동굴 열차 같아 보였다. 여자친구를 의식하고 지레 움츠렸던 것일까, 그러고 보니 나는 세은에 대해 피상적인 정보 외에는 별달리 알고 있는 게 없었다. 무엇보다 그녀와 나 사이에서만큼은 그런 정보가 무의미하다는 것을 직감한 것 때문에 알려고 하지 않았는지 모른다. 더구나 그녀는 언제 어느 순간에든 나를 떠나버릴 것 같은 태도로 일관했다. 자신은 그 누구에게도 구속되는 것이 싫다며. 그래도 차차 인파 속에서 그녀를 먼저 구분할 수 있는 정도가 되고, 그녀의 커피 취향에서부터 추운 곳에 오래 있으면 좁쌀 같은 알레르기가 돋는다는 사실과 그럼에도 손발이 늘 차다는 사실까지 알게 되었으므로 관계를 분명하게 해야겠다고 생각하는 중이었는데, 보기 좋게 한방 먹이는 거였다.

"정말이야?"

내가 의심의 눈초리로 후려보자 그녀가 외투 속 지갑에서 비자를 꺼내 흔들어 보였다. 마치 내 신분증을 꺼내 흔들어 보이는 마술사를 보는 때처럼 가슴이 허전해지는 거여서, 나는 뺏어 확인까지 했으나 틀림없이 내가 알고 있는 그녀였다. "쌍둥이 동생 거 아니지?"

"하하."

"그렇담, 송, 송별 파티라도 해야지?"

당황한 나는 말까지 더듬거렸다. 장기간 파견 근무를 떠난다는 거였다.

"내일 모레 출국이야."

"모레?"

기가 막히지 않을 수 없었다.

그녀는 지갑을 쥔 채로 황당해하고 있는 내게 사진 한 장을 불쑥 내밀었다. 색깔이 조악한 소풍 사진이었다. 초등학교 오륙 학년쯤?

"얘가." 그녀가 세 번째 줄의 한 녀석을 짚었다. "석규야."

"누가?" 나는 그 녀석이 그 녀석 같았다.

"닮았잖아!"

"뭐가?"

"잘 봐!"

다시 한번 찬찬히 살펴보니까 세 번째가 아닌 네 번째 줄에 눈동자뿐만 아니라 눈썹과 이마 언저리까지, 그리고 짧은 콧등이며 입술에 턱주가리까지 전체적으로 내 어릴 때 모습과 아주 흡사한 꼬마 녀석이 씨익, 웃고 있었다. 단체 사진이라서 너무 조그마하게 나오긴 했지만

보리쌀만 하게 내밀고 있는 그 얼굴 생김새만 본다면 내
것이 거의 틀림없어서, 나는 다른 친구들 모습과 배경을
훑어보면서야 틀림없이 내 사진은 아니란 것을 확인할
수 있었다. 정말이지 신기한 우연의 일치가 아닐 수 없
었다.

10

부서가 바뀌고 새로운 업무에 쫓기다가 그 일에도 익
숙해질 무렵, 사주점이 맞긴 맞는지 좀더 마음에 드는
새 직장으로 옮겼고, 그사이, 세은과의 관계를 시작으로
삐걱대던 여자친구와는 기어코 헤어지고 말았다.

그 대신 내 얼굴을 두고 MBC 아나운서와 닮았다는
여자가 있어 뉴스처럼 딱딱한 만남을 몇 차례 가지기도
했고, 내가 연애 한번 못해 본 사람같이 아주 순박해 보
인다는 여자와는 별로 순박한 놈이 아니라는 사실이 들
통날 때까지 사귀었고, 내가 언젠가 틀림없이 본 적이
있는 것처럼 낯익다는 여자와는, 낯익힌 남녀가 그러하
듯 같이 자는 관계까지 이르기도 했다. 더불어 몸도 좀
불고 수익도 늘고 해서 박조차 나를 보더니 여어, 몰라
보겠는데! 했을 정도가 되었다.

　그날은 업무상 중요한 부탁을 해야 하는 술자리가 있어 횟집에서 저녁을 들었다. 물고기 비늘 같은 유리창을 달고 있는 데다 방바닥이 금세 잡은 고기 내장만큼 따뜻해서 중요한 일이 있을 때면 일부러 찾는 식당이었다. 하지만 상대가 말귀를 알아먹지 못한 채, 술을 권하고 봉투 속에 건넬 최고 액수를 넌지시 제시해도 코 매운 표정만을 하고 앉아 있어 갑갑하던 차였다. 그런데 그때 그들이 들어왔다. 일가족이었는데, 그중 얼굴 생김새나 걸음새까지 그를 판에 박은 그의 동생이 이제 그가 세상을 등졌을 때의 나이에 와 있었다. 그래서 더욱 나는 시치미를 떼지 못했다. 그냥 모른 척 눈빛을 비켜야 했는지도 모른다. 동생과 정면으로 마주친 눈을 어쩌지 못하고 어? 하는 표정을 드러내자 그도 어? 하고 고개를 갸웃했다. 아, 그 모양새까지 죽은 그와 너무나 흡사해서 철렁 가슴이 내려앉는 것만 같아 자석에 이끌리듯 다가가 악수하고, 그와 같이 하숙했던, 장례식 때도 찾아뵈었던 누구라고, 부모님께도 인사를 올리고 아이들 머리도 쓰다듬어 주었다.

　두 놈인데, 그러니까 큰 계집애가 문석의 딸이었다. 아기였을 때는 문석을 빼박은 것 같더니 자라면서 손길이 탄 때문일까, 저를 키워주고 있다는 숙모와 너무 흡사해 보여 신기했다.

"그래, 어쩐 일이에요?" 아버님이 물으셨다.

"일 때문에……."

그런가? 그렇군! 하고는 물끄러미 나를 바라보는 것이었다. 그러나 아버님 시선은 나를 쳐다본다기보다는 내속에서 누군가를 찾아보는 눈치였다. 그것이 부담스러워 서둘러 인사를 맺곤 자리로 돌아가 다시 얘기를 이으려고 했다. 그러나 상대는 이참에 불편한 대화를 따돌릴 속셈인지 아는 분들인가 봐요? 하고 얘기를 흩트렸다.

"아, 대학 때 친구……."

"친구치고는 젊어 보이네요?"

"아, 그 친구는 죽었고, 그 친구의 동생 내외와 부모님이에요."

"어쩌다가요?"

뭐, 그냥, 하고 능치려 했다. 그러다 생각을 바꿔 말을 늘였다. "자살했어요. 운동권이었는데 성격이 너무 대쪽 같았거든요. 세상 적응을 제대로 못한 거지요. 그 친구 생각이 잘못된 거라곤 생각지 않아요. 나도 젊었을 때는 모든 것을 곧이곧대로만 생각하고 믿었으니까, 그 놈 몫까지 내가 떳떳하게 살아내야 하는데. 하지만 세상 살다 보면 그게 쉬운 게 아니죠. 형씨도 잘 아시겠지만 이쪽 일이 단지 이상적인 믿음만 갖고 되는 게 아니잖아요. 저도 무엇이 옳고 그른 건지 잘 알아요. 하지만 형

씨 같은 분들이 도와주지 않으면……."

하고 애원 삼을 구실로 몰아가는데 아무래도 석연치 않은 눈빛 하나가 그의 등 뒤쪽에서 자꾸만 느껴지는 것이었다. 그래서 말을 하는 중에 시선을 그의 어깨 너머로 슬쩍 건네 보았더니, 언제 그쪽으로 돌아가 서 있었는지 유리칸막이 너머로 아까 그 꼬마 계집애가 서서 나를 빤히 쳐다보고 있었다. 그런가 보다 하고 다시 얘기에 집중하려는데, 순간적으로 섬뜩해서 다시 건네다 보니, 그 애는 여전히 유리칸막이 너머에서 나를 망연히 쳐다보고 있었다. 그런데 부모 없이 자란 애들에게서 흔히 느껴지는 어딘가 결핍된 것 같은 눈빛일 뿐이거나 아니면 제 아빠와 아는 사이라고 하니까 그것이 신기해서 제 아빠를 살피듯 나를 들여다보는 것을 내가 지레 짐작으로 오해했던 것일까. 조금 전만 해도 제 숙모를 닮아 가는 것 같던 아이 모습에서 나는 그 녀석 문석이 느껴지는 것이었는데, 무엇보다도 나를 빤히 쳐다보고 있는 그 눈빛이야말로 그를 닮았다기보다는 아예 틀림없는 바로 그의 것이었다.

거기서 문석이 나를 빤히 쳐다보고 있었다!

단지 유리칸막이 너머가 아니라 십여 년 저쪽에서 그가 나를 노려보고 있었다.

나를 빤히 쳐다보는 눈빛이 네다섯 살짜리 꼬마 계집

애의 것이 아니라 강문석, 그의 눈빛이란 것을 나는 확신할 수 있었는데, 나를 응시하고 있는 그 눈빛 또한 정확하게 다른 그 누구도 아닌, 바로 나 자신을 꿸 듯이 들여다보고 있었다. 마치 내가 어떻게 나서 자랐으며 어떤 일로 야단을 맞으며 컸는지도 잘 아는 동네 어른들이 바라볼 때나 느껴지는, 그런 뚫리는 듯한 눈빛이었다. 벽에 꽂아버리는 듯한 눈빛이었다. 동시에 그와 하숙하던 십여 년 전 무렵의 나 자신과 그간의 변화들이 필름을 빠르게 되돌리듯 펼쳐지면서, 지금의 내가 어떻게 살고 있는지가 한 덩어리의 강한 느낌으로 정확하게 깨달아지는 것이었다. 나는 주저앉듯 그만 말끝을 놓지 않을 수 없었다.

그날 이후로, 나는 그런 눈빛이 있다는 것을 믿어 의심치 않는다. 죽은 자가 갑자기 되살아나서 나를 힐끗 쳐다보고 물러나는 것이 느껴지는 때가 있는가 하면, 어디선가 누군가 나를 쳐다보고 있는 것 같아 돌아보면 정말로 거기 아는 사람이 웃고 있는 것이다. 틀림없이 초면인 데도 불구하고 아무래도 어디선가 마주친 적이 있는 것 같은 눈빛이 있는가 하면, 그 사람의 모든 상태를 알아챌 수 있을 것 같은 방심한 눈빛으로 망연히 딴 데를 쳐다보고 있는 눈이 시야에 들어올 때도 있고, 너무나 범상해 보이는 것에서 다른 사람은 보지 못한 추억이

나 전조를 읽어내는 눈빛도 있다. 심지어는 마주친 그 순간 상대의 영혼까지도 느껴지는 그런 눈빛도 있다. 그러한 눈빛 앞에서는 아무것도 속일 수가 없다.

눈빛만 아니라 그런 뒤통수조차 있다. 따뜻해 보이는 뒤통수가 있고 우울해 보이는 뒤통수가 있는가 하면 깊은 생각에 빠져 있는 뒤통수가 있다. 그런 웃음소리도 있다. 느낌으로 그 뒤통수와 그 웃음소리의 주인공의 영혼 상태가 어떠한지를 명료히 알아챌 수가 있다. 아주 가끔 우리는 그런 것들과 마주친다. 의식하기 이전에 발생하고 의식하기 이전에 마주친다. 그럴 때, 나는 말끈을 놓치거나 길의 행방을 잃고 만다.

다음 정차역 안내 방송과 시간을 확인해도 소용없다. 마치 앞서 출발한 맞은편 지하철을 쳐다보며 내가 후진하는 것 같은 착각을 일으키듯, 떠가는 구름을 올려다보며 세상이 반대편으로 밀려가는 것처럼 느끼듯, 시반째 어깃장 나는 것 같은 혼란과 현기증에 잠기면서 내가 누구이며 어디쯤 와 있는 것인지, 그는 또 누구이며 어디로 가고 있는 것인지, 아니 이 은하계 전체가 도대체 어디서 어디로 가고 있는 것인지, 혹은 똑같은 은하계가 수천 겹으로 존재하는 것은 아닌지, 우리가 모르는 우리들의 오랜 전생이 있었던 것은 아닌지, 그만 아뜩해지는, 그런 때가 있다.

11

그러나 모든 눈빛을 믿지는 않는다.

나 좀 봐.

뭘?

내 눈빛 좀 보고 얘기해.

그러면 그때는 이미 때가 늦는다. 우리는 상대를 빤히 쳐다보면서 어떤 것이든 끝까지 잡아뗄 수 있다. 그녀 는, 마지막까지 차갑게 시치미 뗐다. 식당 문을 나서고 있던 내 앞으로, 친구로 보이는 키가 그녀보다 조금 더 큰 여자 하나와 그 여자보다 그만큼 더 큰 사내와 함께 셋이 걸어갔는데, 선글라스를 끼고 있어서 긴가민가했으 나 아무래도 낯익어 쳐다보고 있자니, 극장 매표소 앞에 서 선글라스를 벗어서 다리 한쪽을 입에 물곤, 나와는 측면으로 비껴 서서 친구와 무슨 말인가를 주고받는 것 이었다. 틀림없는 세은이었다. 사내가 표를 끊자 그녀는 이내 다시 선글라스를 끼고는 서너 걸음 앞에서 그녀를 주시하고 있는 내 앞을 지나쳐 그대로 극장 안으로 들어 가 버리는 거였다. 나를 알아보고 놀라는 긴장이 선글라 스 주변의 그녀 눈가에 틀림없이 내비쳐졌는 데도 불구 하고 말이다. 기가 막히지 않을 수 없었다. 쫓아 들어가 서 아는 체했을 수도 있었다. 그러나 그것이 무의미하다는 것을 나는 직감할 수 있었다.

아니, 무엇보다 두려웠다. 내가 달려가 그녀 이름을 불러도 그녀가 돌아보지 않을 것만 같아서. 달려가 그녀 팔을 붙잡고 그녀를 직접 돌려세워 볼 수도 있겠지만 그러나 그 순간 그만 내 손이 그녀 팔을 그대로 관통해서 아무것도 잡지 못하고 허공을 그을 것만 같아서. 그러면 그때 존재하지 않는 것은, 그녀 쪽인가, 아니면 나인가. 혹은 양쪽 모두인가.

다시 걸음을 옮기려는 순간, 나는 이번에도 지반째 어긋장 나는 것 같은 혼란과 현기증이 느껴지면서 인생이란 아주 허망한 일순간이고 인연이란 너무나 작위적이며 모든 느낌 또한 다만 하나의 헛것에 지나지 않는 것이고 우리가 소중히 간직하는 의미란 것도 한낱 미망에 불과한 것 아닐까 하는 의심에, 그만 허방에 빠지듯이, 아뜩해지는 거였다.

그녀, 번지점프 하러 가다

산다는 게 무엇일까?
냄새 지독한 남편의 양말 한 짝을 손에 쥐고
그녀는 생각했다.

물론 그녀조차도 자신이
냄새나는 양말짝을 손에 쥐고서 인생을, 생각하게 될
줄은 몰랐다.
결혼 전만 해도 깊은 생각에 잠기고 싶을 땐
모카향 커피를 따라 마시거나 밤기차로
겨울 바다에 갔었다.

그러나 이제는 이 좁은 집구석이 그 어느 겨울 바다보

다도 더 넓고 막막하다.

　인생에 대한 생각 때문에서라기보다는
　양말 한 짝을 마저 찾으려고 침대 밑과 장롱 뒤로 얼
굴을 집어넣다 보니
　정작 찾아야 하는 건 양말이 아니라
　나 자신이 아닌가,
　하는 생각이 그녀의 시야를
　갑자기 양말의 비린내가 코를 덮치듯
　덮쳐왔기 때문이다.

　그녀는 겨울 바다만 가면 늘 하던 버릇대로
　넋을 놓고 주저앉아 버렸다.
　그러곤 세상 바깥 저 너머를 내다보는 듯한 멍한 눈
으로
　화장대 손거울을 가져다
　들여다봤다.

　쥐구멍만 한 손거울 속에는
　매우 늙어버린 여자 하나가 자신을 마주 바라보고 있
었다.
　표정으로 보나 나이로 보나 그 손거울은 차라리 친정

엄마 사진이었다.
  겨울 바다에만 가면 전신으로 느껴지던 그 쓸쓸한
  세월의 바람 소리가 그 늙은 여자의 눈시울과
  허파 속에 고여 출렁거렸다.

  간혹, 옆집 여자들과 수다를
  떨어보기도 했다.
  양말을 벗어서는 아무 데나 쑤셔 박아놓는 남편에 대
하여.
  잠을 자도 꼭 텔레비전을 켜놓고 코를 골면서 자는 남
편에 대하여.
  주식과 스포츠 뉴스와 피로밖에 모르는 남편에 대하여.

  다른 여자도 깔깔대며 맞흥을 봤다.
  ─베개를 끌어안고 자는 줄 알았는데 이불을 들쳐보
니 그게 그이 똥배지 뭐예요.
  그러나 그녀들은 남편이 돌아올 시간이 되자 정확히
일어나 돌아갔다.

  그제야 그녀는 이렇게 모여 앉아
  남편 흉이나 보며
  여생을 견디는 게 자기에게 남겨진 일생이란 걸 알

았다.
　남편 흉과 신세 한탄이야말로 하릴없는 아줌마가 자신을 하릴없는
아줌마로 완성시키는 마지막 절차라는 걸.

　남편이 돌아와
　양말만 쿡 처박아놓은 채 발도 씻지 않고
　텔레비전 앞에 드러누워서 밥 줘, 하고 말했을 때 그녀는 드디어
　차려 먹어! 하고는 옆방으로 가서
　인생에 대해 생각하느라 고단해진 머리를
　자기 무릎 위에 그릇 포개듯
　올려놓고 앉아 울었다.

　그때 남편이 따라와 말을 걸었더라면
　한바탕 싸울 수도 있었으리라.
　그러나 남편은 주식 동향과 스포츠 뉴스가 끝난 다음에야
　몰래 다가와
　(그녀는 그의 발 냄새 때문에 그것을 금새 눈치 챌 수 있었다.)
　겨드랑이에 손을 넣으며 간질러댔고

그러나 그녀는 여기서 지면 안 된다고 자신을 타일
렀다.
하지만 그 누구도 그녀에게, 보다 나은 인생을 쟁취하
기 위해서는 남편의
간지럼을 잘 견뎌야 한다, 고 가르쳐준 적이 없기 때
문에
그녀는 그만 까르르, 웃고 말았다.

어머니만 웃어버리면 세상은 얼마나 화목한가. (—하
고 그녀도 어릴 때
엄마가 짜증내면 생각하곤 했었다.)
딴에 불안을 느꼈는지 눈알만 뒹굴리던 세 살배기 딸
년도
배시시 예쁜 웃음으로 달려들지 않는가.

모든 세월은
인내하고 용서하는 사람이 있어서
다행히 폭발하지 않고 흘러가는 것이라고 그녀는 생
각해본다.
그러나 그것은 인내하는 그 당사자만 알 수 있다.

다른 사람들은 오히려

아무렇게나 살아도 세월은 잘 흘러가는군, 하고
생각하다가, 심지어 나중엔 그래도 자기가 잘했기 때문에
이만큼 우리 가정이, 우리 회사가, 우리 모임이
잘 흘러왔지 않냐고 자부한다.

그 염치없는 자부심을 반박하기 위해선
인내하지 않고 용서하지 않고 폭발해 버리는 길밖에,
다른 방법은 없다.
그러나 그렇게 했을 때 득을 보는 사람은
아무도 없기에, 결국 이승에서는 더 사랑하는 쪽이 인내하고 용서하며
그걸 아무도 알아주지 않는 쓸쓸함까지 맛보며
살아가야 한다.

그녀는, 그날 남편의 밥상을 정성껏 차려주었을 뿐만 아니라
텔레비전을 보고 있는 남편의 어깨까지 주물러주었다.
하, 어리석은 이 남자는
그걸 무슨 신호로 받아들이곤 그날 밤,
그녀 배 위로 올라와 되지도 않는 힘을 쓴답시고 낑낑댔다.

사는 게
왜 이 모양일까!
낑낑대는 남편을 배 위에 올려놓은 채로
그녀는 생각했다.

어떤 의무감에 시달려 낑낑대는 가여운 남편을 배 위
에 올려놓곤
아, 아, 아, 거짓 교성을 내지르며 자기 인생을
뒤돌아보게 될 줄은, 그녀 자신도
몰랐다.
너무나 어처구니없고 괴롭고 허무하고 우습기까지 한,
그리고 나중엔 아주 약간이나마 어떤 자극이 느껴지
는 것도 같아서
그녀는 엉덩이에 힘을 주긴 주었다.
주먹 쥐듯 엉덩이에 힘을 주었고
남편은 나가떨어졌다.

그러곤, 그제야, 어쩌면 오늘이 그날인지 모른다는 생
각에 그녀는 경악했다.
이런 과정을 거쳐 한 인간이 이 세상으로 나오는 것이
란 말인가.
그리고 세상의 어리석은 남편들은 아빠가 된 자신을

자랑스러워하게 되는 것이란
말인가.

사타구니를 씻다 말고
그녀는 몸을 웅크려 물 속으로 들어가 보았다.
욕조는 자궁 속처럼 좁고 고요했다. 그녀는 그 속에
얼굴을 박고,
(양말 짝을 손에 들거나, 낑낑대는 남편을 배 위에 올려놓
은 자세가 아닌)
차라리 그런 자세로, 인생을 생각해 보기로 했다.
부력 때문에 그녀의 엉덩이만이 수면 위로
불룩, 나와 있었다.

마치, 거기 어디 다른 세상으로 가는
구멍이라도 있어
그리로 들어가려는 사람처럼, 이 세상에다 자신의 엉
덩이를 까 내밀어 보인 채
그녀는 고집스럽게 얼굴을 박고는
처음으로 인생을, 다른 인생을
생각해 보기 시작했다,
욕조 속에서.

그러자, 생각지도 않은 동작에서 생각지도 않은 아이
디어가 떠오르듯
그런 그녀에게
갑자기,
생각지도 않던 번지점프가,
번지점프를 한번 해보고 싶은 욕심이
생겨났다.

마치 남편 몰래
애인을 만나러 가는 사람처럼
그녀는 그녀의 내복을 이것저것 갈아입어 보았다.
만약 사고라도 나서 죽게 된다면, 하고 상상해 보니까
내복만큼은
예뻐야 할 것 같기에 그녀는 가장
야한 것으로 골랐다.

다음 날, 딸애를 옆집에 맡기고
찢기는 내복을 입고 걸어나가자니 참으로 오랜만에
연애하러 가던 옛날 기분이 되살아났다. 좀더 젊어 보
이려고
처녀 때 옷을 찾아 입은 탓에
그녀의 몸뚱이는 가죽 소파처럼 탱탱했다.

그동안의 그녀야말로 살찐 소파처럼 안락하기만 했던
것이다.
때론 세탁기나 밥솥도 소파에 앉아 리모컨으로 조절
했으면 싶었다.
동시에 그녀야말로 남편과 딸에게는
기대기 좋은 소파이자
심부름시키기 좋은 리모컨이었다.
늘 같은 자리에 머물면서 자신들의 응석을 받아주길
바란다는 점에서
그들은 그녀를 정말 푹신한 소파쯤으로
여기는지도 몰랐다.

그런 그녀가 아무 말도 않고
집을 비웠으니 남편은 그녀를 의심하며 제3의 인물을
상상해 볼 것이다. 어떻게 살찐 소파가 혼자 걸어나갈
수 있겠는가.
완고한 시댁 식구들은 이 사건을 두고
살찐 소파가 혼자
걸어나간 경우보다도 더 경악하리라.

며칠 전까지만 해도 그녀 역시 이런 외출은
꿈도 꾸지 못했다. 아침 햇살을 보면 세탁기를 돌렸고

노을이 보이면 저녁밥을 서둘렀다.
그녀에게 있어
인생을 지혜롭게 사는 방법은
세일 때까지 기다렸다가 맞춰 물건을 사는 것이라는
데에
추호도 의심을 품지 않았다.

어떡해서든 전철의 빈자리에 찡겨 앉아 갈 수 있는 행
운이라든가
지갑과 쇼핑 꾸러미를 잃어버리지 않고 귀가하는 것
으로
모든 것이 자신의 계획대로 되어가는 중이라고
믿어 의심하지 않았다.
(게다가 떨이로 산 싸구려 과일이
의외로 맛있을 때
그녀가 얼마나 자기의 선택에 대만족하는지는
그녀 남편도 눈여겨 봐왔으리라)

그런 그녀가,
다른 사람의 칫솔조차
반드시 정해진 위치에 놓여 있어야 안심하던 그녀가,
겁도 없이 까닭도 없이 혼자 삼십 미터 상공에 올라가

뛰어내리려 하다니
　　그녀 자신조차도
　　사실은 진작부터 불안해져서는
　　이제 겨우 버스 터미널에서 버스표를 끊었을 뿐인데도
　　누군가 어깨라도 부딪치면
　　마치 삼십 미터 벼랑 끝에 위태롭게 서 있는 사람처럼
놀라
　　화들짝대는 거였다.

　　지금이라도
　　돌아가야 하는 것이 아닐까.
　　버스가 출발하려 하자 그녀는 생각했지만 그러나
　　그녀는 마침내 집에 돌아가, 어디 갔다 이제 오는 거
야? 하고
　　짜증 부릴 남편에게
　　슈퍼 갔다 왔어, 하는 식의 범상한 말투로
　　번지점프하고 왔어, 하고 말한 뒤에
　　남편이 지어 보일 그 맹한 표정을 구경할 생각을 하니
　　그만 그 표정을 구경해 볼 욕심에서라도 꼭 해내고야
말겠다고
　　마음을 다잡았다.

그러나 결코 고지식한 남편의 놀라는 표정을 보자고
번지점프를 하러 가는 건 아니었다. (경악하는 그이의
표정을 보려면
미니스커트를 입고 시장에 다녀오는 것만으로도 충분했다.)
그녀는 어떻게 해서든 자신의 인생을 다시 한번
추스려 보고 싶었다.

삼십 미터 높이에서 뛰어내릴 때 얻어지는
그 긴장감으로,
흐트러진 자신의 인생을 어떡해서든
다시
추슬러 세우고 싶었다.
그러다 사고라도 나서 죽으면? 하고 어디선가
남편의 목소리가 들렸다.

그렇더라도 상관없어! 그녀는 남편에게 신경질 내듯
단호하게 말했다. 그저 똑같은 하루를 반복하는, 그래
서 지나고 나면
하루쯤 없었어도 상관없을 그런 날들의
연속일 바에야,
오래 산다고 많이 사는 건 아니잖아!
(한때는 그녀에게도 스물아홉 살까지만 살아야지, 하던

이십 대가 있었다)

……

모든 걸 뿌리치고 마침내 그녀는 점프대 위에 올라와
있었다.

올라서자 아찔했지만
까마득했지만, 자신이 어쩌다 여기까지 오게 된 것인
지
그녀로서는 아무것도 생각나지 않았지만,
확실한 것은
그 순간 그녀가 확신할 수 있는 것은 바로,
다시는 번지점프 따위를 하러 오지 않겠다는 사실이
었다.

땅위에 몰려 서서 구경하는 개미만 한 인간들이 눈에
잡히자
이것들아, 네놈들 신세가 지금 얼마나 안락한지
알기나 하는 거냐, 소리쳐
말해 주고도 싶었다.

내가 미쳤지, 내가 미쳤지, 하면서

한편으론 너무 찡긴 옷을 입고 나온 바람에
줄이 당겨질 때
바지가 찢어지는 건 아닐까,
그녀는 뛰어내리는 순간에도 혹시나 걱정이 되어
엉덩이에 바짝 힘을 주어야겠다고 생각했다.

이윽고 맞은편 하늘에 유유히 떠가는 흰 구름을 한번
응시한 다음,
십자성호를 엉터리로나마 그어본 다음, 그녀는
눈을 부릅뜬 채로 자신의 전신을
단호히 공중에
내어 던졌다.

아아아

땅에 내려선 뒤에도
다리가 후들거리고 턱이 떨렸다. 이건 죽었다 다시 살
아난 것이다,
죽었다 다시 살아난 것이야, 라고 중얼거리며
그녀는 가까운 스낵바에
가 앉았다. 그러곤 그때까지도 널뛰는
자신의 심장을 달래느라

냉커피를 시켜놓고도 후후, 불어가며 마셨다.

돌아오는 버스에서 들판 너머로 까마득히 지는 노을
을 물끄러미
바라보니 그제야 왈칵,
울음이 쏟아졌다.

사는 것, 이것 참으로 넌덜머리나게 외로운 것이라고
그녀는 울면서 노을을 바라보다
그래도 찡기는 처녀 때 옷이 찢어지는 불상사가
일어나지 않은 것만도 다행이라 생각하며 쿡, 한번 웃
고는
또 울기 시작했다.

그녀로서는 그렇게
상상도 할 수 없는 먼 곳까지 갔다 구사일생 돌아왔
건만
아파트 광장은 평소와 다름없이 놀이터의
아이들 노는 소리로
평화로웠다.

게다가 지금쯤

울어대는 딸애를 안고
아내의 묘연한 행방을 찾아 나섰겠지, 싶었던 남편은
아직 귀가도 하지 않은 채라는 걸, 잠긴 현관문을 통
해 확인한 그녀는
묘한 배신감에 허탈감까지 느껴야 했다.

옆집에 맡긴 딸애를 찾으려다 말고
그녀는 몰래 뒷걸음질쳐(들킬까 봐 다시 심장이
벌렁댔지만) 아파트를 빠져나와
공터에 가 앉았다.
남편과 싸우거나
속상한 일이 있으면 베란다로 나가 멍하니 바라보던
바로
그 공터였다.

가로등이 있었지만
그녀가 앉아 있는 곳은
산수유나무 그림자에 가려서 자세히 봐도 보이지 않
을 터였다.
게다가 저녁 찬바람이 그녀의 빈 가슴을 휑 하니 훑고
지나가는 바람에
그녀는 자신이 투명인간이거나

죽은 영혼이 되어버린 기분으로 자신의 불꺼진 집을
멍하니 올려다보았다.

바람이 불었다.

어디로부터 출발했는지 그 연원을 알 수 없는 아주 길
고 긴 세월의 바람이
그녀가 앉아 있는 벤치를 지나 어딘지 알 수 없는
또 다른 미지를 향하여 빠르게
빠져나가고 있었다.

담배를 한 대 꺼내 태웠다.
그러곤 생각을 바꿔 집으로 들어가
평소와 다름없이 저녁상을 차렸고
심지어는 남편에게 양말 좀 세탁기에 벗어놓으라며
약간의 잔소리까지
평소대로 늘어놓았다.

남편이 잠에 곯아떨어질 때까지는
그러나 긴장을 늦춰선 안 되었다. 자꾸만——있지, 나
오늘…… 하면서
간살맞은 혀가

그녀를 배신하려 들었으므로 이를 악물었다.
그것은 남편의 간지럼을 참는 것만큼이나 힘이 들었지만
오늘따라 야구 중계에 정신이 팔린 남편은
그녀가 장난 삼아—오늘은 번지점프라도 한 것처럼 피곤하네, 하고 말해 봐도
건성으로 들어 넘겼다.

남편이 잠들고 나서야
겨우 그녀만의, 오로지 그녀 자신만의, 비밀 하나가
생긴 사실에
그녀는 안심하고 환호작약했다.

돌이켜 보면
연애 때 거의 반강제다시피 남편에게 순정을 빼앗기고 나서
처음으로, 그녀만의 비밀이
새로
생긴 거였다.

하도 졸라대기에—키스만이야? 하니까 —응, 알았어,

하고는 불을 끄더니 나중에 불을 켜고는 물었다.

——하니까 좋지? 당신이

매사에 신경질적으로 굴 때 나는 그것이

호르몬의 과잉분비에서 나오는 히스테리임을 알아챘
지!

남편은 그녀가 아파서(좋아서가 아니다.) 혼절하는 중
인데도 농담을 하며

또다시 천천히 즐겼다. (그때는

그 정도로 힘이 좋았다. 그 결혼 전 1년이야말로

신혼이었다고 그녀는 생각한다.)

하지만 사내 앞에서 더 감출 것이 없어진 여자만큼 가
난한 심사가 또 있을까.

하다못해, 다른 남자를 사랑했던 경험이라도 가지고
결혼하는 여자는

행복하다. 남편에게 주지 않은 자기만의 추억이라도
남아 있지 않은가.

그러나 어린 그녀는

남편에게 모든 걸, 다 들켜버렸다.

그녀 자신도 몰랐던 그녀의 아름다운 나신과 교태까
지 남편은 발견해서

자기 것으로 가져버렸고,
그런 그녀로서는 결혼을 당연시 여겼다.
자신의 전부를 아는 남자의 끔찍한 입을 봉해 버리
는 건
그 방법밖에 없었으니까.

니체가 그랬던가,
결혼은 성교의 가장 치사한 형식, 이라고.
그녀의 경우엔 성교가 결혼으로 가게 되는 가장 치사
한 형식이
되어버렸던 것이다.

그런 그녀에게 처음으로 자신만의
비밀이 생긴 거였다.
그녀는
며칠간 숨겨둔 애인이라도 있는 양
가슴 두근거리며 지냈다.

하루, 또 하루가 지나자
그러나 그녀는 조금씩 허탈해지기 시작했다. 달라진
것은 아무것도 없었다.
이따금 속이 상하거나

다시 쓸쓸해지면
또 번지점프 하러 갈까, 하는 미소가 돌기도 했지만
그러나 혼자 하러 가는 번지점프 말고는
이렇다 할 스릴도
모험도 없는 자신의 여생이, 그럴수록 측은해지는 거
였다.

그런 그때, 그녀에게로 엽서가 한 장 날아왔다.
그녀의 딸 이름이 적혀 있었으므로 처음엔 유아원에
서 보낸 줄 알았다.
사진을 찾아가세요, 석. 이라고만 적혀 있었다.
추신; 제가 유학을 떠나기 때문에
마지막 기회일 것입니다.
그리고 시간과 장소가 적혀 있었다.

엽서를 식탁에 무심코 던져놓다 말고
그녀는 화들짝 놀랐다.
바로 번지점프장에서 순서를 기다리다 알게 된
그 대학생 무리 중에, 사진기를 들고 있던 청년에게서
온 것이었다.
그가 굳이 그녀의 점프 순간을 사진 찍어주겠다고 했
을 때

그녀는 이미 이런 순간이 그녀에게 닥치리라
예감하고 있었는지 모른다.

심지어 그 엽서를
받아들고 나자, 자신이 요 며칠 새 의기소침해진 까
닭은
혼자 번지점프 하러 가는 것 말고는
이렇다 할 스릴도
모험도 없는 자신의 인생이 측은해서만이 아니라,
바로 그에게서 연락이 오지 않고 있는 데서 연유했던
것임을
그녀는 미소로 시인하지 않을 수 없었다.

점프를 하고 내려오자
그 청년의 친구들이 딸 이름으로 자신을 부르면서
──유라 씨, 유라 씨는 석이한테 단단히 찍혔어요,
저 녀석 굉장한 찍새죠.
하고는 하, 하하, 모두들 웃었다.
그녀도 후후, 오랜만에 꾸밈없이 웃었다.

──굉장한 찍새라니, 사진에 대해선 전문가인가 봐
요? 물었더니,

─첫눈에 아름다움이 발견되면 사진은 잘 나오게 되
어 있어요.
유라 씨 사진은 아주 잘 나올 거 같아요.
석이 서슴없이 대답했었다.
남편에게 다 들켜버린 줄 알았던 자신에게 아직도
어떤 아름다움이 숨겨져 있는 것일까. 석이는 말하곤
스냅으로 몇 장 더
그녀를 찍어댔다.

꽤나 잘생긴 얼굴이었다.
찰칵, 찰칵, 찰칵…… 그의 셔터 소리는 그녀 심장을
잘라내는 것도 같았고
그녀의 영혼을
가두는 쇠창살 소리 같기도 했었다. 찰칵……

그녀는 문을 잠그고 생각했다. 어떡하지. 그녀의 심
장이
다시 두방망이질 쳐대기 시작했다.
어떡하지, 어떡하지, 그녀는 자신에게
묻고 또 물었다.
마치 안전장치도 없는 번지점프를 하기 위해 창공에
혼자 서 있는 것만 같았다.

그를 만나러 갈 것인가, 갈 것인가.

가자, 하고 그녀는 단안을 내렸다.(아니, 이미
며칠 전부터 내려져 있었다.)
만나러 가다니, 그를, 사랑하겠다는 것인가?
플레이보이 기질이 농후해 보이는 그 청년을 사랑하
겠다는 것인가? 하는
남편의 따지는 목소리가
어디선가 들렸다.

사랑하겠다니요,
그는 곧 유학을 떠날 거예요, 그녀는 변명했지만
그러나 그것이,
그녀와 그 사이의 마지막 기회라는 사실이,
그녀에게는 오히려 어떤 강렬한 유혹으로 느껴졌다.

그녀는 번지점프를 하러 갈 때처럼
내복을 이것저것 입어 보았다. 그리고 가장 정숙한 것
으로
이번엔 골랐다.
그리고 몇 번이나 베란다에 나가 다짐했다.
그를 사랑해서는 안 돼! 그는

곧 떠날 사람이야, 사랑하면 서로 괴롭기만 할 거야.
단지, 그가 그녀를 먼저 유혹한다면
모든 걸 들어주자.
아니 그럴 바엔, 그녀가 먼저 허점을 보이는 자세로
그를 바라보자.

어쩌면 그녀의 외로움보다도
그의 외모보다도
그녀에게 뿌리칠 수 없는 유혹은, 그것이
둘 사이의 마지막 기회, 라는 사실에서 연유하는 것인
지 몰랐다.
미처 싹도 틔워보지 못한 채 사라지는 둘 사이의 처음
이자 마지막 사랑!
단 한 번뿐이라는 그, 간절함……

어떤 이기적 계산도
삿된 망설임도
속된 욕심도 개입할 겨를 없이 사랑하고
결별하게 되리라는 사실이, 그녀를 조금은 더 대범하
게 만들었는지
몰랐다. 그녀는 만약을 위해서
피임 준비까지 했다.

막상 옷을 차려입고 나가자니까 몸이 약간 달아오르
기까지 했다.
결별이 보장된 젊은 미청년과의 단 한 번의 사랑,
이것이야말로
모든 주부들의 감출 수 없는 바람이자
로맨스가 아니겠는가.

그녀는 남편이 간혹 와이셔츠에 루즈를 묻히고 와도
이제는
겉으로만 화를 내리라, 싶었다.
그녀가 카페 문을 열고
들어섰을 때
그러나 그 석이라는 청년은 어떤 여자친구와 함께 있
었다.
석이보다도 더 앳돼 보이고
웃을 땐
왕방울 같은 두 눈을 감쪽같이 감췄다가
다시 내보이는 마술까지도 부릴 줄 아는 깜찍한 계집
애였다.

그런데도,
그럼에도 불구하고 그녀는 포기하지 않고

끊임없이 석이에게서 어떤 신호를 감지하려고 애썼다.
메뉴판을 내밀 때나
그 여자애가 화장실 간 사이에
어쩔 수 없으니 다음에 다시 만나자든가, 그녀를 따돌
릴 핑계를 찾자든가 하는,
어떤 메시지를, 모종의
눈짓을
그가 그녀에게 보내지나 않을까,
그녀는 한시도 긴장을 늦추지 않았다.

그러나 허사였다. 커피만 달랑 시켜 마시고 둘은 떠
났다.
그녀 역시 마지막까지 아무렇지도 않게
두 사람과 악수하고
모퉁이를 돌아서 사라질 때까지
손까지 흔들어주었다.

하지만 두 사람이 사라졌을 때 그녀는 그만 그 자리에
풀썩, 주저앉았다.
동시에 그가 주고 간 봉투에서 사진이 툭, 하고
떨어졌다.
그녀는 그 안에 든 세 장의 사진보다도

혹시 그가 다른 메시지라도 넣어두지 않았을까 싶어
봉투부터 흔들어 보았다.

아무것도 없었다.
그녀는 그제야 세 장의 사진을 가로등 불빛에 비쳐보
았다.
첫 번째 것은 아마 점프하고 내려와서
스냅으로 찍은 사진 같았다.
사진 속의 그녀는 그녀 눈가에 주름살이 새겨지는 것
도 모른 채 활짝
웃고 있었다.

두 번째 것은 그녀가 점프하고 나서
줄에 매달려 있는 모습이었다. 그러나 너무 멀리서 찍
었기 때문에
줄에 매달려 있는 게 그녀 자신인지, 아니면 고릴라
인지,
소파 같은 짐짝인지조차
구분이 가지 않았다.

세 번째 것은, 바로 그녀가 점프하고 아래로 추락하는
바로 그 순간의 모습이었다.

특수 렌즈를 사용했는지 용케도 그녀의 얼굴 표정까지
정확히 잡아내고 있었다.
그러나 그 얼굴 표정은 그녀 자신조차 아무리 들여다
봐도
도대체 이해할 수가 없었다.

무엇인가를 보고는
아연실색하는 표정 같기도 하고
으하핫, 소리치며 환호작약하는 중인 것도 같고
너무나 어이없어 하는 것도 같았다. 혹은 무언가를 마
구 삿대질하며
따지고 있는 사람 같기도 했다.

아무리 앉아 있어도 미련하기 짝이 없는 그놈은 다시
돌아올 것 같지 않았다.
그녀는 그만 일어나야겠다고 마음을 다잡았다.
그러나 다리가 저려오는 바람에
다시 주저앉다가 그녀는 그만
엉덩방아를 찧었다.
엉치께가 계단 난간에 부닥쳤는지 아프게 쑤셔왔다.
그녀는 마치 소매치기당한 여자처럼 바닥에 풀썩 주
저앉고 말았다.

앉은 채로
그녀는 바람 불어오는 쪽을 향해 고개를 돌렸다.
이런 식으로 만날 거면서 아름다움이니
마지막 기회니 운운하면서
사진을 굳이 등기로 보내지 않은 까닭은 무엇인가, 미
친 자식!
그녀는 죄 없는 그를
욕해 보기도 했다.

그러나 왜 자신의 눈에서는 또 청승맞게 눈물이 나는
것인지,
그녀는 혼잣말로 탄식하듯 중얼거리며
눈을 감았다.
—이건,
강간당한 것보다 더 지독해!

투레질

1

그 카페는 2층에 있었다.

처음 와보는 곳이었다. 그러나 전혀 낯설지가 않았다. 언젠가 한번 와본 것만 같았다.

"아무래도 한번 와본 적이 있는 것 같아."

중얼거리며 나는 자리에 앉았다. 그러나 아무리 생각해 봐도 그게 언제였는지는 기억나지 않았다.

"러브러브!"

진관이 말했다. "우리 학교 앞에 있는 카페 '러브러브'랑 인테리어가 똑같잖아."

"아하."

나는 그제서야 내가 착각한 것임을 알았다. 정말 '러브러브'라고 여겨질 만큼 실내 장식과 분위기가 똑같았다.

"아마 같은 사람이 운영하거나 같은 회사에서 인테리어를 맡았던 모양이야." 진관이 말했다.

"'러브러브' 아직도 있어?" 내가 물었다. 첫 휴가 때 가봤으니까 마지막으로 가본 게 이 년 전이었다.

"그럼." 진관이 주변을 두리번거리며 대답했다.

"창밖 풍경도 비슷하네. '러브러브' 앞에도 은행나무가 가로수로 심어져 있잖아." 창밖을 내다보며 내가 말했다. 그러곤 놀란 표정으로 한 마디 더 뱉었다. "어라, 여기도 길 맞은 편에 '롯데리아'가 자리잡고 있네?"

진관의 여자친구는 아직 나오지 않은 모양이었다. 실내를 휘둘러보던 진관이 담배를 빼물었다. 나는 주문할 생각으로 웨이터를 불렀다. 초록색 에이프런을 단정히 졸라맨 사내가 메뉴판을 가지고 다가왔다. 그녀는 그 웨이터에게 업혀 있던 사람처럼, 등 뒤로 "짠!" 하고 나타나 우리를 놀래키고는 만족스러운 듯 활짝 웃었다.

진관이 그녀를 내게 인사시켰다.

내가 물었다. "박가입니까?"

"네…… 왜요?"

그녀가 눈을 깜박거리며 물었다.

"제가 아는 친구 중에도 박지영이라고 있었습니다."

"흔한 이름이죠." 그녀가 어깨를 살짝 들었다가 놓

았다.

"그 여자도 꽤 예뻤습니다." 내가 말하자 그녀가 얼굴을 붉히며 웃었다.

"그래요?"

"네. 그런데 그 여자보다 더 예쁩니다." 내가 말했다.

"예쁘게 봐주니 고맙네요."

그녀는 코까지 벌름대며 웃었다.

"얘가 아직 군바리라서 긴장하면 말이 '다' 자(字)로 끝나." 진관이 그녀에게 나를 소개했다.

"군인이세요?" 그녀가 물었다.

"네. 어제 휴가 나왔습니다. 마지막 휴가죠. 내년에 제대합니다."

"아하. 그래서 머리가 짧구나. 난 방원 줄 알았어요." 그녀는 말해 놓고 하하하, 웃어댔다.

"그러면 박지영은 군대 가기 전에 사귀었던 여자 진군가요?" 그녀가 물었다.

"아니요. 사귀던 여자의 친한 친구였어요."

"아하." 그녀가 고개를 끄덕이며 물었다. "사귀던 여자의 이름은 뭔데요?"

"미숙이오, 이미숙."

"아, 그래, 미숙!" 진관이 생각난다는 듯 손가락을 튕겼다. 동시에 "어, 내 친구 중에도 이미숙이라고 있는데?” 하고 지영이 말하며 재밌다는 듯 턱을 괴고 물었다. “어디 사는데요?”

“모르겠습니다.”

“몰라요?”

“네. 편지가 반송되더군요.”

“어느 학교 다녔는데요?”

“U대학 나왔어요.”

“U? 어, 내 친구 미숙이도 U대 나왔는데? 혹시 고향이?”

“울산.”

“울산이오? 내 친구는 전남 나주니까, 그럼 아닌가 보네요. 하긴 같을 리가 없지. 후훗.” 지영이 등받이에 몸을 기대며 물러났다.

“영화광이었죠.” 나는 혼잣말로 중얼거렸다.

“어머? 얘도 영화광인데?” 지영이 다시 상체를 당겼다.

“왕가위 감독의 영화를 특히 좋아했어요.”

“어머? 얘도 그 감독을 제일 좋아해요!”

“그래요?”

“혹시, 키가 큰가요?”

“큰 편입니다.”

“고향만 다르고 나머진 똑같네요. 하하.” 그녀가 한 문제만 틀린 아이처럼 손뼉을 치며 웃었다.

“그까짓 고향이 뭐가 중요해? 잘못된 지역감정이야.

전라도나 경상도나 모두 똑같은 사람들이지. 그러니까 그 미숙도 결국 같은 사람 아닐까? 한번 불러내 봐." 진관이 농담을 했다.

그녀가 혼잣말 하듯 중얼거렸다. "다음에 기회 있으면 한 번 같이 나오지, 뭐."

"그러지 말고, 지금 나오라고 호출해. 기왕이면 넷이 같이 영화 보러 가자." 진관이 바람을 잡았다. "빨리!"

"그럴까?"

마침내 지영이 어깨를 한 번 으쓱해 보이더니 전화를 걸었다. 그러나 한참을 통화한 끝에 수화기를 내려놓으며 말했다.

"어떡하죠? 다른 약속이 있대요."

"그럼 학과 친구나 후배 중에라도 또 다른 이미숙 없어?" 진관이 말했다. "굉장히 흔한 이름이잖아."

"없어."

지영이 대답했다.

"하다못해 김미숙이나 이미순도 없어?" 진관이 웃으며 물었다.

"없어." 지영이 이번엔, 약간 짜증이 묻어나는 소리로 대답했다.

"그럼 어떡하지?" 진관이 내게 미안한 표정을 지어 보였다. 여자친구를 소개시켜 주겠다며 나를 데리고 나온 것이었다.

"정말 괜찮아. 에로물만 보지 않는다면 견딜 수 있을 거야." 나는 주먹을 쥐어보였다.

"하하." 지영이 큰 소리로 웃었다.

2

밖은 그새 어두워져 있었다. 나는 육교를 건너다 말고 잠시 멈춰 섰다. 길의 반대편 골목으로부터 무엇인가가 기억나려다 말고 도로 들어가버리는 게 얼핏 내 눈초리에 잡혔다. 뭐지? 나는 길 건너 골목으로 따라 들어가보았다. 약국, 레코드점, 옷가게들이 일렬로 줄지어 서 있는 평범한 상가 골목이었다.

뭐였지, 좀 전에 잠시 나왔다 들어간 그 기억이?

나는 마치 무언가 살 것이 있어 나왔지만 그게 뭔지 잊어버린 사람처럼 고개를 갸우뚱거리며 길 복판에 한참 동안 멈춰 서 있어야 했다. 오토바이가 지나가길래 길을 비켜주었다. 그러다 낯익은 얼굴을 발견해 냈다. 붕어빵을 파는 할아버지였다. 그의 얼굴을 보자 모든 게 기억 났다. 예전에 미숙과 나는 이곳을 자주 지나다녔다. 그 때만 해도 이 골목부터는 주택가였는데 어느새 골목 끝까지 상가 건물로 바뀌어 네온빛으로 환했다. 변하지 않은 것이라곤 바로 붕어빵 파는 할아버지뿐이었다. 그는 삼 년 전의 늙은 그 모습 그대로의 동작으로 붕어빵을 굽고 있었다. 한번은 미숙이 말했었다. "이 더운 여름에 붕어빵 장사가 될까?" "그렇다고 겨울까지 기다릴 형편도 못 될 것 같은데. 가을쯤 죽게 될지도 모르니까 말이야." 내가 대꾸했었다.

그때와 마찬가지로 붕어빵 할아버지의 리어카에는 낙서처럼 다음과 같은 문구가 사방에 적혀 있었다. '사람을 찾읍니다. 김분례. 1·4 후퇴 때 피난 와서 바로 이 골목에서 헤어졌음. 당시 나이는 19살. 고향은 평남 평원 재정리. 신의주에 고모가 삽니다. 꿀꿀이죽을 파는 아주머니를 따라갔답니다.'

미숙과 나는 곧잘 영어 학원을 빼먹고 이 주택가 골목을 지나 뒷산 약수터에 올라가 보곤 했다. 그러다 한옥집을 개조해서 만든 조그마한 카페 하나를 발견했다. 모카향 커피가 진한 카페였다. 단골이 되어 얼굴을 익히고 나서부터는 주인 아주머니가 우리에게 잠깐씩 가게를 맡기는 일도 있었다. 덕분에 우리는 마음 놓고 노래를 선택해서 듣거나 커피를 리필해 마시거나 세월이 그만 멎어버리는 것 같은 키스를 나누기도 했었다.

나는 기억을 더듬어 그 카페가 있었던 골목으로 들어

가 보았다. 하지만 막다른 곳이었다. 반대편 골목으로 들어가보니 비슷한 카페가 하나 있긴 했다. 하지만 그 카페는 아니었다. 나는 그때도 지금처럼 길을 곧잘 혼돈해서 앞장을 서다 잘못 들어서곤 했다. 그때마다 미숙은 "길눈이 어두운 게 아니라 머리가 나쁜 거 아니야?" 하며 나를 놀렸었다. 그러거나 말거나 인기척이 끊어진 게 확인되면 나는 아무 골목에서나 재빨리 도둑 키스를 했었다. "머리 나쁜 사람들은 음흉하기까지 하다니깐." 미숙은 투덜거리며 입술 화장을 고쳤었다.

　근처의 골목을 다 뒤졌지만 카페를 찾을 수가 없었다. 내 길눈이 어두운 탓일 수도 있고 혹은 없어졌는지도 모를 일이다. 그냥 돌아 나오려다가 골목 모퉁이 어둑한 곳에서 기억만큼이나 희미한 그림자가 어른거리길래 다가가 보았더니, 그것은 키스하는 한 쌍의 남녀였다. 지나치면서 얼핏 바라보니 그들은 다름아닌 오 년 전의 나와 미숙이었다. 그때의 미숙도 깨금발로 한쪽을 딛고 내게 안겼다. 옆을 지나치며 기침 소리를 가볍게 던졌지만 내 존재는 아랑곳 않고 두 사람은 키스에만 열중이었다. 짜식들, 좋을 때다, 라고 나는 속으로 중얼거리며 돌아 나오다 흠칫했다. 그때, 미숙과 내가 키스할 때도 어떤 군바리 하나가 그렇게 씨부렁거리며 지나갔던 적이 있었다. 짜식들, 좋을 때다, 라고.

3

“이것 좀 봐.”

진관이 사람 명단이 빼곡히 적혀 있는 종이를 가지고 와서 내 앞에 펼쳐놓았다.

“뭐야?”

“나의 애인들이야.”

서른 명도 넘는 숫자였다. “혹시 지금까지 너를 찼던 여자들 아냐?” 내가 웃으며 물었다.

“사실은 우리과 1학년 여학생들 주소록이야. 그런데 이미숙이 둘이나 있어.” 녀석이 손가락으로 이미숙이라는 이름을 짚어보이며 물었다. “만나볼래?”

“미친놈!” 나는 녀석의 뒤통수를 가볍게 쳤다.

“그중 하나는 굉장히 예뻐, 미스 코리아 뺨친다고.” 녀석이 아픈 표정으로 뒤통수를 문질러대며 말했다.

“그래? 어느 미숙인데?” 나는 곧바로 고개를 숙여 내 뒤통수를 녀석 앞에 갖다 댔다. 그리고 말했다. “네 맘껏 때려도 좋아.”

진관이 정말 때리려고 손을 쳐들었다. 그때, 그의 삐삐가 울렸다. 녀석은 메시지를 확인하러 가서는, 내가 녀석의 존재를 잊어버린 채 멍하니 창밖만을 내다보고 있을 때쯤에야 돌아왔다. 휴가는 이제 하루밖에 남아 있지 않았다.

"지난번에 말한 지영이 친구 말야. 지영이가 주선해 놨으니까 오늘 만나재."

"그래?" 내가 물었다. "혹시 네 친구 중에 백화점에서 일하는 친구는 없어?"

"왜?"

"고객 명단을 뽑아보게."

"?"

"거긴 이미숙이라는 사람 없나 해서. 기왕이면 모든 곳의 이미숙을 다 만나봐야지." 내가 농담했다.

"미친놈!" 녀석이 내 뒤통수를 가볍게 쳤다.

"어쨌든 고마워. 네가 지영이랑 헤어지면 그땐 나도 신세를 갚을게." 내가 한 번 더 농담했다.

"헤어지면?"

"응. 내 여동생 친구 중에 지영이라는 애가 있거든."

"하하." 진관이 웃으며 물었다. "예뻐?"

나는 녀석이 또 뒤통수를 때릴까 봐 머리부터 미리 피하며 대답했다. "전혀."

녀석이 마침내 내 뒤통수를 세게 때렸다.

4

“내가 아는 사람 중에도 너랑 이름이 똑같은 사람이 있어.” 그녀가 말했다. 그녀는, 분명히 내가 알던, 그 이미숙은 아니었다. 보다는 약간 더 갸름했다. 그리고 꽤 활달했다. 먼저 악수를 청했고 음식점을 고르는 데도 자신이 직접 앞장을 섰다.

“그래?” 내가 물었다.

“응. 하지만 느낌은 전혀 달라. 그는 사십 대 아저씨거든.” 그녀가 대답하곤 물었다. “난 어때? 그 미숙이랑 다른 느낌이야?”

“키나 체격은 비슷해. 하지만 얼굴은…….”

“얼굴은?”

“그녀는 화장을 하지 않았어.”

“아하. 나도 일 년 전만 해도 화장을 거의 하지 않았어.”

“그렇군.” 나는 혼잣말 하듯 중얼거렸다.

그녀와 지영, 진관은 스파케티를, 나는 오므라이스를 주문했다.

“너도 스파케티를 먹지 그러니? 여긴 스파케티 맛이 좋거든.” 그녀가 말했다.

“자주 오는 곳이야?”

“응. 스파케티 맛에 반해서 지금까지 오십 번도 넘게

왔을 거야.”

“설마 소개팅을 그렇게 많이 했다는 소린 아니겠지?” 진관이 농담으로 끼어들었다.

“하하.” 그녀가 웃었다. “좋을 대로 생각해.”

“그러고 보니까 그 미숙도 면류를 특히 좋아했어. 스파케티나 우동 같은 것 말야.” 내가 말했다.

“아하.” 그녀가 고개를 끄덕였다.

“그리고 그 애도 머리카락을 곧잘 귀 뒤로 쓸어넘기는 버릇이 있었어.” 그녀가 머리카락을 쓸어넘기는 것을 보고 내가 말했다.

“기왕이면 다른 점을 말해 봐.” 그녀가 말했다.

주문한 음식이 나왔기 때문에 대화가 잠시 끊겼다.

“다른 점?”

오므라이스를 비비며 내가 물었다. 기억 속의 미숙과 눈 앞의 미숙을 비교해 보느라 나는 눈을 껌벅거려야 했다.

“음, 그녀에게는…… 쌍꺼풀이 없어.”

“쌍꺼풀쯤이야 수술하면 되는 거잖아.” 그녀가 마늘빵을 먹으며 말했다. “그딴 것 말고. 좀더 본질적인 것 말야.”

“본질적?”

“난 거울을 들여다보고 있으면 늘 궁금해지는 게 하나 있어.” 그녀가 마치 거울을 바라보는 듯한 시선으로 나를 빤히 쳐다보며 말했다.

"뭔데?"

"난 누구인가. 나를, 그 누구도 아닌, 바로 나이게끔 하는 게 있다면, 그게 뭘까?"

"……."

"넌 네가 누구라고 생각하니?"

"나?"

"응, 넌 누구야?"

"나는……." 나는 잠깐 생각을 해보았지만 딱히 설명할 길이 없었다. 하마터면 그러게 난 누구지? 라고 반문할 뻔했다.

"난 나지 뭐야." 옆에 있던 진관이 대신 대답했다.

"그건 화장품 광고 문구야." 그녀가 말했다.

"응?"

"나는 나다, 라는 말은 화장품 광고 문구라고. 그리고 그건 일종의 유행어에 불과해. 요즘은 다들 그렇게 말하잖아. 난 나다, 라고."

"라피네 화장품이던가?" 지영이 한 마디 참견했고 "아하." 진관이 고개를 주억거렸다.

"나는." 나는 어깨를 한 번 으쓱해 보인 다음 대답했다. "군바리야." 그러자 매우 재미있는 조크를 들은 사람들마냥 모두들 소리내어 웃었다.

“나는.” 미숙이 정색을 하곤 말했다.

“중고등학교 다닐 때 교복이 정말 싫었어. 전교생이 똑같은 옷과 교과서로 생활하는 게 정말 싫었어. 그래서 책도 누구나 읽는 것은 괜히 읽기가 싫더라. 일테면『전쟁과 평화』같은 건 아직도 안 읽었어.”

“그래? 나도 안 읽었는걸?” 진관이 끼어들었다. “넌 노느라 못 읽은 거겠지.” 지영이 퉁박을 주었다.

그들의 말을 무시한 채 미숙은 말을 이었다. “그런데 대학교 와서 알게 된 과 친구 하나가 자기소개 하는 자리에서 그렇게 말하지 않겠어. ‘난 책도 다른 사람들이 다 읽는 건 괜히 읽기가 싫어서『전쟁과 평화』도 아직 안 읽었어.’ 라고.”

“하하.” 진관과 내가 동시에 웃었다.

“그래서 지영이가 네 얘길 했을 때 만나보고 싶더라. 나도 군대 때문에 헤어진 사람이 있거든.”

“아.” 나와 진관은 이번에도 동시에 고개를 끄덕였다.

“왜 헤어졌는데?”

“그건……” 그녀가 잠시 생각하는 눈치더니 말했다. “너희가 헤어진 이유랑 같은 이유였다고 해두지 뭐.” 그러곤 포크로 스파게티를 돌돌 말으며 물었다. “네가 볼 때, 네가 사귀던 그 미숙과 다른, 나만의 특징은 어떤 거라고 생각해?”

“네 콧등에 있는 작은 점.”

“하하. 그리고?”

“그게 전부야.”

“그게 전부야?” 그녀가 입안 가득 스파게티를 오물거리며 물었다.

“너를 만난 지 이제 겨우 삼십 분 지났어. 그것만으로도 충분한 발견이야.” 내가 말했다.

“그럴까?”

“나중에 ‘스파게티를 좋아하고 콧등에 작은 점이 있는 이미숙을 찾습니다’라고 내가 광고를 내면 찾아오는 사람은 너 하나밖에 없을걸?” 내가 말했다.

“하하. 그럴지도 모르겠구나.”

“‘이산가족찾기’를 보면 정말로 그렇잖아.” 진관이 끼어 들었다. “누나를 찾습니다. 집 앞에 우물이 있었고 손등엔 사마귀가 있습니다. 그런데도 진짜 만나디라.”

“혹시 K대 앞의 육교 너머 골목길에서 붕어빵 파는 할아버지 알아?” 나는 문득 생각나서 물었다.

하지만 아무도 관심을 보이지 않았다.

미숙이 말했다. “하지만 난 올 여름에 얼굴의 점을 모두 뺄 생각인데?”

“그럼 한 가지를 더 첨가하지. 그 여름에 점을 빼려고 했음.” 내가 대답했다.

“하하.” 미숙이 웃었다.

“혹시 말야.” 식사를 끝낸 지영이 포크를 내려놓으며 끼어들었다. “바로 이 순간, 네가 전에 만났던 그 미숙 씨도 어디선가 휴가 나온 남자와 스파게티를 먹으며 이런 애길 하는 중 아닐까?”

“하하.” 진관이 웃었고, “그럴지도 모르지.” 미숙이 대꾸했다.

“결혼했어.” 내가 말했다. “어제 만났어. 내가 입대한 지 육 개월쯤 지나서 결혼을 해버렸더군. 난 그것도 모르고 삼 년 내내 편지질을 해댔지 뭐야.”

5

“노래방 갈까?”

진관이 제안했다. 그의 얼굴은 적당히 불콰해져 있었다. 혼자 소주 한 병을 다 비운 상태였다.

나머진 맥주를 마셨다. 소리지르다시피 해야 서로의 목소리가 들릴 만큼 시끄러운 호프집이었다.

“싫어.” 미숙이 말했다. “너무 상투적이야.”

“상투적?”

“응, 만나서 저녁을 먹은 후, 호프집에 가고, 그 다음에 노래방이나 나이트 가는 거 말야. 이거야말로 쉰 번 도 넘게 한 일이야. 대학 사 년 내내 한 일이잖아. 지긋 지긋해.”

“그럼 뭐 하지?” 진관이 물었다.

“새로운 거!”

“새로운 거?”

“응, 새로운 거라면 아무거나 좋아.” 미숙이 중얼거렸다.

“노래방 가면 새로운 신곡이 나와 있잖아.” 진관이 말 했다. 녀석은 취하면 노래 부르는 걸 좋아했다.

“노래방은 싫어.” 미숙이 도리질을 했다.

“너 노래방 가는 거 좋아했잖아.” 지영이 미숙에게 말 했다. 그리고 나를 향해 말했다. “애, 노래 무척 잘 불 러. 특히 이소라 노래는 왕캡이야. 한번 들어봐.”

“오케바리!” 진관이 결정봤다는 듯 손뼉을 쳤다.

“이제 이소라 노래는 안 부를 거야.” 미숙이 밀했다. “한 번은 이소라 노래를 부른 적이 있어. 그날도 같이 갔던 친구들이 환호성을 지르며 칭찬을 했지. ‘정말 끝 내준다, 끝내줘, 최고야 최고!’라고 말야. 그런데 화장 실을 다녀오는 중에 다른 방에서도 이소라 노래가 흘러 나오더라. 어떤 여자가 그걸 부르는 거야. 그런데 나보 다 더 잘 부르더라고. 그 방에서도 환호성이 쏟아지더 라. ‘정말 끝내준다, 끝내줘, 최고야 최고!’라고. 그런데 그 순간 몹시 자존심이 상하는 거 있지."

"하하. 별 것을 다 질투하는군." 진관이 계산서를 챙기며 말했다.

"질투라기보다는, 기분이 나쁜 거야. 나랑 비슷한 사람이 세상엔 너무 많다는 사실 말야. 일테면 유명 브랜드의 옷가게에 가서 자신에게 가장 어울리는 옷을 하나 골라 입어도, 그것은 나의 개성이 되지 못하고 하나의 유행이 되어버리는 거야. 그것과 똑같은 옷은 다른 체인점에도 한 벌 이상씩 놓여 있으니까 말야."

"디자이너다운 생각이군." 진관이 말했다. 작년에 대학을 졸업한 그녀는 몇 달 전, 중소 의류업체 디자인실에 입사했다고 했다.

"너무 지긋지긋해서 그래." 미숙이 담배를 부벼 끄며 말했다. "대학 사 년 내내 한 게 카페나 노래방, 기껏해야 나이트였잖아."

"그럼 고수부지나 갈까?" 내가 남은 술을 비우며 제안했다.

"글쎄, 거기도 여러 번 가본 곳인데……." 미숙이 여전히 내켜하지 않는 눈치였다.

"거기 작약꽃이 피었던데. 본 적 있어?" 내가 물었다.

"아니."

"그럼 작약꽃을 보러 가자. 새로운 거잖아." 내가 말하며 일어났다.

"작약꽃, 작약꽃……." 그녀가 중얼거리며 따라 일어
났다.

6

"이게 작약이야?"

"응."

작약은 가로등 불빛을 삼 할쯤 받아, 뿌옇게 빛나고
있었다.

"찔레나 진달래랑 비슷한데?"

"꽃도 서로 비슷비슷하지 뭐. 어쨌든 작약이 확실해.
푯말에 써 있잖아." 내가 말했다.

"심심한데 푯말이나 바꿔놓을까?" 내가 중얼거리며 옆
의 찔레꽃 푯말과 바꿔놓았다.

"하하." 지영과 미숙이 웃어댔다.

진관은 잔디밭에 앉아 노래를 흥얼흥얼거렸다. 녀석
은 술에 취하면 콧노래라도 불러야 직성이 풀리는 성격
인 것이다. 지영이 진관의 옆으로 다가가 앉았다.

"강가로 내려가 볼래?" 미숙이 내게 말하고 앞장을
섰다.

달빛에 비친 물비늘 때문에 밤 강물은 꿈틀대며 살아 숨쉬는 한 마리의 환유동물 같았다.

"난, 소개팅만도 정말 쉰 번쯤 했어."

한참 동안 강을 거슬러 걷기만 하던 그녀가 나를 정면으로 쳐다보며 말했다.

"대단하군." 내가 중얼대곤 물었다. "할 일이 없어서야, 아니면 맘에 드는 친구가 없어서야?"

그녀가 피식, 웃으며 말했다. "난 자유연애론자야."

"그렇군." 내가 고개를 주억거리곤 말했다. "넌 충분히 그럴 수 있을 것 같아."

"어떤 점에서?"

"그런 '끼'가 느껴져."

"상투적으로 살고 싶진 않아. 난……." 그녀가 바지 주머니를 더듬더니 "담배 있니?" 묻고는 말했다. "나만의 방식으로 살고 싶어. 아무것에도 얽매이지 않고 자유롭게."

"일테면?" 그녀에게 담배 한 개비를 건네며 물었다.

"응?"

"네가 말하는 너만의 방식이란 어떤 거야? 설마, 소개팅을 좀더 해서 기네스북에 오르려는 건 아니겠지?"

"하하." 그녀가 큰 소리로 웃었다. 웃음이 그치자 강 건너까지의 깊은 고요가 새삼스레 분명하게 느껴졌다. "조금 더 여유가 생기면 그림을 그려볼 생각이야."

"그럼?"

"응. 아무것에도 얽매이고 싶지 않거든." 그녀 입에서
흘러나온 담배 연기는 바람을 좇아 강안개 속으로 빠르
게 스며들었다. "그건 그렇고." 그녀가 걸음을 멈추곤 강
을 쳐다보며 말했다. "나는 네가 꽤 마음에 들어. 너는?"

그녀의 지나치게 솔직한 태도에 당황하며 내가 물었
다. "어떤 점이?"

"그건……." 그녀가 잠시 생각하는 눈치더니 말했다.
"나에게 작약꽃을 처음 보여준 남자니까."

"설마 꽃을 처음 보여주는 남자마다 그렇게 얘기하는
건 아니겠지?" 내가 묻자 그녀는 다시 한 번 큰 소리로
웃어댔다.

"나도 좋아."

내가 대답했다. "네기 맘에 들어."

"그럼 이제 네 얘기 좀 해봐." 두 손을 자신의 바지
뒷주머니에 꽂으며 그녀가 말했다. 가슴이 더 도드라져
보였다.

"내 얘기?"

"그 미숙이라는 여자를 삼 년씩이나 못 잊은 이유 말
야. 어떻게 만난 사이야?"

"미팅에서."

"아하." 계단이 나타나자 그녀는 강 가까이로 내려가

앉으며 물었다. "그러고 나서 애프터 신청을 했고 영화 구경이나 대학로, 아니면 과천 서울랜드에 놀러 갔겠구나?"

"하하. 비슷해. 서울랜드가 아니라 용인랜드였지만." 그녀 옆에 앉으며 내가 대답했다.

건너편 불빛이 발등까지 다가와 부서졌다.

"그리고 만난 지 두세 달쯤 지나 바래다주는 골목길에서 첫키스를 했고?"

"후훗." 나는 그냥 웃어 넘겼다.

"주로 영화를 보러 다녔지." 내가 중얼거렸다. "중경삼림이라든가……."

"아하, 맞아. 서울 시네마 극장?"

"너두?"

"응, 남자친구랑."

"그럼 그때 우리 지금처럼 옆자리에 앉았던 거 아닐까?"

"그래, 기억나. 네가 찢던 오징어 다리가 내게로 튕겨져 날아왔잖아."

"하하. 그리고 또 타란티노!" 내가 신이 나서 말했다.

"모텔까지 가는 데는 얼마나 걸렸어?" 그녀가 너무나 범상한 어투로 불쑥 물었기 때문에 나는 하마터면 대답을 할 뻔했다.

"하하하."

나는 간신히 웃음으로 얼버무렸다.

"말해 봐."

그녀가 내 쪽으로 고개를 돌려 내 눈을 빤히 들여다보았다.

"일년." 나는 아무렇게나 대답했다.

"나보다 정숙하지 못한 여자였네. 난 일년 반을 버팅 겼었는데."

"하하." 나는 좀더 큰 소리로 웃지 않을 수 없었다. 그리고 고백했다. "사실 우리는……,"

"?"

"육 개월밖에 걸리지 않았어."

"하하." 이번엔 그녀가 큰 소리로 웃었다.

7

"이런 경험 처음이야." 섹스가 끝나고 내가 말했다.

"거짓말!" 미숙이 돌아보지 않은 채 말했다. 샤워를 하고 돌아온 그녀는 속옷을 챙겨입고 있었다.

"정말이야. 끝나고 수건으로 닦아준 여자는 네가 처음이야."

"하하."

그녀는 브래지어를 채우다 말고 천장을 올려다보며

웃었다. 그녀의 배가 하나의 독립된 생물처럼 외따로 쿨
룩거렸다. 그녀는 겉옷까지 다 챙겨 입고 침대로 올라와
베개로 등을 받친 다음, 벽에 기대앉았다. 그러곤 이불
을 배꼽까지 끌어 덮었다.

　방을 둘러보며 내가 말했다. "언젠가 한번 와본 곳이야."

　"그래?"

　"그런데 언제 누구와 함께 왔는지 기억이 안 나."

　"하하. 설마……." 그녀가 눈을 흘겼다.

　나는 상체를 일으켜 그녀 옆에 나란히 기댔다.

　"어쩌면 다만 비슷한 분위기의 다른 여관이었을지 몰
라." 나는 한숨을 쉬고 나서 말을 이었다. "며칠 전에도
이런 적이 있어."

　"도대체 이런 곳을 몇 번이나 들락댄 거니?"

　"그땐 여관이 아니라 카페였어. 지난번에 진관과 지영
이를 만났던 카페 실내 장식이 우리 학교 앞에 있는 카
페와 똑같더라고. 그래서 처음 가본 곳인데도 언젠가 한
번 와본 것 같은 착각이 자꾸 드는 거야."

　"아하, 맞아! 세상은 존재하는 숫자만큼 다양한 게 아
니라, 패턴 숫자만큼만 존재하는 거야. 고등학교 때였
어." 그녀는 잠시 말을 멈추고 물을 따라 마셨다.

　"너도 마실래?"

　나는 고개를 저었다. 그녀가 말을 이었다.

"선생님 심부름으로 교무실에 가서 분필을 얻어가지고 오는데 옆반 교실에서 내가 짝사랑하는 선생님이 강의를 하고 계신 거야. 그래서 복도에 선 채로 잠시 멍하니 선생님의 강의하는 모습을 엿보고 있었지. 국어 선생님인데 아주 열정적으로 강의를 하시는 분이었거든. 시도 잘 읊어주시고. 그런데 선생님의 강의가 우리 반에서 했던 것과 한 글자도 틀리지가 않는 거야. 강의 도중에 불쑥불쑥 던지는 농담까지도 말야. 그리고 그 반의 어떤 여학생의 머리를 쓰다듬어주는 행동까지도 말야."

"그래서 그때도 자존심이 몹시 상했겠구나?"

"그랬어." 그녀가 웃으며 대답했다. "그런데 얼마 전에 시집가는 친구에게서 똑같은 느낌을 받았어."

"설마." 그녀를 쳐다보며 내가 물었다. "이번엔 그 신랑이 네가 사랑했던 남자야?"

"하하. 그게 아니라 그 친구가 신혼살림 장만하는 걸 같이 다니며 도와줬거든. 가구와 가전제품을 고르는 일 말야. 예쁘고 쓸 만한 것으로 고르느라 주말마다 용산 일대와 가구점 골목을 종일 돌아다녔어. 그런데 나중에 개 신혼집에 가서 보니까, 다른 결혼한 친구네 집이랑 너무 비슷한 거야. 알고 보니 모두 현대아파트 29평형이더라구. 하나는 일산이고 하나는 분당에 살지만 가구 색깔만 제외하면 마치 거울 속처럼 똑같은 거야."

“아하.” 나는 고개를 주억거렸다. 벽 너머에서는 여자의 흥분한 신음 소리가 계속해서 들려오고 있었다.

“고등학교 때의 국어 선생님, 대학교 때의 노래방, 그리고 친구 신혼방. ……그것들 사이엔 어떤 공통점이 있는 것 같아.”

“어떤?”

“몇 가지 패턴이 정해져 있고 사람들은 그중 하나의 패턴을 살아가는 것뿐이라는…….”

“그렇군.”

“명동에 쏟아져 나오는 사람들의 갖가지 옷차림을 사진으로 찍어서 분류해 보면 그건 몇 가지 유행 패턴의 나열에 불과해.”

“아하.”

나는 고개를 주억거렸다.

“그런데.” 미숙이 화제를 돌려 말했다. “쟤네들 되게 오래 한다.”

여자의 신음 소리가 계속 이어지고 있었다.

“후훗.” 웃고 나서 내가 물었다.

“부러워?”

“응.”

그녀가 대답하곤 까르르, 웃어댔다.

“하지만.” 나는 기다란 한숨을 뱉어내고는 말했다.

"이 세상에 같은 사람은 없어."

그녀가 정색을 하곤 말했다. "넌 아직도 그 여자를 못 잊은 거니?"

"후훗. 글쎄……." 나는 눈을 감았다.

"궁금하군. 삼 년이 지났는데도, 그리고 이미 결혼한 여자를 네가 못 잊는 진짜 이유가 뭘까?"

나는 천장을 올려다보며 입을 열었다. "그건……."

"내가 한번 알아맞혀 볼까?" 그녀가 내 말을 가로챘다. 그러곤 배를 깔고 엎드린 다음, 턱을 고이곤 나를 정면으로 쳐다보았다. 누군가를 바라보는 자세라기보다는 사진을 의식한 하나의 포즈 같아 보이는 자세였다. 그녀 식으로 말하자면, 달력의 사진 모델들이 취하는 몇 가지 패턴 중에 하나였다. "그건 아마 네가 군대에 있었기 때문일 기야. 거기선 다른 여자를 만날 기회가 없잖아. 자연히 과거의 여자만 자꾸 기억하게 되는 거지. 말하자면 군바리들이 군 생활을 해나가는 몇 가지 패턴 중에 하나야. 그치?"

"후훗." 나는 그냥 웃기만 했다.

"난 그것은 그냥 돌박이의 투레질 같은 거였다고 생각해. 이십 대 초반에 누구나 한 번쯤 겪게 되는……." 그녀가 말했다.

"투레질?"

"첫돌 지날 무렵 아기들이 투레질을 하잖아. 부모는 아기가 이상한 짓 한다고 걱정하지만 그 무렵엔 누구나 한 번씩 투레질을 할 때가 있는 거지."

"흠." 나는 팔짱을 끼고 푸푸푸, 투레질을 직접 해보았다. 그리고 말했다. "투레질을 하다가 목숨을 잃는 경우도 있어."

"왜?"

"팡!" 나는 검지손가락을 머리에 대고 방아쇠를 당기는 시늉을 해보였다. "너무 괴로워서 자살을 해버리는 거지."

"우린 그 사람이 먼저 연락을 끊었어." 그녀가 혼잣말하듯 중얼거렸다. "사고사였대."

갑자기 아무 소리도 들리지 않았다. 여자의 신음 소리도 그쳐 있었다. 그러나 귀를 낮게 기울여 보면, 아무 소리도 들리지 않는 건 아니었다. 형광등 울음이 아주 작은 미음으로나마 흐르고 있었다.

"하지만," 그녀가 말했다. "난 그것도 모르고 그가 변심한 줄만 알고는 다른 사람을 만나고 있었어. 이미 슬퍼할 자격도 입장도 아니었지."

흠, 하고 내 입에서 작은 신음 소리가 흘러나왔다.

"내가 정말 견디기 어려운 건." 그녀가 계속 말을 이었다. "가만히 따져보니까 그와 연락이 끊긴 지 고작 두 달 만에 나는 이미 다른 남자를 만나고 있었던 거야. 두 번의 편지가 모두 답장이 없었어. 소식이 없는 것을 참을 수가 없었어. 그땐 그런 나의 행동이 너무나 당연했는데……." 그녀는 이불 밖으로 드러난 나의 허벅지에 손가락으로 무언가를 낙서하며 말을 계속 이었다. "나중에 그가 죽었다는 얘길 듣고 나서야, 깨달았어. 고작 편지 두 번 해보고 누군가를 포기했다면, 그건 사랑이 아니란 걸."

"사랑이 아니면?"

"신파에 불과하지, 뭐."

푸푸푸, 하고 나는 다시 투레질을 해보았다.

"넌?"

"응?"

"어제 만났다며?"

"응."

"왜 헤어진 거래?"

"너보다 더 지독해. 그야말로 신파지!"

"그래?"

"선배가 덮쳤대. 그래서 나를 다시 만날 명목이 없었대."

"하." 그녀가 입을 크게 벌리곤 고개를 주억댔다. 놀라워하는 것 같기도 하고 웃음을 간신히 참아내는 것 같기도 한 표정이었다.

"그 선배랑 결혼해서 살아. 애도 낳고. 그럭저럭 행복한가 봐."

8

복귀한 뒤, 며칠 지나지 않아 미숙이 보름 간격으로 내게 면회를 왔다. 처음 위병소로부터 이미숙이 면회를 왔다고 했을 때 나는 두 번째 새로 만난 그 미숙인 줄 알았다. 그러나 처음 만났던, 결혼한 미숙이였다. 보름 후 다시 미숙이 면회왔다고 했을 땐 처음 만났던 그 미숙이 다시 온 줄 알았다. 그러나 위병소로 나가보니 두 번째 만난 미숙이였다.

나는 미숙에게 부대 근처의 사찰과 계곡을 구경시켜 주었다. 두 번째 미숙이 면회왔을 때도 나는 똑같은 곳을 똑같은 절차로 구경시켜 주었다. 같은 곳에서 같은 메뉴의 식사를 했고, 같은 여관을 잡았다. 마치 두 번째 미숙이 짝사랑했다던 그 국어 선생님처럼 나는, 사소한 농담이나 제스처까지도 똑같이 반복했다. 계획적으로 그렇게 한 행동은 아니었다. 최선을 다해 제일 좋은 곳으로 그녀들을 안내하고 그녀들의 기분을 맞추다 보니 그렇게 되었다.

그에 대한 그녀들의 반응은 서로 달랐다. 앞서의 미숙은 웃을 때도 소리 없이 웃었고, 내가 손을 잡으면 잡아뺐다. 두 번째 미숙은 사찰 앞에서도 큰 소리로 웃어댔고 심지어는 내 뒤통수를 치기까지 했다. 산채 정식을 먹을 때도 앞서의 미숙은 반 그릇쯤 먹다 말았으나 두 번째 미숙은 한 그릇을 모두 비우곤 소주까지 받아 마셨다. 그러한 대조는 여관방에 들어가서도 마찬가지였다.

재밌는 것은 내무반 동료들의 반응이었다. 녀석들은 면회를 다녀간 두 이미숙을 동일인인 줄로 알고 있었다. "이번엔 매우 야하게 옷을 입고 왔던데?" 하고 말을 걸어오는 녀석도 있었고, "머리를 묶으니까 다른 사람처럼 보이던 데요." 하고 아는 체하는 신참 녀석도 있었다. 다만 홍 상병 한 사람만 "그때 왔던 그 여자가 아닌 것 같아요." 하고 바른 소리를 했다. 그러나 이내 묵살되었다. "아니긴 뭐가 아냐. 둘 다 이미숙이잖아. 이번엔 조금 야하게 화장을 했을 뿐이던데."

홍 상병은 고개를 갸웃거리며 내게 진상을 물었다. "정말 같은 사람 맞습니까?"

나는 웃으며 대답했다. "다른 사람이긴 한데,"

"그쵸? 다른 사람 맞죠?" 홍 상병이 손가락을 튕기며 되물었다.

"그러나 사실은 같은 사람이기도 해."

"네?"

"그런데 두 사람은 그 사실을 서로 몰라."

"그게 무슨 뜻입니까?"

"사람은 한 사람인데 각기 사는 세계가 달라. 그래서

약간 달라보이긴 하지만 사실은 같은 사람이지.”

“헷갈립니다. 결론적으로 말해서 같은 사람이라는 소
립니까, 다른 사람이란 말입니까?”

“같은 사람이기도 하고 다른 사람이기도 하단 뜻이
야.”

“그게 말이 됩니까? 같은 사람이면 같은 사람이고 다
른 사람이면 다른 사람이지…….”

“우리는 아직 살아가는 중이니까.” 나는 대답하곤 멀
뚱히 서 있는 홍 상병의 등을 치며 덧붙였다. “삶에 대
한 결론은 죽은 뒤 무덤 속에서나 내릴 수 있는 거야.”

두 사람은 분명 서로 다른 사람이었다.

그런데 이상하게도, 시간이 오래 흐르자 내게 면회 온
두 명의 미숙이 나 자신에게조차 문득 한 사람의 미숙처
럼 느껴질 때가 있었다. 드레스를 입고 온 것이 앞의 미
숙이였는지, 소나무 가지로 내 머리를 툭 친 것이 뒤의
미숙이였는지 헷갈리면서 나중엔 그 사람이 곧 그 사람
같아져 버리는 거였다. 답장을 재촉한 사람이 그 미숙
같기도 하고, 편지에서 여행을 다녀왔다고 적어보낸 쪽
이 저 미숙 같기도 했다. 그럴 때면 나는 푸푸푸, 투레
질을 하면서 혼자 쓸쓸하니 웃는 버릇이 생겼다.

너무나도 모범적인

1

저는 충북 충주시 이류면에 위치한 대소원 성공회 교회 사택에서 태어났습니다. 아버지는 성직자이셨고, 가족들 모두 의당 독실한 기독교 신자였지요.

누구나 그랬겠지만 제게도 그 영혼이 하염없이 천진하고 해맑던 시절이 있었습니다. 아무에게나 아장아장 걸어가 덥석 안기고, 상대가 누구든 그 눈빛과 마주치기만 하면 신이 나서 두 다리를 개구리처럼 가동질 쳐대고, 함께 마주 보며 놀아주던 사람이 시야 밖으로 나가면 마치 세상 밖으로 사라져버린 양 서럽게 울음을 터뜨리던 그런 때가, 제게도 있었지요. 그때는 아마 가족이나 이웃은 물론이고 교회 신도들까지, 언제나 묵묵부답인 주님보다도 벙글벙글 재롱떨며 웃다 울다 이내 아무 걱정 없는 평온한 표정으로 잠드는 제 모습 앞에서 더욱 큰 위안을 선물 받고 돌아들 갔을 겁니다.

그러나 누구나 그렇듯이 저 역시 자라면서 차츰 제 나름의 성장 과정과 아집을 갖게 되었지요. 특히 제 성격은 다소 결벽한 데가 있었습니다. 아마 성직자 자녀로서 주변 시선을 의식하지 않을 수 없었던 탓인 듯합니다. 욕심을 부려봤자 고작 어머니 심부름을 다녀온 뒤에 심부름 값을 요구해 본다든가, 복숭아넥타가 먹고 싶어서 꾀병을 앓는다든가 하는, 그 또래 아이로서 충분히 용납될 수 있는 수준이었지요. 만약 그 이상의 말썽을 피우면 저는 또래의 다른 시골 아이들에 비해 한결 호된 대가를 치러야 했습니다. 한번은 싸워서 친구 얼굴에 상처를 냈다가 어머니에게 종아리를 얻어맞고 울면서 친구 집에 가서 사과하고 돌아온 일이 있는가 하면, 친구 집에서 놀다 십자드라이버 하나를 훔쳐 갖고 왔다가 아버지에게 들켜 그날 밤중으로 그 친구네 집으로 가서 돌려줘야만 했던 적도 있었어요. 이미 잠들어 있는 그 집 식구들을 모두 깨워놓으면서 말이에요.

선교 활동을 펼쳐야 하는 부모님으로서는 아무래도 자식 단속부터 제대로 시켜놓아야 했겠지요. 아니 단지 주변 시선이나 선교 활동 때문이기 전에, 아버지 어머니 스스로 엄격하고 청빈한 생활을 즐기는 분들이셨습니다. 물질적으로도 그렇거니와 일상생활에서도 남을 흉보거나 함부로 평가하는 일이 없었으며, 차림새나 행동거지에 있어 남다르게 검소하고 절제되어 있어서, 교회를 까닭 없이 고깝게 여기는 사람들에게까지 존중과 칭찬을 받으셨지요.

그래서인지 저는 언급한 정도의 사건 외에는 별다른 말썽 한번 피우지 않은 채 꽤나 반듯한 어린 시절을 보냈습니다. 저를 비롯한 삼형제 모두 공부 잘하고 인사성 밝고 말썽 한번 피우지 않는, 그래서 사람들은 곧잘 "우리 집 아이들이 신부님네 아이들 같기만 하면 저희도 교회를 나가겠어요." 하고 부러워들 했습니다. 그러면 부모님은 웃으시며 대꾸하셨습니다. "아이들 데리고 교회부터 나오면 되지요."

정말이지 제가 별다른 말썽 한번 피우지 않고 모범적인 유년기를 보낼 수 있었던 것은 근본적으로 우리 하느님을 믿은 덕분입니다. 주변 사람들 시선도 남다르고 또 부모님 교육 방식이 유난히 엄했던 것도 사실입니다마는, 실제 생활에 있어 어른들의 감시란 생각보다 터무니없이 허술한 것이어서 말썽을 피우려면 얼마든지 피울 수 있었지요. 기실 형이나 특히 동생은 저보다는 한결 자유분방한 유년기를 보낸 편입니다. 반면 형제들 중에서도 제가 가장 반듯해서, 오일장이 서는 날 장터를 가로지르는 심부름을 시켜도 저는 한눈파는 법 없이 갔던 길 그대로 되짚어 돌아오는 아이였고, 옷이든 신발이든 장난감이든 언제나 제 것이 제일 단정하여 가장 나중에야 닳았다고 합니다.

유약한 체격에서 비롯되는 다소 까탈스럽고 소심한 성격 탓도 있었겠지만 무엇보다 저는 하느님 존재를 믿어 의심치 않았습니다. 아주 어려서부터 어떤 유혹이나 시험이 닥칠 때면 만약 부모님이 아시는 날에는, 하고 염려하기보다 하느님께서 모두 다 내려다보고 계실 텐데, 하고 걱정했으니까요. 그래서인지 부모님도 삼형제 중에 유독 저를 제일 신임해서 간혹 피정회라도 다녀오시느라 집을 비울 때면 일단 맏인 형에게 집안 단속을 부탁했지만 그러나 언제나 저를 따로 불러내어 이런저런 주의와 감시를 당부했습니다. 부모님이 집을 비우면 형도, 집안일을 거들어주는 헬레나 아주머니보다 저를 더 의식하여 경계하고, 제 입막음에 더 많은 애를 썼을 정도지요.

물론 형의 그러한 노력은 대개 수포로 돌아갔습니다. 한번은 형이 주동하여 복사실 한 구석에 걸려 있던, 고장 나서 아무도 쳐다보지 않던 해묵은 시계를 고물장수에게 팔아 엿과 바꿔 먹어버린 적이 있습니다. 형은 엿을 삼등분하더니 그 중 제일 큰 조각을 제게 건네더군요. 그것은 그 나이가 되도록 먹어본 것과 맞먹는 양이었습니다. 말하자면 그것은, 어떤 나이 든 어른에게 그 나이가 되기까지 써온 총액보다 많은 액수를 제시하는 거래만큼이나 거절하기 어려운 유혹이었습니다. 하지만 저는 끝내 뿌리쳤지요.

그렇다고 그 사실을 부모님께 고해바치지도 않았습니다. 부모님께서 저를 다그쳤다면 모르겠지만, 제가 먼저 고자질하고 싶지는 않았지요. 거짓말도 나쁜 짓이지만, 고자질 또한 바른 행동이랄 수는 없었으니까요. 헌데 그 엿 조각이 얼마나 달고 맛있던지 동생 녀석이 그만 앞니까지 꿀꺽 삼켜버리고 말았습니다. 썩어 흔들리던 앞니 두 개가 끈적끈적한 엿 조각에 딸려 넘어간 거죠. 수상쩍은 낌새를 잡은 어머니가 다그치자 결국 형과 동생은 모두 이실직고하고 한 달 동안 교회 마당을 쓸고 화단 잡초를 뽑는 고된 벌을 서야 했습니다. 형은 막내 동생을 탓했지만 제가 볼 때 당연한 인과응보였지요. 부모님 눈은 속일지라도 하느님을 속일 수 없는 것이니까요.

그러나 억울하게도 저 역시 형이나 동생과 더불어 마당을 쓸고 잡초 뽑는 벌을 서야 했습니다. 저는 볼멘 얼굴로 따졌지만, 옆에서 지켜보면서 말리지 않은 것도 잘못이라면서 똑같은 벌을 내리더군요. 엿 조각 유혹을 물리쳤는데도 불구하고 상을 주지는 못할망정 똑같은 벌을 서다니. 아무리 생각해 봐도 분하고 억울한 노릇이어서 저는 아버지를 붙잡고 호소했습니다. "시계를 파는 일에 가담하지도 않고, 엿 조각을 입에 대지도 않았단 말이에요. 설사 엄마 말씀대로 제게도 지켜보면서 말리지 못한 잘못이 있다 해도, 어쨌든 형이나 동생보다 더 약한 벌을 서야지 어떻게 똑같은 벌을 서요?"

아버지는 저를 앉히고 다독다독 말씀하셨습니다. "잘못인 줄 알면서 자신을 억제하지 못하는 것과, 잘못인 줄 알면서도 그 사람을 말리지 않은 죄의 크기에는 별다를 차이가 없는 거야. 주일학교 시간에 포도원 이야기 들어봤지? 막판에 와서 한 시간밖에 일하지 않은 사람에게도 하느님은 똑같은 노임을 준단다. 그러니까 잘잘못의 크기를 분별하기 전에 네 잘못 자체만을 뉘우치는 일에 힘쓰도록 해라. 그러면 나머지는 하느님께서 다 알아서 하실 게다"

아버지 말씀을 이해하거나 동의했다기보다는 무릎에 바투 앉히고 차근차근 말씀을 들려주시는 살가움에 힘입어 저는 고개를 주억거렸던 것 같습니다. 하지만 벌을 서는 내내 억울한 느낌을 지울 수 없었지요. 형과 동생 놈은 그러게, 엿 줄 때 잠자코 받아먹기나 하지! 하고 저를 자꾸 약 올렸습니다. 그들은 마치 죄 없는 나 역시 자신들과 같은 벌을 서는 꼴이 너무나 고소해서 자신들

벌은 힘들지도 억울하지도 않다는 표정이었어요.

하지만 저는 또한 저 나름대로, 어쩌면 이것 역시도 하느님의 시험이거나 악마의 유혹일 거라 생각해 보았습니다. 비록 억울한 노릇이지만, 그렇다고 어차피 가담하지 않아도 나중에 들키면 똑같이 벌을 받기는 마찬가지인데 뭐, 하고 형과 동생이 그릇된 일을 할 때 함께 끼어든다면, 그 순간이야말로 바로 하느님의 시험에서 탈락하고 악마의 유혹에 빠져드는 꼴이 아니고 무엇이겠습니까. 욥이나 요나의 경우처럼 하느님은 자신을 믿지 않는 사람보다 자신을 믿고 따르고자 하는 사람에게 보다 더 어렵고 힘겨운 시험을 치르게 하는 이상한 분이니까요. 어쨌거나 저는 생각했습니다. 진리는 알수록 고되다.

2

그러던 한번은 형과 동생이 찬장 서랍에서 동전을 몰래 꺼내 가는 것을 목도하였습니다. 나서서 말려보았지만 소용없었어요. 하는 수 없이 그 즉시 어머니에게 일러바쳤지요. 단지 벌을 함께 받을까 봐 취한 행동은 아니었어요. 비록 동전 두어 닢에 불과하지만, 그것은 걸려 있으나마나 한 고물 시계를 처분한 것과는 달리 엄연히 남의 물건을 절도하는 일이요, 하느님의 십계명을 범하는 못된 짓이었습니다. 그런데 어머니께서 제게 도리어 물어오더군요. "무슨 돈을 말하는 거지?"

"부엌 찬장 아래 서랍에 십 원짜리 동전 있었잖아요?"

"그랬나?"

어머니는 그곳에 동전을 놓아둔 사실을 까맣게 잊어먹고 있었나 봅니다. 어쨌거나 형은 그 길로 어머니에게 붙들려 가서 제 예상보다 한결 심하게 매를 맞았습니다. "하느님께서는 언제나 모든 걸 다 내려다보고 계셔. 길에 떨어져 있는 물건도 자기 것이 아니면 그냥 지나쳐야 하는 거야. 하물며 서랍 속에 있는 엄마 물건에 손을 대? 가뜩이나 엄마 속이 상해 있는데, 동생들 앞에서 본보기를 보이지는 못할망정 이런 못된 짓을 하다니 창피하고 부끄럽지도 않아, 이 녀석아!"

눈물을 훔치며 돌아 나오는 형의 종아리에는 파랗고 붉게 피가 맺혀 있었습니다. 그러잖아도 헬레나 아주머니 행실에 대한 좋지 않은 동네 소문으로 인해 어머니 심기가 가뜩이나 불편해 있던 참이어서 더욱 화가 나신 듯했습니다. 어머니도 그 점을 의식하셨는지, 동생들과 골고루 나눠 먹으라며 형에게 과자를 도로 돌려주었지요. 하지만 형은 동생에게만 나눠주곤, 제게는 고자질한 죄라면서 나눠주기는커녕 어깨로 밀고 팔꿈치로 치면서 약 올리기만 했습니다.

"네가 고자질만 안 했어도 두 봉 중에서 하나는 너를 주려고 했는데, 바보!"

형은 잘못을 반성키는커녕 너무 심하게 자신을 벌한 어머니와 고자질한 동생에 대한 미움만 키우는 듯했습니다. 생각해 보니 결국 저로 인해 사태만 더욱 악화되어 버린 꼴이었습니다. 제가 입만 다물었더라면 어머니가 속상하여 화를 낼 일도 없었을 테고, 형이 매 맞을 일도 없었을뿐더러, 형과 사이가 비틀어지는 불편을 감수하지 않아도 되었을 테고, 또한 저는 제 몫의 과자를 얻어 배불리 먹을 수 있었을 텐데요.

특히나 형과 종범 형이 싸운 일만큼은 모르쇠 하고 입 다무는 게 훨씬 좋았을 겁니다. 종범 형은 동네에서 제일가는 말썽꾸러기여서 고무줄을 끊고 달아나거나 이웃집 개꼬리에 석유를 묻혀 불을 댕기거나 남의 감자밭을 분탕질 쳐놓는 따위의 장난질을 도맡아 저지르고 다녔습니다. 정말이지 형편없는 망나니인데도 벌을 받거나 괴로워하기는커녕 저로 인해 사람들이 괴로워하면 도리어 그만큼 즐거움을 느끼는 거였고, 게다가 적잖은 또래 아이들이 그의 뒤를 졸졸 따라 댕겼습니다.

종범 형 애기가 나오면 어머니는, "그 애 아버지가 그렇게 인생을 사니까 그 아이 행실이 그러는 거야. 천벌을 받는 거지." 하고 설명하셨습니다. 방앗간을 운영하는 종범 형네 아버지는 둘째 마누라를 두고도 시내에 나가 계집질을 할 정도로 질 나쁜 사탄이었습니다. 물론 저로서는 어머니 설명에 수긍할 수 없었습니다. 벌을 받는 중이라면 괴로워해야 하는데, 종범 형이나 그 형 아버지나 두 사람 모두 언제나 즐거운 표정이었으니까요.

형이 그런 종범 형과 맞붙어 치고받는 싸움을 벌인 겁니다. 발단은 의당 종범 형 잘못이 더 컸고 또 처음 엎치락뒤치락하는 와중에는 형이 다소 유리한 고지를 선점하는 듯했는데, 코피가 터지면서 형이 울음을 터뜨리는 바람에 종범 형 승리로 끝나 버렸습니다. 형 몰골을 본 어머니가 이유를 추궁했지만 형은 단지 넘어져서 다쳤다고 둘러댔습니다. 저 역시 입을 다물려고 했지만 어머니가 계속해서 채근하는 바람에, 그리고 어머니가 모든 잘잘못과 시비를 가려내 줄지 모른다는 기대에서 사실대로 고해바쳤습니다.

그러나 어머니는 우선 형을 세워놓고 종아리를 때리더군요. 그러곤 종범 형네 집으로 데리고 가서 사과부터 시켰습니다. 그러자 종범 형네 어머니가 종범 형 앞니 두 개가 흔들거린다고 하소연했고, 그렇더라도 굳이 그럴 필요까지는 없었을 텐데 어머니는 당시로서는 결코 적잖은 액수의 치료비를 지불했습니다. 아버지는 아버지

대로 화가 나서 아이들 교육과 단속을 어떻게 하고 있는 것이냐며 어머니를 심히 나무라는 바람에, 그리고 그것이 어째서 자기 혼자만의 책임이냐며 어머니 역시 맞받아 푸념하시는 통에 한동안 집안 공기가 더없이 냉랭해져 버렸더랬습니다.

그래요, 이 모든 사태 또한 제가 일러바치는 바람에 불거진 결과였지요. 치료비를 받아 어디에 어떻게 썼는지 종범 형은 그 뒤로도 한동안 흔들리는 앞니 두 개를 그대로 달고 다니면서 누구에게든 덤벼봐! 때려봐! 하면서 턱을 내밀었습니다. 정말이지 제가라도 한 대 쥐어박아 주고 싶었지만, 그러나 어떤 진실은 건드려봐야 덧만나는 법이더군요.

그러잖아도 융통성 없이 구는 저를 고깝게 여겨오던 형은 이 일이 있은 뒤로 더욱 표 나게 저를 따돌리며 막내하고만 어울렸습니다. 멱을 감으러 가거나 머루를 따러 산에 갈 때나 언제나 막내만 데려가는 거예요. 제 몫을 양보한다든가 심부름을 거들어 준다든가 하는 사과를 통해 형과의 화해를 시도해 보았지만, 그리고 형이 그러한 화해 노력에 전혀 응해 주지 않은 것도 아니지만, 그러나 평소 적당히 넘어가지 못하는 제 성격은 저 자신부터 어쩔 수가 없었습니다.

형이 서리를 한다든가, 주운 물건을 주인도 찾아보려

하지 않고 처분하려 든다거나, 만화가게에 나다니거나, 아버지 몰래 사제복을 뒤집어쓰곤 미사 집전 흉내를 내거나, 핀으로 쑤시고 흔들어 돼지저금통 속 동전을 빼낸다거나 하는 잘못들을 저지를 때면 일일이 고자질하진 않았지만 형에게 시비를 걸고야 말았습니다. "이건 나쁜 짓이야!"

"뭐가 나빠?"

"들키면 혼날 거야!"

"너만 입 다물고 있으면 괜찮아!"

"내가 입 다물어도 하느님은 다 알고 계셔!"

이쯤 되면 결국 형에게 또 따돌림을 당할 수밖에. "만교, 너는 따라오지 마!"

"왜?"

"너랑 다니면 나만 나쁜 놈 되는 것 같아 피곤해!"

그렇더군요. 제가 바르고 정직한 아이일수록, 다른 사람 잘못과 부정이 마치 어두운 데서 바라보는 밝은 부분처럼 또렷이 잡히는 거였어요. 저도 이상한 노릇이었지만 저도 어쩔 수 없는 일이었습니다. 어쨌든 이런 경험들이 자주 쌓이자 저는 저대로, 과연 살면서 진실을 모두 명명백백하게 밝혀내야 할 필요가 있을까. 차라리 덮어둬야 더 낫지 않을까, 하는 회의를 품지 않았던 것도 아닙니다.

하지만 본래 그렇게 타고난 탓인지 아니면 이미 어려서부터 만들어진 성정 탓인지 저는 그 뒤로도 아마도 들추지 않는 게 더 좋았을 진실을 들추는 특이한 실수를 곧잘 저질러 왔습니다. 가령 고등학교 때 처음으로 치른 학생회장 선거 개표 때 굳이 개표 실수를 지적해 내는 바람에 재선거가 치러졌고, 그 바람에 이길 수 있었던 제가 지지하던 후보가 패하고 말았습니다. 대학교 졸업반 때는 학회장의 부정을 들춰내는 바람에 학생들 모두가 두 패로 나뉘어 시비에 말려들고, 졸업여행까지 취소되고 말았습니다. 신혼여행 가서는 굳이 지난 과거의 연애담을 낱낱이 고백했다가 아내에게 뺨을 얻어맞기까지 했지요. 회사 생활은 또 어떻고요. 중편 「착한 남자, 나쁜 여자」에서 동료들 비리를 모두 들춰내는 '그녀'의 실수는 사실 제 직장 생활 경험담에 다름 아닙니다. 이처럼 자신도 어쩌지 못하고 계속해서 진실을 들춰내어 사태를 악화시키는 특이한 잘못을 저지르게 되면서, 그때마다 저는 생각했습니다. 진실은 때로 은폐되는 게 좋다.

3

어쨌거나 이러한 믿음과 성격은 자기 자신에게조차

고달픈 노릇이었습니다. 마치 농부들이 기후에 예민하고 어부가 풍랑 변화에 민감해지듯, 자기 잘못은 물론이고 다른 사람 실수까지 그들 자신보다 더 또렷이 인식하다 보니, 제 발이 도둑 것보다 먼저 저리는 격이랄까. 예배 시간이면 형과 동생은 기억하지도 못하는 잘못을 제가 대신 용서를 구하는 기도를 올린 적도 여러 번이지요. 또 아이들이 저희끼리 사방치기나 깡통 차기 같은 놀이에 빠져 있는 때면 옆에서 지켜보던 제 눈에 그 속임수나 잘잘못이 자꾸만 잡혀서, 저도 모르게 그게 아니라 선은 이렇고 후는 이렇고 얘는 이러고 쟤가 저러하니 의당 이러고 저러해야 한다 하고 나서서 주장하다 그만 어느새 저 자신이야말로 분쟁의 한복판에 놓여 있기 일쑤였지요.

그 해 여름 성경학교가 특히 그러했습니다. 아이들이 수녀 선생님보다 저를 더 의식하고 경계했을 정도니까요. 교회에서 나눠주는 선물도 선물이지만, 무엇보다 농사일을 거들어야 하는 수고로부터 벗어날 수 있는 덕분에 평소 주일학교에는 코빼기도 보이지 않던 아이들조차 여름 성경학교 때면 모습을 나타내게 마련입니다. 종범 형까지도, 하느님보다는 골려줄 아이들을 찾아서였겠지만, 교회에 나타날 정도였지요. 그리고 그런 아이들은 대부분 시간 내내 선생님보다 더 많이 떠들고 장난치고

교회 이곳저곳을 함부로 쑤시고 돌아다니면서 갖은 저지
레나 일삼을 뿐이었지요.

그런데도 그 해 교구에서 내려온 착하고 단아하기만
한 우리 수녀 선생님은 얼굴 가득 환한 웃음을 머금은
채로 약간의 주의만 주었을 뿐이고, 성경 시간이 끝나
빵이나 학용품을 나눠줄 때면 말썽꾸러기들 머리를 도리
어 더 살갑게 쓰다듬어 주면서 다음 시간에도 꼭 참석하
라고 신신당부를 하시는 거예요. 아흔아홉 마리 양보다
잃어버린 한 마리 양이 더 소중하다는 듯이요. 그러나
그러면 그럴수록 아이들은 신이 나서 더욱 방자해질 따
름이지요. 찬송가를 부를 때면 일부러 음치처럼 불러대
서 주변을 웃음바다로 만들기 일쑤이고, 신발을 신은 채
로 복사실이며 제단 위까지도 함부로 빠대고 돌아다니는
거예요. 심지어 성체성사에 쓰일 포도주를 담글 목적으
로 가꾸는 교회 뒤뜰의 포도넝쿨에까지 손을 대기까지
하더군요. 어떤 면에서는 이 모든 아이들의 죄가 바로
수녀님이 너무 너그럽기 때문에 벌어지는 사단이기도 했
습니다. 작년에 아버지가 직접 성경학교를 꾸려나가실
때는 그래도 곧잘 엄한 표정으로 꾸짖고 아이들 행동을
철저히 단속하셨기 때문에 그런 일이 없었는데 말이에요.

결국 그들을 잡도리하고 감시하는 것이 자연스럽게
우리 형제 몫이 되었습니다. 특히 복사실 용품들과 뒤뜰

의 포도넝쿨만큼은 철저히 지켜냈습니다. 마치 하늘나라를 지키는 천사 군단처럼 모든 악행을 미연에 방지하려고 애를 썼지요. 그리하여 교회 내에서만큼은 마침내 아이들 모두 우리 형제들 눈치를 보게 되었습니다.

다만 종범 형만큼은 잠깐만 방심해도 어느새 다른 아이들을 괴롭히고 있거나, 수녀님 성경책을 감춰놓고 선물부터 나눠달라고 요구하는 식의 배짱 좋은 땡깡을 부리기도 하고, 또 어느 순간 감쪽같이 사라져서는 보이지 않습니다. 알고 보니 제단 뒤 커튼 속에—그러니까 딴엔 숨는답시고 다름 아닌 하느님이 숨어 계신 장소로 들어가 간식을 미리 훔쳐 먹고 있더군요.

그야말로 요주의 인물이어서 감시의 눈길을 늦추지 않을 수 없었지요. 그 중에서도 특히 저의 감시가 단연 까다롭고 엄격했지요. 다들 눈을 감고 기도를 올리고 있을 때조차 저는 수상쩍다 싶으면 재빨리 한쪽 눈을 떠봅니다. 아니나 다를까. 이미 그는 두 눈을 버젓이 뜨고 옆 친구에게 장난을 걸거나 옆 친구 물건을 제 주머니에 집어넣고 있거나 혹은 다른 사람 주머니에 집어넣는 장난 따위를 하고 있기 십상입니다. 그러면 그때마다 저는 그 즉시로 쫓아가서 그 물건을 뺏어서 도로 제자리에 돌려놓습니다. 자칫하면 종범 형에게 한 대 얻어맞을 수도 있는 행동이어서 형조차 우물쭈물 망설이는 거였으나 저는 언제든 단호하게 맞섰습니다. 교회 밖에서라면 저 역시 꿈도 꾸지 못했을 거지만 그러나 무엇보다 우리 아버지가 하느님 다음으로 높은 신부님이시니까요, 그리고 무엇보다 우리 하느님이 이 모든 사태를 속속들이 굽어보고 계실 테니까요. 하느님을 믿어 의심치 않는 반듯한 아들로서, 동네에서 그가 그 어떤 심술과 말썽을 피우고 다닐지라도 성스러운 교회 내에서만큼은 그런 불의가 조금도 통하게 하고 싶지 않았습니다.

그럴 때마다 종범 형은 입술 한쪽을 비틀어 올리면서 콧방귀를 뀌어 보였습니다. 그러나 자신이 잘못하고 있다는 걸 스스로 알기 때문인지 그 이상의 대거리는 하지 못하더군요. 그럴수록 저는 더욱 의기양양해지지 않을 수 없었지요. 한번은 또 방석을 갖고 장난을 치고 있기에 제가 나섰습니다. 그랬더니 돌연 화를 더럭 내는 거예요.

"네가 뭔데 자꾸 하라 마라야, 이 자식아!"

움찔하지 않을 수 없었습니다. 매처럼 찢어진 눈으로 째려보는 그의 시선은 언뜻 야비해 보일 정도로 매섭거든요. 저는 눈을 돌려 응원군을 찾았지요. 수녀님은 계시지 않았지만 다행히 형과 동생이 지켜보고 있었습니다. "이리 줘!" 저는 용기를 내어 손을 뻗어 방석을 잡아당겼습니다. "방석은 각자 하나씩만 갖고 앉는 거야!"

"너나 하나만 갖고 앉아. 난 내 맘대로 할 거야, 인마!"

그러더니 그는 방석 서너 개를 그대로 한꺼번에 깔고 앉더군요. 저는 지지 않고 따졌지요. “만약에 형처럼 방석을 모두 서너 개씩 깔고 앉으면 결국 방석이 모자라게 되잖아!”

그러자 그가 콧방귀를 뀌었습니다. “별 걱정을 다 하네!”

그를 제외하고는 방석 욕심을 내는 사람은 별로 없었으므로 그것은 정말이지 별 현실성 없는 걱정이었지만, 그런데도 그가 방석을 서너 개나 깔고 앉아 있는 꼴이 제게는 자꾸 눈엣가시처럼 걸렸습니다. 그래서 그가 잠시 자리를 비운 사이 재빨리 방석들을 제자리에 돌려놓으려는데, 제 편인 줄 알았던 형이 말리더군요. “그러지 마!”

“왜?”

“그냥 놔둬!”

“하나씩 앉아야지!”

“그냥 앉게 내버려둬!”

“그러는 게 어딨어!”

“상관없어!”

“안 돼!”

그렇게 옥신각신하는 중에 종범 형이 돌아왔습니다. “네 형도 그냥 놔두라는 데 왜 네가 지랄이야, 인마!”

말하곤 뒤통수까지 한 대 툭, 치더군요.

종범 형은 그날 기어코 방석을 다섯 개씩이나 깔고 앉

아 성경학교 시간을 마쳤습니다. 정말이지 형이 원망스럽더군요. 약이 올라 미치겠더군요. 힘 약한 제 자신이 몹시 싫어지더군요.

그 일을 기화로 종범 형은 다시 기세가 살아나는 듯했습니다. 그는 특히 저를 겨냥해서는 정숙한 기도 시간에, 선생님, 만교가 눈을 뜨고 있어요! 하고 말해 돌연 웃음바다로 만들어 놓거나, 제 뒤에 앉아 고무줄 총으로 제 뒤통수를 때리거나, 제 신발 한 짝을 어딘가에 감춰 놓거나 하는 식으로, 갖은 장난을 쳐댔습니다. 억울하게도 저만 번번이 수녀님께 주의를 듣기까지 했습니다.

하지만 제게도 복수할 절호의 기회가 주어졌습니다. 처음엔 우연히 벌어진 일이었어요. 끝마치면서 수녀님께서 연필 한 자루와 공책 한 권씩을 고루 나눠주었는데 그날따라 연필이 세 자루나 모자랐어요. 두 자루는 곧 찾아냈는데 나머지 하나는 끝내 보이지 않았습니다. 그 때문에 저만 그날 연필을 받지 못했습니다. 수녀님이 종범 형을 다그쳤어요. "나머지 하나는 어디에 숨겨놓았지?"

종범 형은 평소대로 싱글벙글 웃어대면서 잡아떼더군요. "두 개뿐이었어요!"

수녀님은 두세 번 더 다그쳐보더니 포기하고는 제게 공책을 대신 한 권 더 주었습니다. 그런데 집에 돌아와서 보니 제 주머니에 연필이 들어 있지 뭐예요. 제가 그

만 깜박한 거지요. 저는 바로 이와 똑같은 방법을 한 번
더 사용하여 종범 형을 궁지에 빠트리기로 했습니다. 복
사실로 숨어 들어가 서랍 속에 보관되어 있는 주일학교
봉헌금 일부를 슬쩍한 것입니다. 그동안 종범 형을 비롯
한 말썽꾸러기 형들을 감시하느라 저는 이미 교회의 어
느 장소와 어느 시간이 가장 취약하고 허술한 틈인지를
잘 알고 있었습니다. 그런데도 어찌나 가슴이 떨리던지.
마치 정말로 도둑질하는 기분이었습니다. 그러나 그것은
사탄에게 벌을 내리는 정의로운 행동이지요.

과연 이번만큼은 수녀님도 그냥 넘어가지 않으셨습니
다. 제가 동전 두어 닢을 그의 주머니에 넣어두었거든
요. 게다가 범인으로 지목당한 종범 형은 싱글벙글 웃어
가면서 간혹 신경질도 내가면서 잡아뗐지만 꾀죄죄하면
서도 반들반들한 그 눈빛을 누가 믿겠어요. 아이들이 모
두 돌아간 뒤에까지 남아서 수녀님께 야단과 훈계를 들
으며 자백을 강요받았지요.

나머지 돈은 제가 써버렸고요. 어찌나 통쾌하던지. 그
뒤에도 저는 종종, 종범 형이 아이들에게 심술을 부리는
만큼 저도 종범 형을 곤란에 빠뜨리는 꾀를 부렸지요.
그것은 매번 아주 손쉬운 일이었습니다. 사람들 몰래 어
떤 잘못을 저지르면 그만이니까요. 그러면 응당 사람들
은 종범 형부터 의심하니까요. 모두들 설마 만교가! 하

고 믿어 의심치 않았던 거지요.

　학교에 가서도 저는 언제나 모범생이었습니다. 숙제를 하지 않으면 그것이 무슨 큰 죄라도 짓는 것인 줄 알고는 꾸벅꾸벅 졸면서라도 반드시 해갔습니다. 휴지 한 장 길에 버린 적 없고, 신발 한번 접어 신어본 적 없습니다. 단추 하나 허투루 풀고 다니지 않았어요. 그래서인지 성적도 언제나 좋았습니다. 학기말마다 성적표와 함께 으레 우등상을 받았지요. 위 학생은 성적이 우수하고 품행이 방정하여 타의 모범이 되므로……
　이렇다 보니 반장 혹은 부반장 자리도 자주 맡았습니다. 학교에서 반장 부반장으로서의 제 모습은 기실 그해 여름 성경학교 때와 별반 다르지 않았지요. 단정하고 반듯한 행실로 매사에 모범을 보였습니다. 그래서인지 그것이 물론 제 능력 덕분만은 아니겠지만 제가 맡은 반의 시험 성적이나 선행 실적이 제일 좋아서 상을 받은 적도 여러 번이지요.
　몇몇 불미스러운 기억이 없지 않았던 것은 아닙니다. 가령, 반 아이가 당시로서는 너무나 값비싼 워크맨을 갖고 왔다가 잊어먹었는데 끝내 되찾아내지 못한 일이 있었지요. 범인으로 추정되던 녀석은 저와는 앙숙 간이던 농구부 문제아 녀석인데요, 무단결석 끝에 또 다른 패싸움에 연루되더니 결국 자퇴해 버리더군요. 또 수업료를 몇몇 학생이 통째로 잃어버린 사건이 발생한 적도 있지요. 배짱으로 보아 아마 외부 소행일 거라고 추측들 하더군요.

물론 요즘도 저는 매사 반듯하고 모범적인 자세로 삶을 살아가고 있습니다. 저를 아는 제 주변사람들은 소설가보다 선생 직함이 제게 더 잘 어울린다고들 하지요. 초면인 사람들은 제가 소설을 쓴다고 하면 그래요? 하며 적잖이 놀래요. 대학에서 강의도 한다고 말하면 그제야 고개를 끄덕이지요. 실제로 저는 술과 담배를 입에 대지 않는 국내 유일한 작가일 겁니다. 그 어떤 자리에서도 다른 사람에게 화를 내거나 예의에 어긋난 짓을 한 기억이 없습니다. 제 주변 사람들 모두 제 소설을 좋아하는 게 아니라, 저의 이러한 깍듯하고 단정하고 겸손한 모습을 더 좋아할 정도지요.

하긴 운전 경력 십 년이 넘었지만 교통법규를 위반한 적이 한번도 없었으니까요. 제 자신 스스로 보아도 제가 어찌나 예의 바르게 인생을 살고 있는지, 자기 마음에 안 드는 인간 하나쯤 작정하고 슬쩍 죽여도, ——가령 나란히 걷다가 벼랑 밑으로 밀어버리는 겁니다—— 아무도 설마 만교가! 하고 전혀 의심하지 않겠지, 하는 자신감을 갖고 있을 정도로 반듯한 삶을 살고 있습니다. 적어도 탄원서가 빗발쳐 줄걸요. 저는 늘 생각합니다. 그리고 강의 시간이면 학생들에게 자주 강조합니다. 결국 바르게 살아야 자신에게 이익이다!

4

　여름 성경학교가 끝나고 나자 아이들은 교회보다는 다시 장터 방앗간 옆 공터에 모여 놀았습니다. 저로서는 종범 형 눈치가 보여서 그곳까지 나가 놀기가 꺼려지더군요. 그 누구도 상상하지 않았지만, 종범 형만큼은 저를 의심하는 것 같았거든요. 하긴 그는 하느님과 저를 제외한, 자신의 누명이 억울하다는 사실을 알고 있는 단 한 사람이었으니까요. 하지만 친구들과 어울리려면 결국 공터까지 나가야 했지요. 그런 한번은 그가 제 앞으로 오더니 느닷없이 십 원짜리 네 개를 내미는 거예요. “이거 돌려줄게!”
　“뭔데?”
　즉각적으로 잡아뗐지요. 제가 지난번 그의 주머니에 넣어둔 액수가 바로 사십 원이었어요.
　“기억 안 나?” 찢어진 매의 눈으로 저를 빤히 노려보며 묻더군요.
　“뭐를?”

혹시나 얼굴이 붉어지고 있는 것은 아닌지 다소 불안했지만, 저는 두 눈을 깜박거리며 심상히 잡아뗐습니다.

"아니면 말고!"

한참을 노려보던 그가 도루 가져가 버리더군요.

그뿐 더 이상 캐묻지 않았어요. 단서가 잡히지 않았던가 봐요. 하긴 그의 눈이 매의 그것이라면 저는 아직 매의 존재조차 모르는 햇병아리의 그것처럼 두 눈을 무심하게 깜박여 보였으니까요.

하지만 그 뒤로도 종범 형은 한동안 저만 보면 즐겨 지분대고 약 올리고 괴롭혀 왔습니다. 머리나 옷매무새를 함부로 흩트려 놓거나 제 또박또박한 말씨를 흉내 내며 놀리거나 놀이에 끼어들어 훼방을 놓거나. 하지만 저 역시 움츠러들거나 겁먹지 않고 곧이곧대로 대거리했지요. 머리를 만지려들 때마다 신경질 내며 뿌리치고, 놀이하는 데 그가 조금만 방해를 놓아도 따지며 화를 냈지요. 한번은 그가 제 친구 공을 뺏어 가져간 적이 있는데, 제가 공을 돌려달라며 그 형 집 마당까지 따라간 적도 있습니다.

종범 형과 저와의 사이에 시비가 끊이지 않자 형마저 저를 귀찮아하면서 동생만 데리고 나갈 정도였어요. 그런데 종범 형 쪽에서 도리어 차츰 저를 재밌어 하며 반기더군요. 어, 만교 왔어? 머리 깎았네? 혹은, 오늘은 예쁜 백양말까지 신었네? 하면서요. 물론 저도 째려보지요. 그렇게 꼬박꼬박 반응하며 대드는 꼴이 빈 바늘에도 입질하는 물고기 같아 보였나 봐요. 한번은 제 친구 하나가 자랑할 목적으로 갖고 나온 가스라이터를 그가 또 뺏더니 돌려주지 않기에 제가 나서서 돌려달라고 했지요.

그는 예의 입술 한쪽을 실룩이며 웃더니 "이 자식 정말 웃기는 놈이야. 제 것도 아니면서!" 하고 돌려주며 중얼거리더군요. "네가 어떡하나 보려고 그런 거다, 인마!"

또 셔츠를 잡아당기거나, 놀이를 하는데 다가와 금을 슬쩍 밟아 지운다거나, 저와 친하게 지내는 친구들의 먹을거리나 놀이거리를 뺏거나 하는 식으로, 툭하면 심술을 부리곤 예의 곁눈질로 제 표정을 살피며 기다리는 것이었습니다. 물론 그때마다 저는 즉각적인 반응을 보였지요. 그가 잡아당기는 족족 신경질 내며 다시 셔츠를 바지춤에 가지런히 집어넣었고요, 지워진 금은 더욱 분명하게 그어놓고요, 우리가 노는 근처로 그가 다가오지 못하도록 감시했습니다.

그럴수록 재밌어 하는 거예요. 매일같이 못된 짓 일삼는 것을 낙으로 삼으며 사는 그가 제게는 참으로 한심하고 사악한 존재로 여겨지듯이, 자신에게 손해가 되더라도 옳고 그름을 곧이곧대로 따지려드는 제 모습이 종범 형 편에서는 신기하게 보였나 봐요. 한번은 제가 친구와 어떤 내기시합을 벌이고 있는데 그가 다가왔지요. 그러곤 제가 아니라 제 친구 쪽을 슬쩍 방해 놓아서 제가 이길 수 있도록 만들어놓더군요. 물론 그런 식으로 이기는 것은 불공평한 처신이므로 저는 의당 시합을 다시 벌였지요. 설사 제가 지더라도 말이에요.

그런데 친구들이며 형이나 동생까지도 이러한 제 행동의 참뜻을 이해하지 못하고 비웃더군요. 하지만 그것은 옳지 못한 판단이잖아요. 중요한 것은, 이치가 바르게 지켜지느냐 아니냐 하는 문제이지 제 자신에게 이득이 되느냐 아니냐 하는 문제가 아니잖아요.

다같이 편을 갈라 오징어 놀이를 하다가, 금을 밟았느니 안 밟았느니 하며 시비가 붙은 적이 있어요. 그때도 저만큼은 우리 편에게 불리하더라도 보인 대로 증언했지요. 어떤 진실은 감춰두는 게 더 나은 데도 불구하고 말이지요. 웃기지 마! 네가 뭘 봤다고 그래 인마! 하면서 모두들 제게 야유를 보내고 상대편으로 떠다밀기까지 하더군요. 그런데 같은 편을 먹고 있던 종범 형이 젠장, 하고는 외치는 거예요. "더 이상 싸울 필요 없어. 만교가 밟았다면 밟은 거야!"

아이들 둘이 사소한 시비 끝에 주먹질까지 오간 적이 있는데, 종범 형이 말리더니 엉뚱하니 저를 찾더군요. "이만교! 네가 볼 땐 누가 잘못한 거라고 생각해?"

저는 제 의견대로, 두 사람의 잘잘못을, 누가 어느 부분에서 얼마큼 잘못한 것이지를, 소상하게 가려주었지요.

그밖에도 어떤 시비가 벌어진 상황에서 종범 형은 여러 차례, 만교가 그런 거라면 그런 거야! 하고 공공연히 제 역성을 들어주더군요. 놀이를 하다 심판이 필요하면 저보다 덩치 큰 형들을 놔둔 채 그 역할을 제게 맡기기도 했어요. '무궁화 꽃이 피었습니다'나 '소중고대' 같은 놀이는 성격상 시비를 가늠하기가 애매해서 심판 역할이 아주 중요하지요.

제 성격과 역할이 이렇다 보니, 솔직히 친구들에게 별로 인기 있는 아이는 아니었죠. 하지만 아이들 개개인의 성격이 어떻고 누가 욕심이 많고 어떤 아이가 얼마큼 잘못을 저질렀는지를 가장 정확하게 그리고 자세하게 파악하고 있는 아이가 바로 저였지요. 초등학교 4학년 때부터 꼬박꼬박 일기를 쓰기 시작했는데, 페이지마다 어른들의 부당한 모습, 불공평한 사건, 친구들의 잘잘못 같은 것을 꽤나 꼬치꼬치 관찰하여 적어놓고 있더군요. 아마 제가 소설을 쓰게 된 것도 이러한 글쓰기 경험 덕분이 아닐까 싶은데요, 아무튼 관찰해 보면 볼수록 세상엔 부당하고 부조리한 일투성이지요. 착하고 정직한 사람일수록 그만큼 손해 보기 일쑤이고 간특하고 나쁜 인간일

수록 도리어 이득을 보는 경우가 너무 비일비재해서, 어떤 일에 손해를 보면 사람들은 곧바로 자신을 착하고 정직한 사람이라고 자부할 정도지요. 하느님은 어찌하여 이 모든 잘못된 모습들을 그저 방치하고만 계신 것인지.

그 중에서 종범 형이야말로 하느님도 어쩌지 못할 정말 못돼먹은 인간이었지요. 그 해 여름내 적잖은 아이들이 그에게 갖가지 형태로 괴롭힘을 당했거든요. 돈을 갈취당하거나 자기 아버지 라이터라도 훔쳐다 바쳤지요. 하다못해 점방가게에 들어가 그가 도둑질하는 동안 망을 봐 주거나 분위기 잡는 노릇을 해야 하는 식의 꼬붕 노릇을 하기도 하구요. 빨랫줄에 널어놓은 이웃집 옷을 걷어 팔아먹는다든가, 돈을 받고 여자들 발가벗은 사진을 구경시켜 준다든가 하는 따위의 온갖 못된 짓을 도맡아 했지요.

하필이면 그런 그에게 제 성품을 인정받고 귀여움을 받게 되다니. 기실 요즘도 형이나 동생 앞에서 종범 형 얘기를 꺼내면, 아, 매일같이 너를 괴롭히던 그 못된 놈! 하고 기억들을 합니다. 그들은 알지 못하지요, 종범 형을 비롯한 아이들의 바람직하지 못한 행실들을 가장 정확하게 주시하고 있던 사람이 바로 저였지만, 그것이 바로 저라는 사실을 알아준 사람은 다름 아닌 그였지요. 때문에 그 후 초등학교 내내, 혹은 중고등학교를 다닐 때도 길에서 마주치면 종범 형은 저를 친형제처럼 반겨

주었습니다. 그새 대소원 시골 깡패에서 충주 시내 깡패로 승진한 종범 형은 자기들 패거리로 저를 데리고 가서, "야, 이 녀석 잘 기억해 둬. 내가 특별히 아끼는 동생이니까 절대 건드리지 마. 나중에 아주 큰 인물 될 놈이야." 하고 소개해 준 적도 있지요.

물론 이제는 저도 제법 세상을 겪을 만큼 겪어서 저 같은 아이들을 보면 너무너무 귀엽게 느껴져요. 왼손을 곧추 들고 횡단보도를 건너는 꼬마들이라든가, 휴지는 반드시 휴지통에 버려야 한다고 고집하는 아이들, 불의에 비분강개하는 젊은 학생들, 서랍 속 양말까지도 질서정연하게 줄을 맞춰놓아야 직성이 풀리는 주부들, 세상은 그래도 아름답다고 일기장에 써놓는 젊은이들, 모범적으로 살아가는 것처럼 보이는 사람들을 정말 모범적인 사람들이라고 믿어 의심치 않는 사람들, 신문과 언론을 믿는 사람들, 역사와 발전을 믿는 사람들, 그 모든 헛것을 믿는 사람들…… 이런 모든 사람들과 마주칠 때마다 저는 종범 형이 저를 쳐다보며 느꼈을 귀염성이 느껴지지요. 제가 살아오면서 관찰한 바에 따르면 하느님은 정말로 훌륭한 분이고, 적어도 여름 성경학교 수녀님보다 수만 배 더 너그러우신 분입니다. 그런데도 어떤 특정 질서나 논리, 섭리 따위를 믿고 지키려 하다니, 정말이지 모두들 방석 하나씩만 깔고 앉아야 한다고 믿는 생각만큼이나 귀엽지 않나요. 너무 귀여운 나머지 저는 종종 볼을 슬쩍 꼬집어주고 싶은 충동이 느껴질 정도예요. 또 실제로 꼬집어보기도 하구요. 저를 선생님으로 믿고 존경하며 따르는 예쁜 제자가 있으면 적당한 순간을 노려 슬쩍 볼을 쓰다듬어 주는 거예요. 어깨도 쥐었다가 놔주고요. 저를 믿어 의심치 않는 사람들이 있는데, 그 사람 지갑이나 중요한 서류를 슬쩍 치우거나 가져오기도 하지요. 친하게 지내는 사람들 사이로 슬그머니 끼어들어 상대방 단점을 아주 정확하게 가르쳐주기도 합니다. 벼랑 쪽으로 비켜서서 길을 양보하는 등산객을 보면 문득 실수로 헛발을 짚고 싶어지는 그런 기분으로 말이지요. 귀여우니까, 그냥 너무 귀여우니까 장난삼아서요. 요즘 같은 시대에 그 어떤 믿음을 갖고 살 수 있다면 그 사람은 분명 너무 둔감하거나, 혹은 너무 예쁜 사람일 거예요. 저는 생각합니다. 진리를 믿는 사람들은 정말이지 너무 예쁘고 귀엽다.

작가의 말

한 편씩 발표할 때는 몰랐는데, 이렇게 묶어놓고 읽어
보니, 차갑다. 나 자신의 작품인데도, 이제는 모르는 사
람 보듯 매정한 인상을 풍기는 연인을 마주한 듯한 느낌
이다. 혹은 서늘한 헛간 안으로 들어설 때 같다 할까.
혹은 벌거하고 있는 부부와 함께 합석하여 얘기 나누는
것 같다 할까. 아니면 저물녘 공원 그늘로 들어가 만져
보는 구석진 자리의 서늘한 철봉 촉감 같은……

아무튼 나에게는 그러한 느낌이다. 스스로에게 다소
연민이 느껴진다. 이 삭막하고 살벌하고 기만적인 세상
에서 손해보지 않고 살아가려 아등바등, 체온을 내가 이
렇게까지 낮추고 살아 왔구나, 싶다. 인간은 항온동물이
지만, 어쩌면 우리 정서는 이렇듯 세상을 견디기 위해

세상 인정과 분위기에 따라 스스로 조절하는 모양이다. 나는 이 냉혹한 세상을, 이 세상의 기만성을, 비웃고 싶었고 경고하고 싶었고 내 딴에는 날카롭게 노려보고 싶었던 것인데, 그 결과물이 이번 작품집인 셈이다.

그러니까 평소 인생을 시니컬하게 바라보는 분들, 인간이란 도대체 믿을 수 없는 동물이라고 생각하는 분들, 세상이 기만적이다 라고 비난하는 분들은, 이 책을 읽을 필요가 없을지 모른다. 견해가 대동소이하기 때문이다. 아니 그런 분들이 읽으면 그래 맞아, 하고 무릎 치며 공감하는 재미를 얻게 될지 모른다.

그렇다면 그래도 인생은 살 만한 곳이다, 그래도 인간은 꽃보다 아름답다, 그래도 세상에는 희망이 있다 라고 믿는 분들은 이 책을 열어보지 않는 게 좋겠다. 그런 희망적인 바람들을 비꼬기 때문이다. 그러나 이 정도 비아냥도 견디지 못하는 희망이라면 그따위 희망이야말로 위선 아니겠는가. 그러니까 이런 분들은 자신의 정서적 체온이 과연 작가의 냉소를 이겨낼까 그렇지 못할까 시험삼아 읽어보는 기회로 삼을 수 있겠다.

사실 나도 좀 따뜻한 이야기를 쓰고 싶다. 더구나 여기 실린 적잖은 글이 연애 이야기 아닌가. 착한 독자들이 눈물 흘리며 가슴 훈훈해하는 그런 사랑 이야기를 쓰고 싶다. 그러나 아직도 내 눈에 보이는 세상은 그러한 이야기를 함부로 꺼내서는 안 된다고 내게 경고한다. 이번 소설집을 내면서 아쉬움이 있다면 오히려 좀더 서늘했어야, 좀더 냉정했어야, 좀더 잔혹했어야 했는데, 하는 것이다. 굳이 그 일례들을 일일이 열거하지 않아도 세상은 이 소설집보다 한결 살벌하고 기만적이며 잔인하지 않은가. 그것을, 나는 언제나 제대로 담아낼 수 있을까. 오늘날의 세상이 소설보다 드라마틱한 게 아니라, 오늘날의 소설이 세상의 참상을 미처 담아내지 못하고 있는 것인데, 이 점을 생각하면 늘 부끄러우면서 동시에 몹시 조급해진다.

그래도 내 딴엔 등단 이후의 발표 작품들 중에 엄선하여 추려 엮었다. 수록하지 못한 작품들은 그대로 사라질 것이다. 아쉽지만 앞으로 쓸 작품에 스스로 기대해본다. 대략 역순으로 묶였다. 내 관심사와 스타일의 변이를 차분히 감상해보고 싶은 이는 역순으로 읽기를 권한다. 다음 작품집은 또 언제일지 모르나 청탁에 응하다보니 어느새 작품을 엮을 때가 되어 엮는 식이 아니라, 언제까지나 스스로 쓰고 싶은 글을 쓰겠다.

이번에도 민음사에 큰 신세를 지게 되었다. 최선을 다하여 좋은 작품으로 보답하겠다.

나쁜 여자, 착한 남자

1판 1쇄 펴냄 • 2003년 8월 30일
1판 8쇄 펴냄 • 2006년 8월 5일

지은이 • 이만교
편집인 • 장은수
발행인 • 박근섭
펴낸곳 • (주) 민음사

출판등록 • 1966. 5. 19. (제16-490호)
서울시 강남구 신사동 506 강남출판문화센터 5층 (135-887)
대표전화 515-2000 • 팩시밀리 515-2007
www.minumsa.com

ⓒ 이만교, 2003. Printed in Seoul, Korea.

값 8,500원

ISBN 89-374-8030-1 03810

★ 이 작품집에 실린 작품 일부는 대산문화재단의 대산창작기금을 받았습니다.